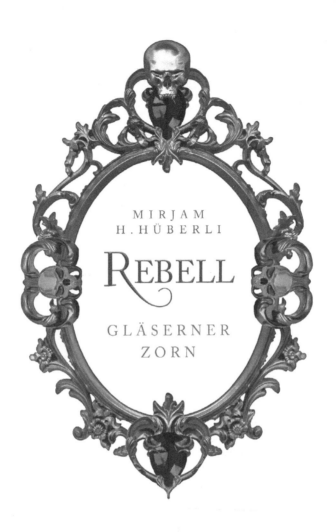

MIRJAM
H. HÜBERLI

Rebell

GLÄSERNER
ZORN

Copyright © 2016 by

Astrid Behrendt
Rheinstraße 60
51371 Leverkusen
http: www.drachenmond.de
E-Mail: info@drachenmond.de

Lektorat: Konstanze Bergner
Korrektorat: Lillith Korn
Satz & Layout: Astrid Behrendt
Umschlagdesign: Alexander Kopainski
www.alexanderkopainski.de
Illustrationen: Mirjam H. Hüberli
Spiegeldesign:
Alexander Kopainski nach Vorlage von Mirjam H. Hüberli

Druck: Booksfactory

ISBN 978-3-95991-715-5
Alle Rechte vorbehalten

www.facebook.com/Mirjam.H.Hueberli.Autorin/

Für Bo.

Weil du mit deiner Geschichte
zu mir kamst.
Weil du nicht wusstest,
auf was du dich einlässt.
Und weil du nie das tust,
was ich von dir erwarte.

Manche Träume
entführen uns
in eine Welt,
die wir noch nie zuvor
betreten haben.
Und obwohl sie uns fremd ist,
kennt sie unsere Seele
seit Hunderten von Jahren.

Prolog

Vor mehr als vierzehn Jahren ...

Willow schreckte im Bett hoch.

Hatte Mama etwa vergessen, ihr beim Zubettgehen das Einschlaflied vorzusingen?

Willow wimmerte, weil ihr Herz schmerzte.

Kurzatmig glitt sie vom Bett hinunter und tapste mit wackeligen Schritten aus dem Kinderzimmer. Doch auf der obersten Stufe der Treppe blieb sie stehen, streckte die Fingerchen aus, um sich am Geländer festhalten zu können.

Ihre Hände waren schweißnass. Sie zitterten so sehr, dass sie sich nur mit Mühe an den kalten Gitterstäben festkrallen konnte, und alles wurde vom keuchenden Geräusch ihres Atems begleitet.

»Mama?« Willows Stimme glitt dumpf über die mit weinrotem Teppich bezogenen Stufen und verlor sich in den flauschigen Fasern.

Es war, als ob sie plötzlich keine Luft mehr bekam. Sie röchelte, doch Mama hörte sie einfach nicht. Dabei tat es so weh. So fürchterlich weh!

Wieder blitzte in ihrem Inneren das Gesicht eines schreienden Mädchens auf, die Augen vor Furcht weit aufgerissen. Die Schwärze der Pupillen fraß sämtliches Blau drumherum und ließ das Spiegelbild aufflackern.

Doch da erlosch das Gesicht des Mädchens auch schon wieder.

»Mama?«, wimmerte Willow erneut.

Mama war doch zu Hause ... *oder?*

Willow schloss die Augen und dachte angestrengt nach. Sie hatte in der Küche gespielt, bis Mama mit dem Abwasch fertig gewesen war und sie ins Bett gebracht hatte. Mama nahm sie auf die Arme, schwank sie im Kreis herum und lachte, weil Willows Teddy in den kleinen Händen auf und ab tanzte.

»Ah, du spielst mit deinem Teddy«, sagte Mama und verbesserte sich beim nächsten Atemzug. »Entschuldige, ich meine natürlich mit Prinz Ted. Erzähl mal: Hat Prinz Ted seine Prinzessin schon gefunden?«

»Nein.« Willow schüttelte den Kopf. »Eine echte Prinzessin zu finden ist sehr schwer.« Flüsternd fügt sie die Frage an: »Gehst du heute wieder arbeiten?«

»Nein, Hasi. Heute Nacht bleibe ich bei meiner Prinzessin Willow.«

Mama bettete sie in die Kuscheldecke und sang mit ihr das Einschlaflied. Kurz darauf war Willow im Land der Träume versunken.

Bis der Schmerz ihr den Schlaf geraubt hatte ...

Jetzt schwankte Willow auf dem Treppenabsatz.

Vor dem Fenster dämmerte es. Bald würde es tiefe Nacht sein.

Willow klammerte ihre Finger noch fester um das Geländer. Mit wackeligen Schritten zwang sie sich die ersten Stufen hinunter.

»Mama?«, krächzte sie wieder.

Hinten im Rachen tat es weh, wenn sie versuchte zu sprechen, und alles verschwamm vor ihren Augen.

Plötzlich war da wieder dieses Gesicht vor ihrem geistigen Auge. Doch diesmal verwandelte es sich in einen merkwürdigen Tagtraum.

Abermals das kleine Kind. Dazu Reifenspuren, zersplittertes Glas und Wagenteile.

Das Mädchen lag ganz still auf dem Boden, doch der eine Arm stand in einem hässlich unnatürlichen Winkel vom Körper ab, das

Knie war verdreht. Ihre offenen Augen stierten ins Nichts und auch in ihnen war nichts als Leere. Rote Tränen trockneten auf den Wangen. Auf Wangen, die an manchen Stellen keine Haut mehr hatten. Da war nichts mehr übrig als blutendes Fleisch. Abgewetzt bis auf die Knochen.

Überall Blut. Auf dem pinken Pullover, dem blonden Haar, sogar auf dem Asphalt. Rundherum flackerten Lichter und der Mund des Mädchens öffnete sich ein winziges bisschen. Doch es war nichts als ihr letzter Atemzug und mit ihm schrie Willow in heller Panik auf. Denn dieses Mädchen ohne Haut und mit den toten Augen, das war sie selbst ...

Willow rannte, so schnell es ihre wackeligen Beinchen zuließen, die Treppe hinunter. Fast hatte sie den Boden erreicht, als sich ihre plüschigen *Hello-Kitty*-Hausschuhe in dem Teppich verhedderten. Willow stolperte und landete laut polternd auf dem Dielenboden.

Ihre Knie pochten und Tränen brannten in ihren Augen, aber all das war nichts im Vergleich zu den Schmerzen in ihrem Inneren. Es fühlte sich an, als ob sie von innen heraus verbrennen würde.

»Mama ...«, schluchzte sie.

Noch während Willows Mutter die Schlafzimmertür aufriss, umwallte der seidige Morgenmantel den zitternden Körper des Mädchens und vor ihren Augen wurde alles schwarz.

So schwarz wie die erwachende Nacht ...

Montag-Morgen-Blues mit Albträumen, Verrückten und Hirngespinsten

Wenn ich etwas noch weniger ausstehen kann als den Montagmorgen, dann ist es diese peinlich inszenierte Dramaqueen, die den Faktor »Fremdschämen« längst hinter sich gelassen hat.

Ich ignoriere also die schrille Stimme, die man schon von Weitem hören kann, stakse die Treppe zum Uni-Eingang hinauf und zupfe mein *Carrie-Bradshaw*-Outfit zurecht.

Natürlich ist das nicht mein tägliches Styling. Aber dieser Tag kommt mir sowieso nicht normal vor. *Ich* komme mir nicht normal vor. Klar, ich war noch nie ganz normal. Zumindest haben mir das schon etliche »nette« Leute an den Kopf geworfen. Ganz falsch liegen sie damit wohl nicht …

Für den Bruchteil einer Sekunde leben die Bilder des nächtlichen Traums wieder in mir auf, und ich fahre fast unmerklich zusammen, während sich meine Finger tief in den türkisfarbenen Tüll meines

Kleides krallen. Vergeblich versuche ich, die Traumfetzen der vergangenen Nacht einzufangen. Die Bilder verblassen, bevor ich sie erwischen kann.

Da war etwas mit einem Gesicht ohne Haut. Einem Kind. Einer Mutter. *Meiner Mutter ...?*

Und Panik?

Aber ich kann mich nicht an dieses Haus entsinnen, auch nicht an meine Mutter. Schließlich habe ich an das Leben vor Oma kaum noch Erinnerungen. Nur an dieses kleine Mädchen auf dem Asphalt ... Womöglich, weil es irgendwie mit dem Tod meiner Eltern zusammenhängt?

Das Blut. Überall war Blut ... Da geschah irgendetwas Grauenhaftes.

Ist Blut nicht immer widerlich und grauenhaft?

Ich schaudere beim bloßen Gedanken an den Geruch, so ... so ... ekelhaft metallisch und süß.

Aber irgendwas war noch ... Ein Schrei? Schreckliche Schmerzen? Furcht?

Ein kräftiger Schubs lässt mich abermals zusammenfahren und reißt mich aus meinen düsteren Gedanken. Schon überholt mich auf der rechten Seite eine ziemlich missratene Imitation von Superman. Würde das pinke S (Ja, heute trägt Mann Pink!) auf der Brust nicht so dominant ins Augen stechen, hätte ich nie im Leben erraten, was der Kerl darstellen möchte.

Ähm, ja ... zurück zu *meinem* Outfit – und damit zum allmonatlichen Motto-Tag. (Eine Idee des gesamten Professoren-Kollegiums – ganz der amerikanische *Way of Life.*) Heute mit dem Thema »Mode und TV-Serien« und das ist genau mein Ding, denn ich liebe beides abgöttisch. Ausgefallene Klamotten (mein Schrank ist voll davon!) und die TV-Helden.

Trotz augenscheinlicher Kostümierung bleiben die Menschen, die darunterstecken, dieselben, und so erkenne ich die Gruppierungen auf den ersten Blick: Da sind die Sportfreaks mit ihren knielangen Schlabbershorts und zeltartigen Shirts. Die Schönheitsfanatiker, denen ihr Taschenspiegel in die Handinnenfläche eingewachsen zu sein scheint. Die Coolen und Beliebten muss ich wohl nicht noch extra erwähnen, genauso wenig wie die Möchtegerns und die Nerds, die nirgendwo so richtig reinzupassen scheinen. Natürlich darf auch die Anti-Motto-Bewegung nicht fehlen.

Wo ich selbst einzuordnen bin, darauf will ich lieber nicht näher eingehen. Nur so viel: Ich fühle mich weder den Coolen noch den Schönheitsfanatikern zugehörig und schon gar nicht bin ich so etwas wie ein Sportfreak ...

Ich erklimme die letzten Stufen, was in einem solchen Kleid und noch dazu hochhackigen Schuhen gar nicht so einfach ist (zumindest nicht, wenn man galant dabei aussehen möchte), und passiere die Anti-Motto-Bewegung, als mir wieder diese hochnäsige Stimme entgegensurrt, die ich schon draußen hören konnte.

Drinnen, ein Stück weiter den Korridor entlang, erblicke ich, neben dem bereits erwähnten Superman-in-Pink-Typen, den Rest der coolen »Superhelden« und auf der gegenüberliegenden Seite, hübsch in Szene gesetzt, einige Schönheitsfanatiker.

In derselben Sekunde mache ich auch die Person aus, zu der das unangenehme Stimmorgan gehört.

Stella.

»Was soll das hier werden, wenn›s fertig ist?«, keift sie.

Eigentlich ignoriere ich solche hysterischen Auftritte gekonnt. Wem sollte das auch was bringen?

Eigentlich ...

Denn die Worte gelten zwar nicht mir – aber indirekt irgendwie schon. Sie sind an Noah gerichtet aka verdammt heißer Typ aka so was wie mein Fast-Freund.

Noah beschenkt Stella gerade mit einem verkniffenen Lächeln. Solche Anfälle beeindrucken ihn nicht weiter. Und wie ich eben bemerke, hat er sich tatsächlich in Schale geworfen. Wenn das mal kein gutes Zeichen ist? Fehlt nur noch die Zigarre und seine Aufmache wäre perfekt für *Mr Big*. Ich meine *meinen* Mr Big. Obwohl ich mir nicht sicher bin, ob ich diese Sorte Mann, die nie wirklich weiß, was sie will, bevorzuge.

In meiner Fantasievorstellung, die natürlich absolut perfekt ist – Hey, schließlich ist es meine Fantasie! –, ist mein Traumtyp einer der Sorte, der auf einer Höllenmaschine heranbraust und innerhalb eines

Herzschlags weiß: Das Mädel gehört zu mir! Aber ähnlich kompliziert wie der Mr-Big-Kerl in der Serie ist auch Noahs und mein Beziehungsstatus. Noah leidet offensichtlich unter Bindungsängsten.

Dennoch weiß ich, dass er der Richtige ist. Schließlich ist kein echter Mensch perfekt.

Seit dem Tag, als ich Noah das erste Mal über den Weg gelaufen bin, habe ich diese besondere Verbindung zwischen uns gespürt. Sie ist schwer zu beschreiben. Es war nur ein kurzer Blick – ein flüchtiger Moment, in dem unsere Augen zueinander fanden -, der mein Herz höher schlagen ließ. Unser »Wir« ist nicht greifbar. Auch nicht sichtbar, aber dennoch ... Es fühlt sich an, wie ... wie ... Es will mir einfach kein guter Vergleich einfallen. Vielleicht wie ein romantischer Sonnenaufgang im Herzen.

Ich bin mir sicher, Noah ist das Yang zu meinem Yin. Zwar besuchen wir nicht denselben Studiengang – ich Kunst, er Mathe – aber dieselbe Uni.

Und wenn wir schon beim Thema *Kunst* sind ...

Manche glauben, im Kunstkurs ist nicht das Anhäufen von Wissen und intensives Lernen gefragt, nein, Kunst zu studieren sei ein Klacks. Du brauchst nur ein Übermaß an kreativer Energie (natürlich auf Knopfdruck abrufbar) und schon bist du mittendrin, in diesem Knäuel aus abgefahrenen Studenten, die sonst nichts mit sich anzufangen wissen – so die verquere Vorstellung. Selbst die Geeks sind hier angeblich so euphorisch, wie ihr leidgeprüfter Geist es eben zulässt. Manche nehmen sogar an, in Kunstkursen seien Worte wie *Skandal, Blamage und Katastrophe* aus dem Wortschatz gestrichen.

Doch weit gefehlt!

Es ist nun mal ein ungeschriebenes Gesetz der Menschheit, dass sich in willkürlich zusammengewürfelten Gruppen automatisch verschiedene Cliquen bilden. Und wo es Cliquen gibt, gibt es auch Gerede. Mal ganz abgesehen davon, dass wir in Anbetracht der gesamten Uni-Konstellation sowieso den Platz der anormalen Außenseiter eingenommen haben. Als »Kunstfreaks« eben.

Ich betrachte kurz mein Tüllkleid und schmunzele.

Aber wer will denn schon normal sein?

Normal ... schon wieder dieses Wort.

Was ist heute bloß los?

Langsam nähere ich mich meinem Schließfach. Dann gilt meine Aufmerksamkeit wieder Noah. Dem Mann in meinem Leben, dessen Verhalten sich seit einigen Tagen zu verändern scheint …

Nicht viel, es sind bloß Kleinigkeiten, die den meisten Leuten nicht mal auffallen würden.

Seine Körperhaltung verändert sich. Auch seine Augen nehmen einen anderen Glanz an, und wie sich sein Mund verzieht, wenn er mich entdeckt – so wie jetzt.

Womöglich ist er endlich bereit, sich seinen Ängsten zu stellen und in unserer Beziehung einen gewaltigen Schritt weiterzugehen? (Dass diese Veränderungen bloß Luftschlösser meiner wild gesponnenen Gedanken sein könnten, diese Tatsache verdränge ich gerade meisterlich.)

Vielleicht können wir das böse Wort, das unseren Status bis jetzt beschrieben hat, ja tatsächlich abstreifen, und aus einem »Kompliziert« wird einfach so ein »Unkompliziert«?

Flüchtig finden sich unsere Blicke, ein Lächeln huscht über sein Gesicht und als ich mich gedankenverloren an einen der Spinde (nicht an meinen) lehne, kann ich nicht verhindern, dass mir ein glückseliger Seufzer entweicht.

Verdammt, sieht der Kerl in seinem Nadelstreifenanzug gut aus!

»Hey, Sweety«, drängt sich eine Frauenstimme zwischen meine Gedankenflüge von Noah und mir als Traumpaar und mein Mund verzieht sich zu einem angedeuteten Grinsen.

Die Begrüßung kommt von meiner Freundin.

Als ich den Kopf drehe und Sam angucke, wird das Schmunzeln noch eine Spur breiter.

In ihren Pupillen tanzt wie immer das Spiegelbild. Das alles ist total strange, ich weiß. Denn hey: Wer sieht schon in den Augen des Gegenübers dessen eigenes Spiegelbild? Wenn ich mich selbst darin überdeutlich erblicken könnte – kein Thema. Aber alles andere? Eigentlich ein Ding der Unmöglichkeit …

Fragt mich nicht, wie es dennoch funktioniert. Verrückt ist ja schon, dass ich diese Projektion überhaupt erkennen kann, denn die Fläche des Auges ist bekanntermaßen eher begrenzt.

Vermutlich ist es so wie bei vielen Dingen, die außergewöhnlich sind: Sie sind unerklärlich. Trotzdem möchte ich versuchen, diesen intensiven Moment, denn das ist er ohne Frage, zu schildern: Es ist, als bleibt für eine Millisekunde die Zeit stehen. Die Spiegelung »zoomt« sich quasi zu mir heran, sodass ich das gesamte Spiegelbild genau betrachten kann. Es überrascht mich mittlerweile nicht mehr, dass sich Äußerlichkeiten wie Frisur und Klamotten jeweils von der Person selbst unterscheiden – bis auf das Gesicht, das ist immer absolut identisch.

Die Frage, weswegen ich selbst keine Spiegelung im Auge trage, wenn ich mich im Spiegel betrachte, ist bestimmt nur eine kleine, kaum nennenswerte Nebensächlichkeit ...

Ich reiße meinen Blick von Sams Reflexion los und lasse ihn stattdessen über ihr Motto-Styling schweifen. Das rote, hautenge Kleid, das ihren Hüften schmeichelt, der knallige Lippenstift – alles klar!

»Sam als *Samantha Jones?*«, frage ich mit hochgezogener Augenbraue.

»Worauf du deinen Knackarsch verwetten kannst«, kontert sie breit grinsend.

Wir haben uns, ohne je ein Wort darüber verloren zu haben, dieselbe TV-Serie gesucht. Das ist mal wieder echt typisch für uns beide. Sie, die Sexbombe Samantha, und ich, die leicht hysterische Carrie mit Style. Außerdem fühle ich mich der wuschelblonden »Kolumnistin« auch wegen meines Zinkens (ich nenne ihn liebevoll »Charakternase«) und natürlich meiner Haarmähne ziemlich verbunden. Abgesehen von meinem Teint. Mit dem würde ich locker jedes Casting zur Zombiebraut gewinnen.

»Na, hat unsere Madame Stella mal wieder ein Luxusproblemchen?« Sam deutet mit dem Kinn zu dem keifenden Stimmchen hinüber.

»Der sollte mal jemand zur Abschreckung einen Spiegel vorhalten«, brummele ich kopfschüttelnd.

Endlich setze ich mich wieder in Bewegung, gehe die paar letzten Meter und bleibe bei meinem Schließfach, nur wenige Schritte neben Noah, stehen.

Während mein Blick von meinem Schließfach zu Noahs breiten Schultern gleitet, lausche ich Sam, gleichzeitig dringen auch Stellas Vorwürfe zu mir durch.

»Ich habe keinen Bock, wegen dir die Semesterarbeit wiederholen zu müssen«, giftet Stella weiter.

Aber nicht nur Noah scheint auf Durchzug geschaltet zu haben, auch mein Gehirn verarbeitet gerade ganz andere Informationen.

Wo bin ich stehen geblieben? Ach ja, bei Noah und seinen breiten Schultern. Auch wenn sein Oberkörper gerade von einem Jackett umkleidet wird, so kann ich dennoch seine gewölbten Schultermuskeln darunter erahnen, als er die Arme anhebt.

Stella schwafelt irgendwas Unbedeutendes über ein Projekt, bei dem Noah seinen Teil beizutragen habe. Es hätte mich mehr als überrascht, wenn er sich von solchen Vorwürfen hätte beirren lassen. Stella kann zwar mit ihrer Dominanz auf eine Vielzahl von Studenten einschüchternd wirken, aber sicher nicht auf ihn: Noah, den kein Überraschungstest ins Schwitzen bringt. Noah, der jegliche Herausforderung mit einem kühlen Schulterzucken abtut. Noah, gegen dessen Coolness erst noch ein Kraut wachsen muss. Noah, der nie seine wahren Gefühle zeigt?

Unbeirrt sieht er Stella jetzt an. Wie er sich dabei durch sein blondes Haar streift und halbwegs entschuldigend seinen Mund verzieht, mich hin und wieder mit einem verführerischen Lächeln beschenkt – wie kann ein einzelner Kerl so unwiderstehlich sein? Das sollte echt verboten werden!

Ich reiße mich von ihm los und versuche mich darauf zu konzentrieren, was mich in der nächsten Stunde erwartet: Professor Stöhr.

Zudem quasselt Sam gerade auf mich ein. »Weißt du eigentlich, dass du ein unverschämtes Glück hast ...«

Mehr höre ich von Sams Geschwafel nicht. Denn gerade, als ich meine Umhängetasche nach vorne ziehe und sie aufzerre, um die nötigen Unterlagen zusammenzusuchen, irritiert mich ein eigenartiges Gefühl. Ich kann nicht einmal genau sagen, was es ist, aber es bringt mich instinktiv dazu, mich nach links zu drehen. Mein türkisfarbenes Tüllkleid raschelt und schwingt eine flüchtige Sekunde im Luftzug, dann verfällt es schlagartig in eine bleierne Starre.

»He, Willow, hörst du mir überhaupt zu?«, empört sich Sam. Doch ich bin gefangen in dem merkwürdigen Kribbeln, das sich beim nächsten Atemzug in ein unbehagliches verwandelt, denn in dieser Sekunde bemerke ich den unheimlichen Kerl das allererste Mal.

Er verlässt soeben die Mädchentoilette, bleibt dann stehen und lässt seinen Blick über die Studenten schweifen.

Was hat dieser Kerl denn bitteschön in der *Mädchen*toilette zu suchen?!

Aber es ist nicht bloß diese Tatsache, die mich verwirrt, sondern seine gesamte optische Erscheinung. Klar, er ist leger gekleidet: schwarze Stoffhosen, dunkles Shirt, braune Lederjacke und Flatcap. Alles ganz normal also – abgesehen davon, dass in dem Unigebäude hochsommerliche Temperaturen herrschen.

Und doch: Etwas stimmt mit ihm nicht ...

Ein ungesundes bleiches Antlitz, dazu ein ausdrucksloser Blick, den er hinter einer verspiegelten Sonnenbrille verbirgt, eine kantige Nase und Haarsträhnen, die der Farbe Schwarz leider keine Ehre machen. Sie lugen unter seiner Flatcap hervor, und obwohl die Haare unbestreitbar fettig sind, fehlt jeglicher Glanz darin. Vielmehr wirken sie so düster, wie ich es noch nie zuvor bei einem Menschen gesehen habe.

Schwarz wie Ruß, matt wie Asche.

Zwar habe ich mir noch nie ernsthafte Gedanken darüber gemacht, wie ein Geist aussehen würde, aber das ist tatsächlich das erste Wort, das mir bei seinem Anblick in den Sinn kommt. Er gleicht einem geisterhaften Schatten seiner selbst.

Irgendwie gruselt es mich bei diesem Gedanken.

Mir ist sofort klar, dass er nicht hierhergehört. Es ist nicht, weil ich ihn bisher noch nie hier an der Uni gesehen habe, und auch nicht wegen seines auffallenden Erscheinungsbildes. Da ist so eine innere Stimme, die mir zuwispert, dass etwas mit dem Kerl ganz und gar nicht in Ordnung ist.

»He, Sam«, zische ich schließlich und zerre sie ungestüm am Unterarm, ungeachtet dessen, dass ich ihr noch eine Antwort schulde. Aber diesen Fremdkörper von Kerl muss ich ihr unbedingt zeigen.

Als ich meinen Kopf jedoch zur Mädchentoilette zurückdrehe, ist der Typ verschwunden.

Vom Erdboden verschluckt.

Ich blinzele, reibe mir die Augen, und für einen Atemzug frage ich mich ernsthaft, ob er bloß ein restliches Anhängsel meines gestrigen Albtraums war. Denn ganz offensichtlich hat ihn sonst niemand bemerkt. Womöglich lediglich ein weiterer (tragischer!) Anstupser meiner Psyche, um mir klarzumachen, dass ich mich jenseits der Normalität bewege – als ob ich das nicht ohnehin schon wüsste!

Hm, vielleicht habe ich ihn auch aus dem einfachen Grund als Einzige wahrgenommen, weil ich dringend aufs Klo muss? Nein, nur Wunschdenken!

»Was ist?«, fragt Sam und starrt mich mit komischem Gesichtsausdruck an. Erst als sie weiterspricht, wird mir klar, wie entgeistert ich dreinblicken muss. »Ach du Scheiße, was ist denn mit dir los? Du siehst ja blasser aus als jeder Vamp.«

»Wenigstens nicht so blass wie der Typ ...« Ich unterbreche mich selbst und lasse meinen Blick abermals über die Köpfe der Studenten schweifen.

Keine Spur von ihm.

»Welcher Typ?«

Ich schüttle den Kopf. »Ach, nicht so wichtig.«

»Tatsächlich? Warum bist du dann so weiß wie eine überbelichtete Kinoleinwand?«, kontert Sam. So wie sie mich nun ansieht (mit diesem gequälten Ausdruck im Gesicht), wissen wir beide, dass sie mich viel zu gut kennt und mit ihrer Feststellung voll ins Schwarze getroffen hat – Widerworte zwecklos.

Sie zieht mich am Arm ein Stück näher und baut sich vor mir auf. »Du siehst heute sowieso aus wie der wandelnde Tod auf Latschen.«

»Oh, danke«, gebe ich zuckersüß zurück, als hätte sie mir soeben ein Kompliment gemacht.

Sie ignoriert meine Sarkasmus-Ader und fragt: »Also, was ist los?« Ihre Besorgnis kitzelt am Nerv meiner Gereiztheit. »Es ist bestimmt wegen Noah.«

»Himmel noch mal! Was du immer gleich denkst. In meinem Leben dreht sich nicht alles nur um Noah«, fauche ich einen Zacken zu laut, weil ich eigentlich genau weiß, dass ich nur allzu oft von ihm schwärme. »Alles bestens«, betone ich noch einmal, da sich Sams Stirn bei meinen Worten skeptisch kräuselt, und meine Gedanken wandern zu dem Kerl, der mein Herz zum Fliegen bringt. »Okay, okay, schon klar, dass ich dir wegen ihm ständig in den Ohren liege. Noah ist einfach –«

»– verdammt heiß?«
»Ja, und –«
»– unglaublich sexy?«
»Ja –«
»– und der atemberaubendste Kerl, den es gibt? Ich weiß, ich weiß. Das hast du schon das eine oder andere Mal erwähnt.«
»Stell mich nicht als so eine oberflächliche Tussi hin! Noah ist viel mehr als das. Hinter seiner coolen und unnahbaren Fassade steckt ein sensibler und aufmerksamer Kerl, der das Herz auf dem richtigen Fleck hat und -«
»… verdammt gut küssen kann«, übernimmt Sam abermals.
Ich seufze. Wo sie recht hat, hat sie recht, und ich spreche das aus, was mich seit Wochen immer wieder belastet: »Wenn da nicht seine Bindungsangst wäre -«
»– wäre er der perfekte Mann«, beendet Sam die Sache.
Ich verziehe meinen Mundwinkel und nicke.
»Aber das *Noah-hat-ein-Problem*-Thema haben wir echt zur Genüge durchgekaut, was soll denn das Getue jetzt?«
»Ich habe doch gar nichts gesagt«, wehre ich Sams Vorwürfe ab und erwische mich dabei, wie mein Blick den Korridor abermals nach dem Fremdkörper-Kerl absucht. »Es ist nichts weiter mit ihm. Vorhin habe ich einen merkwürdigen Typen gesehen, der aus dem Mädchenklo kam, und ich wollte dich fragen, ob der neu an der Uni ist, aber ehe ich ihn dir zeigen konnte, war er verschwunden.«
»Das ist alles?«
»Genau. Kein Liebeskummer, keine Skandale, rein gar nichts.«
»Oh«, sagt Sam knapp und presst die Lippen zusammen. Fast wirkt sie enttäuscht, aber der Zustand ist nur von kurzer Dauer, dann siegt die Neugier: »Auf welche Art *merkwürdig*?«
Typisch Sam! Ich verkneife mir ein Schmunzeln. Sie braucht immer eine bildliche Beschreibung der Leute. Nicht etwa im Sinne von schwarzhaarig, blass und blablabla, sondern eine mit lebenden Beispielen. Berühmten *lebenden* Beispielen. Bevorzugte Spezies: Leinwandhelden.
»Eine Mischung aus einer Art Zombie in Gestalt von Sam Witwer aus *Being Human* und David Giuntoli aus *Grimm* als Untoten. Nur

ohne jegliche Hautfarbe, Charme und Sex-Appeal. Quasi die *Mr-Hyde*-Version von *Dr. Jekyll*.«

»Uäh!« Sam rümpft angewidert die Nase. Die Geste wird augenblicklich von einem schelmischen Grinsen abgelöst. Ich kann die Gedankensprünge in ihrem Kopf förmlich hüpfen sehen. »Wirklich eine gruselige Mischung aus Sam und David? Ha, den Kerl muss ich sehen.«

»Wäre der Vergleich zu *Mr Collins* aus »Stolz und Vorurteil« abschreckender?«, grinse ich. »Vertrau mir einfach, du hast nichts verpasst.«

Sam macht eben den Mund auf, um mir zu antworten, als sich eine andere Stimme dazwischendrängt.

»Hey, Willow.«

Augenblicklich geht mein Atem schneller.

Es ist Noah. Er schiebt sich an Stella vorbei, überhört wissentlich die weiteren Ohne-Punkt-und-Komma-Einwände und bahnt sich einen Weg zu mir.

Für einen Wimpernschlag verliere ich mich in seinem Anblick. Wieder einmal. Das Spiegelbild in seinen Augen bemerke ich kaum noch, und wenn doch, ist da nur eine unglaubliche Wärme in meinem Herzen.

Ich habe nie herausgefunden, ob dieser abartige Tick – nennen wir ihn höflichkeitshalber mal »Gabe« – etwas zu bedeuten hat, und in welche Kategorie der Verrücktheit ich eingestuft werden müsste. Ich habe als Kleinkind deswegen eine Reihe von psychologischen Tests hinter mich bringen müssen. Psychologen wechselten im monatlichen Rhythmus, die angewandten Methoden ebenfalls, nur die Spiegelbilder sind mir geblieben wie ein treuer Begleiter. Weil sie nichts gefunden haben, haben sie es als temporäres Verlust-der-Eltern-Phänomen abgestempelt, das sich bestimmt von alleine wieder geben wird. Das Einzige, das mir über die Jahre klar wurde, ist dass ich die Reflexion offenbar bei jedem Menschen sehe – egal, ob jung oder alt, Mädchen oder Junge, Fremder oder Freund –, nur in meinen eigenen Augen existiert dieser »Verrücktheitsgrad« eben zum Glück nicht.

Noah neigt seinen Kopf zur Seite und lächelt mich unverschämt sexy an. »Sehen wir uns nach dem Kunstkurs?«

Das sind diese Momente, die mich glauben lassen, dass der Tag kommen wird, an dem er bereit ist, aus unserer bisher lockeren Beziehung eine ernsthafte zu machen.

Ich stehe auf Zehenspitzen und mache mich so groß, dass sich unsere Lippen beinahe berühren. Eine, vielleicht zwei Sekunden verharren wir in dieser Position.

Noah kommt näher und streicht zärtlich mit der Nasenspitze die Konturen meiner Wange nach.

Sofort sind meine Gefühle in Aufruhr, weil ich seinen Atem auf meiner Haut spüre, und als er sich meinem Mund nähert, schließe ich wie von selbst die Augen. Nur ein flüchtig gehauchter Kuss, aber er reicht aus, um mein Herz wie wild zum Klopfen zu bringen.

Alles, was ich denken kann, ist: Genau jetzt, genau in diesem Augenblick ist mein Leben perfekt!

Noch bevor ich den Wunsch, diesen Moment für immer einzufrieren, auch nur denken kann, zieht sich Noah langsam von mir zurück.

»Wir sehen uns nach dem Kunstkurs«, raune ich ihm zärtlich ins Ohr.

Stella – mit energisch wippendem Fuß und beiden Armen in die Seite gestemmt – wirft mit den nächsten Liebesbekundigungen um sich: »Dauert das noch lang oder soll ich dem Prof vielleicht erklären, dass sich in deinem ohnehin schon viel zu kleinen Hirn kein Platz mehr für mathematische Gleichungen befindet?«

Ohne den Blick von mir abzuwenden, verzieht Noah den Mund und sein Grübchen blitzt auf der Wange auf. »Mich überkommt der Eindruck, dass eine gewisse Frau nicht ohne mich leben kann.«

Mir ist schon klar, dass er damit auf Stella anspielt, aber seine Worte würden ebenso gut zu meiner Wenigkeit passen.

»Hm«, seufze ich mehr, als dass ich es ausspreche. »Scheint so.«

Viel zu schnell verschwindet Noah in Stellas Schlepptau und damit in der Masse von Studenten.

Für ein paar Augenblicke verweile ich neben meinem Schließfach und schaue ihm hinterher.

»Kommst du?«

Ich blinzele, ganz so, als ob ich gerade erst aus einem Traum erwacht wäre. Das verschwommene Bild vor meinen Augen gewinnt an Schärfe und ich sehe in Sams erwartungsvolles Gesicht.

»Du weißt doch, der Prof beginnt immer überpünktlich«, stöhnt Sam und hakt sich entschlossen bei mir unter.

Ich lasse mich von ihr den Korridor entlangzerren, weiter Richtung Hörsaal.

Obwohl Sam überhaupt nicht diesen Eindruck erweckt, steckt in ihr tatsächlich ein kleiner Streber. Wobei ich auch ehrlich zugeben muss, dass ich ohne ihre ständigen Motivationsschübe garantiert nicht mehr hier an der Uni sein würde.

Gerade als ich den Fuß über die Schwelle setze, überfällt mich wieder das unangenehme Kribbeln im Rücken. Ein Gefühl, als ob ich beobachtet würde.

Instinktiv weiche ich ein Stück zurück, bleibe dann abrupt stehen und wirbele herum, wodurch mir Sams Arm entgleitet. Doch alles, was ich damit erreiche, ist ein Stau zwischen Korridor und Türschwelle.

Ich sehe nichts Auffälliges. Was habe ich denn auch erwartet? Oder vielleicht eher befürchtet?

Ich schüttele den Kopf und belächele mein Hirngespinst.

Okay, es ist so weit. Jetzt geht's im Kopf los, denke ich, setze mich in Bewegung – und pralle gegen einen schmächtigen Oberkörper, der mir entgegeneilt.

»'Tschuldige«, murmelt der Kerl vor mir.

Ringsherum drängeln die Studenten an uns vorbei, während ich überrascht aufblicke, obwohl ich die Stimme sofort erkenne.

»Hey, Jonny«, lächele ich.

Die Augen hinter der Hornbrille huschen nervös hin und her, und es vergeht eine weitere Sekunde, ehe er zu begreifen scheint, wer da vor ihm steht.

Jonny ist Sams älterer Bruder, blitzgescheit und in seinem Studiengang auf der Überholspur. Vor einer halben Ewigkeit war ich unsterblich in ihn verliebt – was er natürlich nie erfahren durfte. Dummerweise verschwand eines Tages Sams Tagebuch spurlos und ward nie mehr gesehen. Doch seither reagiert Jonny äußerst verhalten, wenn wir uns alleine irgendwo über den Weg laufen. Womöglich befürchtet er, ich könnte meine Liebe nicht bändigen und ihn in aller Öffentlichkeit hemmungslos überfallen. Doch gerade benimmt er sich auf der gängigen Jonny-Skala noch eine Stufe auffälliger.

»Ah, Willow, du bist es«, druckst er herum und sein Mundwinkel zuckt.

Als ihn jemand anrempelt, weicht er hastig einen Schritt zurück und verliert dabei beinahe sein Gleichgewicht. Sofort strecke ich meine Hand aus, um ihn zu stützen (ha, meine Reaktionszeit ist manchmal echt beneidenswert!), leider fallen ihm dabei sämtliche Unterlagen laut polternd auf den Boden.

Nicht nur er, auch ich gehe in die Hocke, um ihm beim Aufsammeln seines Materials behilflich zu sein. Flüchtig betrachte ich dabei sein Gesicht von der Seite. Die Pupillen wirken unnatürlich groß und merkwürdig verzerrt hinter den Brillengläsern und seine Bewegungen sind unruhig.

Was ist nur mit ihm los? *So* schreckhaft kenne ich ihn ja gar nicht.

»Jonny?«, frage ich vorsichtig, während ich ihm ein paar Unterlagen reiche. Als ich seine Hand dabei berühre, schießt er in einer übereilten Bewegung hoch.

Er bringt ein höflich korrektes »Danke« über die Lippen und ich komme nicht gegen den Verdacht an, dass irgendwas mit ihm nicht in Ordnung ist.

»Wirklich alles okay?«

»Klar«, sagt er in überspitzter und viel zu hoher Tonlage. »Wieso fragst du? Alles okay. Sicher. Alles okay«, hängt er hastig an und wiederholt sich gleich noch einmal. Dabei zerrt er mir ungestüm das letzte Buch aus den Fingern, das ich noch immer festhalte. »Alles okay.«

»Schön«, sage ich gedehnt und meine Betonung zeigt deutlich, dass ich ihm kein Wort glaube.

Doch er wendet sich bereits von mir ab. »Man sieht sich«, murmelt er über die Schulter, ohne mich noch eines Blickes zu würdigen. Dann hechtet er auch schon den Korridor hinunter. Offenbar hat er es eilig, von mir wegzukommen.

»Dieser Tag wird ja immer besser«, sage ich kopfschüttelnd zu mir selbst und betrete endlich den Hörsaal.

Mit einem Stöhnen lasse ich mich auf den Stuhl neben Sam fallen, die es sich in der vordersten Bankreihe gemütlich gemacht hat.

»Was ist?«, fragt sie und mustert mich eindringlich, weil ich meine Tasche energisch auf den Tisch knalle.

»Montagmorgen«, sage ich schulterzuckend, weil es eine logische Erklärung für meine miese Stimmung sein sollte.

»Ist das alles, das du zu bieten hast?«

»Montagmorgen mit Albträumen, einigen Verrückten und einem Hirngespinst«, sage ich und verdrehe in künstlicher Empörung die Augen. »Besser?«

»Viel besser!«, grinst sie und schiebt den Träger ihres Kleides hoch, der sich sogleich wieder verselbstständigt. »Aber wo bleibt der Skandal?«

»Du bist echt sensationsgeil, weißt du das?«

Sie zuckt unbeeindruckt mit den Schultern. »Man nimmt, was man kriegen kann. Vor allem, wenn die eigenen Skandale auf einen einzigen Teelöffel passen.«

»Du solltest echt Klatschreporterin werden«, werfe ich ein und rede schnell weiter, als ich bei ihr den Ansatz eines Hundeblicks bemerke, der mehr als deutlich sagt: *Biiiitte! Erzähl mir was Skandalöses!*

»Ich habe leider auch nichts zu bieten. Aber hey: Vielleicht dein Bruder?«

»Jonny?«

Ich nicke und lasse verheißungsvoll die Brauen tanzen.

Immer mehr Studenten suchen sich einen Platz und mit ihnen steigt der Geräuschpegel zusehends an.

»Wir reden hier doch von demselben Jonny? Meinem langweiligen und öden Geek-Bruder, der nur Uni, pauken und die Forschung im Kopf hat?«

»Gewiss.« Ich nicke. »Bin vorhin aus Versehen mit ihm zusammengeprallt und er hat sich wirklich merkwürdig aufgeführt.«

Sam wirkt augenscheinlich enttäuscht. »Ach, du kennst ihn doch.«

»Eben. Und auf einer Skala von eins bis zehn war das mindestens eine Zehn hoch zwei.«

Meine Freundin schweigt. Aber es entgeht mir nicht, wie sich ihre Lippen leicht zu bewegen beginnen, ganz so, als ob sie nicht wisse, was sie sagen soll.

»Hm, hat dein Bruder irgendwelche Probleme?«

»Nicht, dass ich wüsste.« Sam macht abermals den Mund auf, zögert eine Sekunde und scheint nachzudenken. »Wie kommst du darauf?«

»Weil ...« Ich unterbreche mich selbst, um die Sache anders anzugehen. Ich hole tief Luft, presse mir unruhig die Hand gegen die Stirn und lehne mich noch weiter zu ihr hinüber. »Er wirkte total nervös und irgendwie ... Wie soll ich sagen ...?«

»Raus damit!« Jetzt klingt Sams Stimme belegt. Auch wenn sie ihren Bruder als langweiligen Streber bezeichnet, liebt sie ihn über alles.

»Na ja, irgendwie ängstlich«, bringe ich das Wort endlich über die Lippen.

Besorgnis blitzt in ihrem Gesicht auf, dann lächelt sie, und doch wirkt es aufgesetzt. »Ach, das hat bestimmt mit dieser hirnrissigen Verbindung zu tun, bei der er gerne aufgenommen werden möchte.« Sam beugt sich ebenfalls noch näher zu mir herüber, stützt das spitze Kinn auf ihre Hände, und geht in einen Flüsterton über. »Alles höchst inoffiziell und streng geheim, wenn du verstehst, was ich meine. Ich kenne nicht einmal den Namen.«

»Etwa eine Studentenverbindung?«, frage ich misstrauisch und senke instinktiv meine Stimme. Solche Verbindungen bringen doch nur einen Haufen Ärger ein, das kann man in jeder Serie und in jedem Film »hautnah« miterleben. Dann murmele ich gedankenabwesend: »Irgendwie passt das überhaupt nicht zu Jonny. Ich meine, dass ihm irgendeine Verbindung so ungeheuer wichtig ist.«

»Vielleicht ist er ...« Weiter kommt Sam nicht.

»Guten Morgen«, ertönt es in diesem Moment von der Tür und Professor Stöhr steuert auf sein Pult zu. Seine Halbglatze glänzt mit seinen geröteten Wangen um die Wette. »Alle wach und ausgeruht?«, fragt er scherzhaft und sogleich verfallen selbst die Muntersten in dumpfes Brüten.

Seine monotone und raue Stimme verführt mich, wie jeden Montag, zum Einschlafen. Nur mit Anstrengung schaffe ich es, die Augen offen zu halten. Wirklich wach werde ich allerdings erst, als der Prof die Stunde beendet, das Zusammenräumen von Büchern und Stühlerücken laut wird und in mein Gehirn vordringt.

2.

Türkisfarbene Tüllkleider bringen Glück

»Bist du wieder eingepennt?«, fragt Sam, als wir uns im Strom der übrigen Studenten einreihen und zu unseren Schließfächern hinüberschwemmen lassen.

»Niemals«, entgegne ich und weiche im letzten Moment einem dunkelhaarigen Mädel im weißen Kittel aus – vermutlich ein *Grey's-Anatomy*-Fan. »Ich habe praktisch alles mitbekommen.«

»Ähm, praktisch? Verstehe.« Sam nickt mit zusammengepressten Lippen. Es ist nicht etwa ein Bejahen, eher ein argwöhnisches Kinnanheben, wie ihre nächsten Worte deutlich machen: »Brauchst du meine Notizen?«

»Das wäre fantastisch!« Noch während ich die Worte ausspreche, drückt mir Sam ihren Block in die Hand. »Allerspätestens Freitag brauche ich sie wieder«, sagt sie augenzwinkernd.

Du bist die Beste!, will ich antworten, aber ich bringe nicht mehr als ein eifriges Nicken zustande, denn da ist Noahs Stimme, die meinen

Verstand auf seltsame Weise lahmlegt. Es muss der Zauber der Liebe sein, der alles in mir auf Romantik umschaltet.

»Hey«, raunt er mir in einem sanften, gedehnten Wispern zu. Es klingt unglaublich verführerisch. »Hab ich dir eigentlich schon gesagt, dass du in diesem Kleid verdammt sexy aussiehst?« Sein Atem kitzelt über mein Ohr, streift zart meinen Hals und überzieht mich mit wohliger Gänsehaut.

Hach, er findet mich sexy, seufze ich innerlich und bekomme gerade noch mit, wie Sam die Augen verdreht und schließlich ohne mich weitergeht.

Langsam drehe ich mich zu Noah um, lasse meinen Blick über seinen Smoking gleiten und bin mir sicher, er könnte es locker mit jedem *James-Bond*-Darsteller aufnehmen. Ich kämpfe gegen das Gefühl der Schwerelosigkeit an, das sich meinen Bauch schnappt. Wenn ich nicht aufpasse, ertrinke ich in seinen eisblauen Augen.

»Sag mal«, raunt er, dabei schlingt er seine starken Arme um meine Taille und zieht mich an seine Brust. Ich bin ihm so nahe, dass seine blonden Haarsträhnen kitzelnd über meine Wangen streifen. »Hast du am Donnerstagabend schon etwas vor?«, fragt er mit einem anzüglichen Grinsen auf den Lippen.

»Kommt ganz drauf an«, entgegne ich.

»Worauf denn?«, möchte Noah wissen und streicht mir zärtlich übers Kinn.

»Ob es der Richtige ist, der mich fragt«, antworte ich stichelnd und gebe mich so lässig wie möglich, dabei schlägt mein Herz bis zum Hals.

Will sich Noah etwa tatsächlich mit mir verabreden? Zu einem *richtigen* Date? Keine anderen Frauengeschichten mehr?

Auf diesen Moment habe ich Monate gewartet. Auf diese Frage. Diesen Ausdruck in seinen Augen …

In gespielter Affektiertheit schiebt er mich weg, doch das Grübchen in seiner Wange vertieft sich. »Was, wenn ich derjenige bin, der –«, ergreift Noah erneut das Wort.

Der Rest seiner Frage schwirrt unverstanden durch mich hindurch, denn in diesem Augenblick spüre ich es wieder – dieses unangenehme Gefühl, unter Beobachtung zu stehen.

In Zeitlupe löse ich meinen Blick von Noah und drehe meinen Kopf.

O nein!

Eben schlängelt sich die Jungversion des *Mr-Collins*-Typen, der sich vorhin in Luft aufgelöst hat, geschickt zwischen den herumstehenden Studenten hindurch, und wenn mich nicht alles täuscht, hält er genau auf mich zu. Na toll, auch das noch!

Merkwürdigerweise kann ich nicht anders, als ihn gebannt anzustarren.

Er starrt zurück, setzt seinen Weg unbeirrt fort, und stoppt erst wenige Zentimeter vor mir. Dabei drängt er fast Noah zur Seite.

Er ist mir viel zu nah. Dieses Hirngespinst ...

Okay, im Grunde genommen *kann* er nicht wirklich eine Halluzination sein, so viel steht fest. Keine Ahnung, wie er es angestellt hat, vorhin einfach so zu verschwinden. Vermutlich liegt die Antwort klar auf der Hand und er hat sich lediglich wieder auf die Mädchentoilette verzogen. Und hey, dass er im Hochsommer mit Lederjacke und Flatcap herumrennt, dafür gibt es auch eine einfache und logische Erklärung: Er stellt sicher irgendein Modethema einer TV-Serie dar, die mir schlichtweg nicht einfallen will. Dass ich nicht eher daraufgekommen bin. Im Geiste klatsche ich mir mit der flachen Hand gegen die Stirn.

Aber wieso gibt sich meine innere Stimme mit dieser Logik nicht zufrieden?

Wie er so vor mir steht, mit seiner pergamentartigen Haut, kommt mir noch ein Gedanke: Vielleicht ist er irgend so ein paranormales »Ding«? Oder ein geisterhaftes Phantom. Was auch immer ... Aber müsste ich dann nicht vor lauter Angst sterben? Oder zumindest hysterisch kreischend und mit fuchtelnden Armen durch den Korridor rennen?

Stattdessen ist das Gegenteil der Fall: Ich bin tatsächlich versucht, meinen Finger auszustrecken, um zu sehen, ob meine Hand durch ihn hindurchgleitet. Doch in seinen blassen Augen liegt ein Schimmer von Wut und Ungeduld – eine explosive Mischung!

Selbst wenn ich nicht gespürt hätte, welche Autorität ihn umgibt, so hätte ich seinen düsteren Blick nicht ignorieren können. Diese farblosen und unheimlichen Augen. Sie sind nicht blau und auch nicht grün. Vielleicht ein undefinierbares Grau? Hm … Irgendwas ist definitiv anders an ihnen … Doch ich komme nicht darauf und die Zeit, um sie noch länger anzustarren, wird mir genommen.

Er stellt sich breitbeinig hin, blinzelt und schiebt sich die Sonnenbrille auf die Nase.

»Willow?«, höre ich Noahs Stimme wie durch eine Schicht Watte.

Ich kneife die Augen zusammen und lege den Kopf schief. Ähm … Kullert dem Fremdkörper-Typ da etwa eine Träne über die Wange?

Mit einer hastigen Bewegung wischt er sich mit dem Leder der Jacke übers Gesicht und verschränkt angriffslustig die Arme vor der Brust. Für den Bruchteil einer Sekunde blitzt eine Tätowierung unter dem Kragen hervor, die sich symbolartig von seiner Brust hoch zu seinem Hals zu schlängeln scheint. Alles an ihm schreit: *Leg dich bloß nicht mit mir an!*

Na bravo! Warum bleibt dieser Kerl ausgerechnet vor mir stehen? Richtig großartig!

Und als wäre diese Störung der Privatsphäre nicht schon schlimm genug, räuspert er sich, als ob er gleich eine gewichtige Ansprache halten möchte.

Halleluja!

Doch im selben Moment spricht Noah mich erneut an: »Willow?«

Auch wenn seine Stimme befremdlich klingt, kann ich nicht anders, als ein verliebtes »Jaaa?« zu hauchen.

»Hast du meine Frage mitbekommen?« Ein leises Schwanken hat sich in seine Worte geschlichen. Allein diese Tatsache ist irritierend. Noah und Unsicherheit? Das sind zwei Worte, die eigentlich nicht zusammenpassen.

Ich kräusele die Stirn und zwinge meinen Blick in Noahs Richtung. Was hat er gesagt? Ob ich seine Frage mitbekommen habe?

Mist! Mist! Mist! Was hat Noah mich gefragt?

»Ja … Donnerstagabend?«, gebe ich stammelnd die letzten Wortfetzen wieder, an die ich mich noch halbwegs erinnern kann. Was ist denn plötzlich los mit mir?

»Du bist also Willow«, blafft der Fremde völlig unpassend dazwischen und mein Gedankenansatz zerplatzt wie eine Seifenblase. Er sagt das in solch einem beiläufigen Tonfall, dass es nur als Herablassung aufgefasst werden kann. Gleichzeitig jagt mir seine tiefe Stimme einen Schauer über den Rücken.

»Was willst du von mir?«, frage ich und übernehme den Tonfall sofort, nur dass sich bei mir noch eine leicht aggressive Note hineinstiehlt.

»Eben«, antwortet Noah an seiner Stelle und schiebt die Hände in die Hosentasche. »Was, wenn ich derjenige ...«

Mehr höre ich auch dieses Mal nicht, denn der arrogante Kerl plappert, ganz nonchalant, ein weiteres Mal dazwischen. »Ich bin hier, um dich zu holen.«

»Und, was meinst du?« Noah zupft an seinem Jackett herum.

Dumm nur, dass der aggressive Ton des *Mr-Collins*-Typen Noahs Worte locker übertönt. »Und zwar sofort!«

»*Was?!*«, lache ich auf.

Hallo?! Hat der sie noch alle?

Taucht hier aus dem Nichts auf und verkündet von oben herab und ohne Angaben von Gründen, dass er hier ist, um mich zu holen? Wozu? Und wohin? Tz, ohne mich! Hat der noch nie was davon gehört, dass brave Mädchen nicht mit fremden Kerlen mitgehen? Bin ich hier etwa bei *Die versteckte Kamera* oder was?

»Vergiss es!«, zische ich scharf und entschieden, damit kein Zweifel daran bleibt. Danach bekomme ich gerade noch mit, wie Noah, der nur ein winziges Stück hinter dem Kerl steht, sämtliche Gesichtszüge entgleisen.

Ich brauche einen Wimpernschlag, um zu verstehen.

Wie jetzt?! Noah kann unmöglich annehmen, dass meine Worte ihm gegolten haben ... oder?

Sein Gesichtsausdruck spricht eine andere Sprache und bejaht meine stille Frage.

Mensch! Kann dieser Montag denn noch eigenartiger werden?

»Hör mir mal gut zu«, sage ich und beuge mich ein Stück weiter zu dem Fremdkörper-Kerl vor, um die Sache (ja, damit meine ich den Kerl selbst!) so schnell wie möglich aus der Welt zu schaffen.

Wie schon erwähnt, sieht er mit seiner Pergamenthaut sowieso nicht aus wie ein Normalsterblicher, eher wie ein Zombie, der frisch aus dem Grab geschlüpft ist. Okay, ich sollte mich mit dieser Beleidigung vielleicht nicht zu weit aus dem Fenster lehnen, schließlich nennen mich meine Freunde nicht umsonst »Vamp«.

Als ich mich zu ihm vorbeuge, knistert der Stoff meines Kleides. Aber nicht nur mein Kleid. Es ist … es ist … *eigenartig*. Auf eine unangenehme Weise.

Schnell fahre ich mir mit den Händen übers Gesicht, zwinge mir ein Lächeln auf und bediene mich dem lieblichsten Stimmchen, das ich aufwarten kann: »Wer immer du bist und was immer du glaubst, dass ich tun soll – nicht mit mir. Kapiert?«

»Du bist doch Willow? Willow Parker?«

Beim Vernehmen meines vollen Namens zucken meine Augenlider verräterisch. *Verdammt!*

»Willow, ich wollte dich echt nicht überrumpeln. Ich dachte eigentlich …«, ergreift Noah abermals das Wort, fährt sich ungehalten durch seine blonden Locken, und bricht mitten im Satz ab.

Meine Verwirrung nimmt zu. So kenne ich ihn gar nicht.

Unsicher macht Noah einen Schritt vor, streckt den Arm nach mir aus, beugt sich zu mir und ich reiße schon den Mund auf um »Achtung!« zu schreien, als seine Stirn auf die Kante des Flatcaps des *Mr-Collins*-Verschnitts prallt.

»Autsch!«, flucht Noah. Dann schaut er sich verwundert um, während er sich über die Stirn reibt.

»Typisch Erdlinge!«, motzt der arrogante Kotzbrocken, richtet sein Cap und schüttelt genervt den Kopf.

Erdlinge? Auf welchem Stern lebt der denn?

Nun rückt er seine Sonnenbrille zurecht und setzt auch gleich zur nächsten Höflichkeit an. Dass Noah zu der ganzen Situation so gar nichts sagt, überrascht mich. »Ich habe keine Zeit für deine Liebesgeschwülste«, motzt er mich an. »Kommst du freiwillig mit oder muss ich dich dazu zwingen?«

Was hat der Kerl gesagt? *Freiwillig oder dazu zwingen …* Droht der mir etwa?

»Mann, kapierst du es immer noch nicht?«, fauche ich. Allmählich bin ich echt ungehalten. »Es gibt kein Du und Ich. Zieh einfach Leine, hau ab, verdünnisier dich! Mach 'ne Fliege!«

Der unheimliche Fremde hebt sein Kinn an, sein Blick bleibt hinter der Brille verborgen, aber ich sehe, wie er krampfhaft die Zähne zusammenbeißt, weil dabei seine Kiefermuskeln stark hervortreten.

»Und ich dachte immer, du ... du ...«, stottert Noah und weicht von mir zurück. Seine Verwirrung wechselt zu verletzter Eitelkeit. Ich verstehe nicht, wieso er ausgerechnet heute alles so persönlich nehmen muss, selbst das, was nicht für ihn angedacht war.

»Noah«, wispere ich. Es gibt nur eine Lösung, um dem ein Ende zu setzen, die da lautet: Ignoriere den Untoten!

Ich schiebe – na ja, schubse oder schmeiße – den Sympathieträger unsanft beiseite, mache einen großen Schritt auf Noah zu (ist er eben ein Stück vor mir zurückgewichen?) und schlinge meine Arme um seinen Hals. Im selben Augenblick fällt sämtliche Anspannung, inklusive Unsicherheit, von ihm ab und die atemberaubende Lässigkeit stielt sich in sein Lächeln. »Willow, du bist einfach ...«

»Was?«, hauche ich.

Ich sehe, wie sich sein Kehlkopf hebt und senkt, ehe er erneut das Wort ergreift. »... einzigartig.«

Mit diesen Worten zieht er mich an sich, und bevor ich weiß, wie mir geschieht, liegen seine Lippen auf meinen. Er küsst mich, als wäre es seine letzte Gelegenheit.

Ein Kuss voller gegensätzlicher Emotionen: wild und zart. Fordernd und gefühlvoll. Und zu einem verschwindenden Teil verunsichert.

Ich fühle die Wärme seines Körpers. Spüre das Pochen seines Herzens unter meiner Hand, die plötzlich auf seiner Brust liegt, und das Feuer darin.

Die angewiderten Zwischenrufe (»Sucht euch ein Zimmer!«) – wohlgemerkt von dem Untoten – überhöre ich gekonnt. Diese Taktik scheint wunderbar zu funktionieren. Jetzt muss ich nur noch den Knopf finden, der ihn dorthin befördert, wo er hergekommen ist. Wie wäre es mit dem Mond?

»Entschuldige«, wispere ich Noah ins Ohr. »Ich bin heute ein bisschen neben der Spur. Leider habe ich letzte Nacht echt beschissen geschlafen. Und dieser Kerl ...«

»Welcher Kerl?«

»Ach, nicht so wichtig«, winke ich ab. »Was wolltest du mich vorhin fragen?«

»Ob ich dein Kleid und das bezaubernde Wesen, das drinsteckt, am Donnerstagabend ins Kino ausführen darf?«

Dieses Lächeln, das bis zu seinen eisblauen Augen strahlt – wer könnte da schon widerstehen?

Ich zumindest kann nichts anderes tun, als glücklich zu nicken. Nach einer gefühlten Ewigkeit bringe ich schließlich die Frage zustande: »Wann geht es los?«

»Hier geht gar nichts los!«, brummt der Fremdkörper dazwischen.

Ist der immer noch hier?!

Ignorieren, Willow, ignorieren!

»Und wenn hier was losgeht, dann höchstens Willow und ich.«

Ich presse die Lippen zusammen und nehme mir ein Beispiel an Noah: Der überhört ihn einfach meisterhaft.

Nicht reagieren, nicht hinhören, wiederhole ich im Inneren mein neues Mantra. *Nicht reagieren, nicht hinhören. Nicht reagieren, nicht hinhören ...*

»Ich hole dich gegen sieben ab, einverstanden?«, fragt Noah und neigt sich vor, um meinen Blick zu finden – mein verkrampfter Mund scheint ihn bereits wieder zu irritieren. Leider bricht der Blickkontakt abrupt ab.

»Nein, absolut nicht einverstanden!« Der *Mr-Collins*-Typ tritt von der Seite noch näher an mich heran. (Diese unfreiwillige Nähe gehört garantiert in die Kategorie »Verletzung der Intimsphäre«!) Er ist mir so nahe, dass ich mich als verzerrtes Bild in seiner Sonnenbrille erkennen kann.

Ich beschenke ihn mit einem genervten Blick, doch er redet einfach weiter:

»Zuerst habe ich noch etwas mit Willow zu erledigen!«

Kann den mal bitte jemand zum Schweigen bringen? Meine Augen blitzen ihn immer noch zornig an, nur kurz, dann besinne ich mich meiner neuen Taktik und meine Aufmerksamkeit gilt wieder Noah.

Wie schafft er es nur, bei dem Gehabe dieses Kerls so ruhig zu bleiben?

»Einverstanden«, sage ich schnell.

Beim nächsten Atemzug begreife ich allmählich, was das bedeutet: Noah ist dabei, den nächsten Schritt auf dem holperigen Weg von »Kompliziert« zu »Unkompliziert« zu machen. Noch ist es nicht geschafft, aber es geht definitiv in die richtige Richtung. Hey, mein Carrie-Bradshaw-Tüllkleid bringt echt Glück.

Mein Bauch fühlt sich plötzlich so leicht an. So leicht wie der Stoff meines Kleides. Federleicht und schwerelos – oder ist es mein Herz?

Auch der letzte Gedanke löst sich in Luft auf, als meine Lippen Noahs Mund berühren. Der Kuss ist so sinnlich wie der Duft seiner Haare und schmeckt so verführerisch wie Noah selbst.

Erst die kollektive Aufbruchsstimmung unterbricht den leidenschaftlichen Augenblick. Das Pergamentpapiergesicht habe ich inzwischen völlig vergessen, und als ich nun aufblicke, ist der unheimlich nervige Typ ohnehin verschwunden.

Innerlich verfluche ich die Zeit, die nun, da wir endlich ungestört sind, ruhig mal etwas langsamer hätte verrinnen können, und doch entweicht mir ein glückseliger Seufzer.

Meine kleine Willow-Welt ist perfekt.

(Und ich ziehe dieses Kleid nie wieder aus!)

3.

Türkiser Nachthimmel

*D*as Tüllkleid hängt in seiner ganzen Pracht auf dem Kleiderbügel an meiner Schranktür, verdeckt mit seinem Volumen den halben Spiegel, und wartet auf den Tag X. Den Tag, den ich mir schon so lange herbeisehne und der morgen endlich kommen wird.

Seit Noah sich mit mir verabredet hat, sind zwei Tage verstrichen. Ich liege im Bett, starre an die Decke und lausche der Nachtstille.

Ich liebe die Nacht, liebe die Dunkelheit. Mein bleicher Teint kommt nicht von ungefähr. Ich bin nicht wirklich der Sonnentyp – okay, meine Augen brennen abartig, sobald sie ein gewisses Maß an Sonnenstrahlen absorbiert haben. Das war in meinen Kindertagen nicht viel anders. Da erwachte ich erst so recht zum Leben, wenn die Sonne hinter dem Horizont versank. Deswegen nannte mich Oma immer »meine kleine Nachteule«.

Ich atme die Nacht.

Alles liegt ruhig und dunkel vor mir. Nur hin und wieder blitzen die Scheinwerfer eines Wagens durch die Jalousien, entfernter Motorenlärm brummt zu mir hoch und vermischt sich mit meinen Atemgeräuschen.

Ich kriege kein Auge zu. Es fühlt sich an, als schwebe etwas durch den Raum. Jede Ritze, jeder Winkel, alles ist gesättigt mit Aphrodisiakum.

Natürlich weiß ich, was los ist – was mit *mir* los ist. Ich bin nervös. Ganz schrecklich nervös. Es ist keine negative Nervosität, nein, sie gehört in die Kategorie »prickelnde und belebende Aufregung«.

Nicht nur mein Kleid, auch ich warte gebannt auf den großen Tag.

Noah will mit mir ausgehen. Schon so oft habe ich mir diesen Moment in Gedanken ausgemalt. Mir vorgestellt, wie es sich anfühlt. Vollkommenes Glück. Und nun? Nun soll es tatsächlich Wirklichkeit werden.

Ich drücke auf mein Handy.

Ein Uhr siebenunddreißig zeigt das Display.

O Mann! Sandmännchen, kannst du bitte mal kurz zu mir rüberfliegen und mir einen unvergesslichen Traum schenken? (Ähm, fliegt das überhaupt? Ein Punkt für meine imaginäre Liste mit Fragen, die die Welt nicht braucht.)

Im selben Augenblick erwachen in mir die Erinnerungen an den Traum von neulich. Erinnerungen und Klarheiten: Das kleine Mädchen im Traum, das war ich. Dazu Mama, die mich hochhob. Das Gutenachtlied.

Leise summe ich die Klänge, denn selbst sie sind mit der Ruhe der Nacht zurückgekehrt. Vielleicht lässt mich die Melodie schläfrig werden?

Noch ehe ich den Gedanken fertig forme, sind die Bilder an den Treppensturz zurück. Zwar habe ich kaum noch Erinnerungen an das Haus meiner Eltern (leider auch nicht an meine Eltern selbst), ich war bei ihrem Tod noch viel zu klein, aber womöglich hat mein Unterbewusstsein mehr abgespeichert, als ich es mir vorstellen kann. Doch es war ja sowieso nur ein Traum und was ist in solch einem Gespinst schon real?

Als meine Eltern verunglückt sind, muss ich in etwa so alt gewesen sein wie das Mädchen in meinem Traum. Auch ich befand mich im Unfallwagen und wie durch ein Wunder habe ich das alles überlebt.

Vermutlich berührt mich der Traum aus diesem Grund so sehr und geht mir nicht mehr aus dem Kopf.

Wie sie wohl waren – Mama und Papa?

Ich lebe schon so lange bei Oma, dass alle Bilder an mein Leben davor verblasst sind. Selbst ihre Gesichter kenne ich nur noch von Fotografien aus Omas Fotoalbum. Mama: groß gewachsen, blaue Augen und dunkles, glattes Haar. Papa: blond, Charakternase, mit markanten Gesichtszügen.

Seufzend krieche ich tiefer unter die Bettdecke, will mich wieder meiner kribbeligen Vorfreude hingeben, doch es gelingt mir nicht. Stattdessen ist ein merkwürdiges Frösteln zurückgeblieben.

Ich zwinge mich, die Augen zu schließen.

Schlaf dich schön!, sagt Oma immer. Und wenn morgen mein großer Tag mit Noah stattfindet, sollte ich wenigstens versuchen, so schön wie möglich zu sein – oder besser gesagt, mich so schön wie möglich zu fühlen.

Doch ich kann nicht.

Selbst mit geschlossenen Augen bin ich hellwach.

Denn noch eine andere Sache pocht hinter meiner Stirn. Etwas, das ich nur allzu gern ins Unterbewusstsein verdränge. Ach was, Unterbewusstsein? Am liebsten würde ich es ganz aus meinem Gedächtnis löschen. Die Sache mit dem *Mr-Collins*-Typen. Keinen Plan, weswegen mir die Situation so zu schaffen macht. Denn ich ertappe mich seit unserer unheimlichen Begegnung hin und wieder dabei, wie ich mich umsehe, verstohlen um die nächste Ecke spähe oder mit Argusaugen die Umgebung im Blick halte. Aber zu meiner Erleichterung hat sich der Zombie-Typ nicht mehr blicken lassen. Also ist doch alles gut? Hm ... Ich weiß nicht so recht. Das Gefühl, dass er mir irgendwo auflauern und mich von hier wegschleppen könnte, haftet an mir wie eine zähe Schicht Harz. Nur, weil ich ihn nirgends mehr entdecken kann, heißt es nicht automatisch, dass er mich nicht weiter beobachtet.

Einem Wetterleuchten gleich, blitzen seine Worte in mir auf:

Kommst du freiwillig mit ...

Ich schüttele energisch den Kopf, zerre die Bettdecke hoch bis zum Kinn und wickele mich darin ein. Ein paar Atemzüge denke ich an nichts, liege mit offenen Augen da, lausche meinem Atem und dem Pochen meines Herzens.

Poch ... Poch ... Poch ...

... oder muss ich dich dazu zwingen?

Hastig wische ich mir mit der Hand über die Stirn, doch die Worte des Zombie-Typens hallen unaufhörlich in meinem Inneren wider.

Noah. Ich muss einfach nur an Noah denken. An seine blonden Locken, die im Gegensatz zu meinem Blond einen beneidenswert strahlenden Glanz besitzen. An sein Grübchen in der Wange, das hin und wieder auftaucht. Vor allem dann, wenn er so verdammt sexy lächelt. Wie er mich die vergangenen Tage voller Vorfreude und Sehnsucht angeschaut, ja, manchmal mit seinem Blick förmlich verschlungen hat.

Ich seufze – nicht aus Zufriedenheit. Selbst bei den Gedanken an Noah verfalle ich in eine grüblerische, gar zynische Stimmung.

Warum ist er plötzlich bereit für ein Date? Hat etwa keine andere Zeit für ihn? Und dann ausgerechnet an einem Donnerstag. Da stehen sonst immer seine Jungs an vorderster Front.

Mensch, Willow! Hör auf damit! Hör auf, dir alles schlecht zu reden und zu vermiesen. Herrgott noch mal! Und das auch noch, ehe es überhaupt so weit ist!

Na toll, jetzt verspüre ich nicht nur das unangenehme Gefühl der ständigen Beobachtung in mir aufkeimen, nein, jetzt bin ich auch noch sauer auf mich selbst.

Wütend schnappe ich mir mein Federkissen und zerknautsche es mit den Fäusten, dann drücke ich mich entschlossen hinein, als ich ein leises Geräusch vernehme.

Ein Surren.

Ist das mein Handy?

Verwirrt stütze ich mich auf meine Ellbogen und klaube mein Smartphone vom Nachttischchen, das direkt an das Kopfteil meines Bettes grenzt. Etwas fällt dumpf zu Boden und kullert unters Bett. Na toll, in meiner Ungeschicklichkeit habe ich die *Harry-Potter*-Wackelkopf-Figur runtergeworfen.

Umständlich fingere ich im Dunkeln danach, kriege sie schließlich zu fassen und richte mich ächzend wieder auf.

Einem Impuls folgend drücke ich mit der freien Hand einen Knopf meines Smartphones: Ein Uhr neunundvierzig zeigt das Display.

Doch mein Augenmerk gilt etwas anderem. Dem kleinen Icon, das mir zeigt, dass ich eine Nachricht erhalten habe. Als ich den Namen lese, stiehlt sich ein müdes, aber nicht weniger glückliches Lächeln in mein Gesicht.

Es ist eine WhatsApp-Nachricht von Noah. Ich kann mich nicht erinnern, wann mir Noah je geschrieben hat. Oder ist das gar eine Premiere?

Kann nicht schlafen.
Irgendwas Elektrisierendes liegt in der Luft ...
Ob es wegen morgen ist? ^ ^
Noah
01:49 Uhr

Mein Herz schlägt schneller. Noah geht es wie mir.

Gibt es nicht ein Sprichwort, das besagt: *Liebe liegt in der Luft?* Ob er mir damit eine versteckte Botschaft zukommen lassen wollte?

So oder so freue ich mich über seine Zeilen und tippe eifrig zurück:

Bin auch immer noch wach. Muss eindeutig am morgigen Abend liegen – oder an dem, was in der Luft liegt. (Hauptsache jemand ist schuld.)
*Mein Türkiskleid und ich freuen uns schon drauf! *-**
Willow
01:51 Uhr

Noch während ich beobachte, wie mein Finger den Senden-Button berührt, bereue ich es. Noah hat nicht erwähnt, dass er sich auf unsere Verabredung freut. Toll! Nun steh ich wieder da wie das leicht zu habende Ding, welches sein Herz an einen Kerl verloren hat, der an jedem Finger mindestens ein Mädchen hat.

Ich umklammere die *Harry-Potter*-Figur noch fester, die sich nach wie vor in meiner einen Hand befindet, aber in derselben Sekunde meines Anfalls von Zweifeln vibriert das Handy erneut.

Freu mich auf dich & dein Kleid!
Träum süß ...
Noah
01:53 Uhr

Aaww, er freut sich!
Ich verkneife mir eine begeisterte Antwort und belasse es bei einem knappen:

Dir auch süße Träume.

Gleichzeitig belächele ich meine zweiflerische Stimmung. Ich hirnlose Dummpute hab mir mal wieder viel zu viele Gedanken um nichts und wieder nichts gemacht. Wie wäre es stattdessen mit etwas Vertrauen in genau den Menschen, der mein Herz im Sturm erobert hat?

Bald ein Jahr ist es her, seit ich ihm auf dem Unigelände das erste Mal über den Weg gelaufen bin. Er, an einen Baum gelehnt und in ein Buch vertieft. Und ich? Ich bin über den Hinterhof geirrt. Keine Ahnung, an was es lag. Ob an seiner einnehmenden Ausstrahlung oder wie er völlig versunken in einem Buch gelesen hat. (Lesende Männer sind so sexy!) Vielleicht war es auch einfach das Gesamtpaket – die breiten Schultermuskeln, sein cooler Klamottenstil und dann erst sein Lächeln, als ich an ihm vorbeigehechtet bin. Da hat er nämlich kurz den Blick aus dem Buch gehoben.

Eigentlich stehe ich überhaupt nicht auf blonde Typen und noch weniger auf die Sorte Kerl, die nur mit dem Finger zu schnippen braucht und schon steht die nächste Anhimmlerin auf der Matte. Ich brauche keinen, der mit mir spielt. Nein, ich möchte einen, der weiß, was er will. Einen, der ehrlich ist und Köpfchen hat. Einen, dessen Lächeln mitten ins Herz trifft und der nicht nach jedermanns Pfeife tanzt, sondern stattdessen sagt, was Sache ist. Dennoch sollte er auch eine sensible Seite besitzen. Offen zeigen können, wenn ihn etwas bewegt.

Ja, eine außerordentliche Wunschvorstellung, ich weiß ...

Ob Noah all diese oder zumindest ein paar dieser Eigenschaften besitzt, kann ich nicht sagen. Noch nicht, denn so nah hat er mich bisher nicht an sich herangelassen. Schade eigentlich ... Ich wüsste gerne mehr über ihn. Wer ist Noah? Was denkt und fühlt er? Wie benimmt er sich, wenn er alleine ist? Gibt es etwas, das er nicht ausstehen kann?

Klar habe ich eine ungefähre Vorstellung von ihm. Er ist Sportfanatiker und wird neben seinem Mathestudium auch noch Sport absolvieren. Seine Leistungen scheinen sich im mittleren Bereich zu bewegen, außer in Sport, da ist er ein echtes Ass. Er kommt bei seinen Mitmenschen gut an, was bei seiner lockeren Art und dem einnehmenden Lächeln kein Wunder ist.

Aber sonst ...?

Wenn ich jetzt so darüber nachdenke, weiß ich über den privaten Noah ziemlich wenig – beschämend wenig sogar – und ich frage mich, wie das möglich ist.

Das Handy in meiner Hand gewinnt wieder an Schärfe und so bemerke ich, dass ich die letzte Nachricht noch nicht abgeschickt habe. Hastig drücke ich auf Senden und wünsche Noah somit auch eine gute Nacht, besser gesagt: schöne Träume (Von was ich träumen möchte, weiß ich sehr genau!).

Wackelkopf-*Harry-Potter* darf endlich wieder aufs Nachttischchen und mein Blick huscht ein zweites Mal über Noahs letzte Zeilen. Es ist, als berieseln mich seine Worte mit einer Prise Schlafsand. Endlich spüre ich die erlösende Ruhe, die mich einlullt und meine Augenlider immer schwerer werden lässt. Das Türkis meines *Carry-Bradshaw*-Outfits vermischt sich mit dem Schwarz der Nacht zu einem dunkel schimmernden Himmel. Beim nächsten Atemzug umschließt mich die tröstliche Wärme mit ihren Armen und wiegt mich in den Schlaf.

4.

Erstarrte Schmetterlinge im Bauch

In Zeitlupe zieht der heutige Uni-Tag an mir vorbei. Vor allem die letzte Vorlesung macht zähem Kaugummi harte Konkurrenz. Selbst Sams Geplapper über ihre Wochenendpläne locken mich nicht aus der Reserve. Erst die Erwähnung von Jonny, besser gesagt, die Besorgnis in ihrer Stimme, lässt mich aufhorchen.

»Du, wegen Jonny«, beginnt Sam mit gesenkter Stimme, damit der Prof uns nicht plappern hört, und spielt unruhig mit ihrem Kugelschreiber herum.

»Was ist mit ihm?«, frage ich blinzelnd, denn sie holt mich damit aus meiner weit entfernten Gedankenwelt.

»Er benimmt sich wirklich merkwürdig. Gestern hat er sich sogar über die Katze erschrocken, als sie ihm auf den Schoß gesprungen ist«, erzählt Sam flüsternd. Ihr verzogener Mund macht deutlich, wie besorgt sie ist.

»Soll ich mal mit ihm reden?«, biete ich mich an und überraschenderweise nickt meine Freundin.

Trotz der Unterhaltung fällt es mir unglaublich schwer, mich zu konzentrieren. Aber ich habe dafür auch die bestmögliche Entschuldigung: In wenigen Stunden findet das Date mit Noah statt! Alleine der Gedanke daran lässt einen Schwarm Schmetterlinge in meinem Bauch Cha-Cha-Cha tanzen. Sogar die aufgebrummte Hausarbeit in *Kunsthistorische Theorien* kann mich nicht von meinem Freudentaumel abbringen, denn mit dieser Vorlesung ist der Uni-Tag endlich geschafft.

Im Eiltempo krame ich alle Unterlagen zusammen und schmeiße sie achtlos in die Tasche. Ein Wochenend-Feeling macht sich breit und ich verschwende keinen Gedanken daran, dass morgen noch mal Pauken angesagt ist – jetzt zählt nur noch eines. Besser *einer*: Noah.

»Erde an Willow, Erde an Willow«, sagt Sam neben mir und stupst mich zwischen die Rippen, während wir den Korridor betreten. »In welchen Sphären schwebst du denn?«

Ich grinse sie breit an, will ihr gerade eine Antwort geben, als sie mir das Wort abschneidet. »Nein, sag nichts. Ich empfange eine undefinierbare Schwingung, die mir die Macht des Hellsehens verleiht. Es ist die Noah-Galaxie.«

Jetzt lache ich laut auf. Nicht nur, weil sie damit voll ins Schwarze trifft, sondern auch, weil sie mich einfach zu gut kennt.

Nur kurz ertappe ich mich dabei, wie ich verstohlen zum Mädchenklo hinüberschiele, dann schreite ich beschwingten Schrittes davon, sodass Sam Mühe hat, mit meinem Tempo mitzuhalten, und steuere auf mein Schließfach zu.

»Suchst du wen?« Sams Parfümwelle lullt mich ein, ehe sie wieder neben mir steht und mir liebevoll den Arm um die Schulter legt.

»Was? Nein«, sage ich hastig und fühle mich in meinen Gedanken ertappt. Doch ich checke bereits mit skeptischem Blick den Rest des Korridors ab. Und wenn schon. Den heutigen Tag lasse ich mir durch nichts und niemanden vermiesen. »Auf den spooky Typen kann ich gut verzichten.«

»Ähm, habe ich was verpasst?« Sam wirkt irritiert, umrundet mich und bleibt vor mir stehen. »Ich dachte, heute? Dein großer Tag? Kino und so? Nur du und Noah?«

Ich Schussel! Sie meint natürlich Noah. Augenblicklich stiehlt sich ein glückliches Lächeln in mein Gesicht.

»Du mit deinem Glückskleid? Mit deinem Märchenprinzen? Romantische Zweisamkeit?«, ergänzt sie ihre imaginäre Liste weiter. »Gemeinsames Popcorn? Heiße Küsse im flackernden Filmlicht?«

»Okay, okay«, stoppe ich ihren Redefluss, bevor es in irgendwelchen Peinlichkeiten ausartet, und hole sie auf den Boden der Tatsache zurück. »Überlass die intimen Details getrost mir. Aber ja, heute ist es endlich so weit. Noah, ich und mein Glückskleid – nur wir allein.«

»Ha!«, freut sich Sam und zerrt mich weiter zu unseren Schließfächern. Praktischerweise liegen sie dicht beieinander.

Sam reißt ihre Spindtür auf, wuselt sich durch sämtliche Unterlagen, und befördert schließlich ein paar Ballerinas ans Tageslicht. So blau wie ihr Top, aber mit weißen Punkten, die dem stylischen Touch ihres Outfits einen ziemlich mädchenhaften Dämpfer verpassen. Als sie meine hochgezogenen Brauen bemerkt, erklärt sie: »Meine Füße bringen mich um!« Sie streift sich die Pumps ab und schmeißt die unerhört gut aussehenden Schuhe im hohen Bogen ins Nirwana ihres Schließfachs. Ein dumpfes Plumpsen macht deutlich, dass sie irgendwo zwischen unnützen Kunstbüchern und dem übrigen (nicht weniger unnützen) Kram gelandet sind.

Meine Sachen habe ich längst verstaut, aber Sam braucht heute besonders lange.

»Ich will alles erfahren, hörst du?«, gibt sie die erste Anweisung an mich und stülpt sich den rechten Schuh über. »Jedes Wort, jeden Blick, jede Berührung und jede Einzelheit. Einfach alles.« Sams glatte Stirn kräuselt sich, als sie fortfährt. »Am besten, wenn die Infos noch brandheiß sind. Ich lechze nach Liebes…«

»Schon gut, schon gut«, unterbreche ich erneut ihren Redeschwall und zugleich das Abdriften in meine Intimsphäre. Ich halte ihr helfend die Hand hin, damit sie endlich fertig wird und ich nach Hause verschwinden kann. »Ich werde dir Bericht erstatten.«

»Auch die intimsten Details?«, bettelt Sam und stupst mich mit dem Ellbogen breit grinsend in die Seite. »Versprochen?«

»Ich versprech's«, entgegne ich. Dass ich dabei nicht entnervt stöhne, gleicht schon einer Heldentat. »Und weißt du was? Du bekommst sogar ein erstes Detail im Voraus – na ja, vielleicht fällt es eher unter die Kategorie ›Kostenloser Rat‹.« Das Kategorisieren von Dingen ist so etwas wie ein Spleen von mir, muss man wissen.

»Behalte deine weisen Ergüsse lieber für dich«, winkt Sam schnell ab.

»Wie du mir, so ich dir.« Ich zwinkere völlig unbeeindruckt, denn ich weiß mittlerweile sehr genau, wie man mit Sam umzuspringen hat. »Hey! Schaff dir endlich selbst einen Lover an!«

Sie kontert mit einem filmreifen Diven-Blick und lenkt in eine andere Richtung ab – ob absichtlich oder nicht, sei dahingestellt. »Dann wird das heute wohl nix mit unserem wöchentlichen Mädelsabend samt Serienmarathon?«

»Mist!«, entweicht es mir. »Ich habe es –«

Weiter komme ich nicht. Sam schlägt die Spindtür zu und ich schreie auf. Nicht, weil mir heute der Mädelsabend entgeht, auch nicht wegen des lauten Knalls, den ihre Schließfachtür verursacht, nein. Dort, wo eben noch ihre Tür offen stand, taucht ein Gesicht auf.

Wie bereits angedeutet, schwebe ich seit Tagen in einer Ich-erschrecke-mich-über-alles-Phase. Denn es ist lediglich ... Sams Bruder.

»Hey, ihr zwei«, begrüßt uns Jonny salopp, doch als er mich wahrnimmt, verzieht sich sein Mund zu einem merkwürdigen Lächeln. »Was schaust du denn so überrascht, alles okay?«

Mir entgeht nicht, dass Jonny mir exakt die Frage stellt, die ich ihm neulich erst selbst gestellt habe. Zu meinem Schreckens-Modus gesellt sich das Gefühl einer Déjà-vu-Schleife hinzu, nur mit einem winzigen Unterschied: Diesmal habe ich den Part der Ängstlichen eingenommen. Sind wir hier etwa beim Rollentausch?

»Willow fühlt sich etwas angespannt«, übernimmt Sam an meiner Stelle und bedient sich automatisch der gebildeten Wortschatz-Palette – wie immer, wenn Jonny anwesend ist. »Denn ihr steht heute noch ein unerhört existenzielles Zusammentreffen bevor.«

»Tatsächlich?« Jonny mustert mich eindringlich.

Zuckt da etwa ein spitzbübisches Schmunzeln über sein Gesicht? O ja, so ist es. Sein angedeutetes Lächeln verwandelt sich zu einem Grinsen. Nichts von seiner Nervosität ist mehr übrig. Kein fahriger

Blick, selbst seine Augen strahlen wieder klar und lebhaft hinter den Brillengläsern.

»Tatsächlich«, entgegne ich.

»Mein Beileid«, murmelt er, räuspert sich und presst die Lippen zusammen. »Mir stand selbst eine enorm wichtige Unterredung bevor –« Er wird im selben Atemzug von seiner Schwester unterbrochen.

»Stimmt! Dein Geheimtreffen, das war ja heute! Los spuck's aus, wie war's?« Vor lauter Aufregung vergisst Sam offenbar die Verwendung ihres hübschen Sprachgebrauchs.

»Es könnte nicht besser sein«, gibt sich Jonny rätselhaft und gleichzeitig zufrieden. Während er erneut das Wort ergreift, verschränkt er die Arme vor der Brust. »Ich wage die Prognose, dass heute ein außergewöhnlich guter Tag ist.«

»Das höre ich gerne.« Es mag lächerlich klingen, doch Jonnys Worte schenken mir wohltuende Beruhigung. Mit einem Mal wird mir bewusst, dass ich eigentlich keine Zeit habe, mich noch länger mit den beiden zu unterhalten. Ich muss mich echt sputen. Auf meiner To-do-Liste steht noch eine ganze Reihe an Dingen:

- eine Kleinigkeit essen,
- duschen,
- Glückskleid anziehen,
- Haare frisieren,
- der ganze Beauty-Kram
- und dann, hach, dann in Noahs VW-Käfer losflitzen.

»Ähm, Leute, wenn wir schon beim Thema sind: Ich muss echt los«, sage ich an Sam gewandt. »Wir holen den Mädelsabend nach, okay?«

»Sicher, kein Problem, Sweety. Viel Spaß heute Abend«, sagt sie immer noch leicht gekränkt, aber das Licht, das in ihren Augen aufblitzt, entgeht mir nicht. Sie umarmt mich zum Abschied, und als sie mir ein Küsschen auf die Wange drückt, haucht sie: »Die intimsten Details, klar?«

»Klar«, lächele ich und gleichzeitig schleicht sich ein heftiger Anflug von Nervosität in meine Eingeweide.

Nur wenige Augenblicke später renne ich die breit geschwungene Treppe hinunter, die Tür öffnet sich beim Näherkommen und ich trete hinaus in den schwülen Nachmittag. Die Sommerhitze liegt in jedem Staubpartikel, und die Luft ist so gesättigt, dass man sie regelrecht zerschneiden könnte.

Es ist nicht weit bis zu Omas Haus, nur wenige Minuten Fußweg. *Dreimal umfallen und schon bist du da,* pflegt Oma gern zu sagen. Dennoch erscheint es mir heute wie ein endlos langer Marsch.

Der kürzeste Weg ist immer noch eine Gerade, richtig?

Anstatt wie üblich dem Straßenverlauf zu folgen, verlasse ich kurz entschlossen den Gehweg, ignoriere das nervtötende Hupen des Wagens, der dicht hinter mir vorbeirauscht, und steuere auf den hübsch angelegten Park mit Bäumen und einer nicht allzu großen Grünfläche zu. Wohltuender Schatten legt sich über mich. Das Murmeln von Unterhaltungen und dumpfe Motorengeräusche schwirren durch die Luft und im Gleichtakt zu meinen Schritten wandern meine Gedanken zum heutigen Abend. Und Noah.

Obwohl ich mich selbst nicht betrachten kann, ahne ich, dass meine Aura vor aufgeregter Anspannung nur so strahlt.

Gerade als ich mir vorstelle, wie Noah mit dem alten VW-Käfer vorfährt und in seiner ganzen Attraktivität vor Omas Haustür stehen wird, überfällt mich ein Schatten der anderen Art. Darauf folgt ein leises Knacken.

Ich halte inne und sehe mich um. Blitzartig ist der Zustand des Schreckens-Modus' zurück und hält mich gefangen. Mein Herz klopft.

Die überschaubare Wiese, an deren Enden einige Parkbänke platziert sind, liegt ruhig vor mir. Büsche kauern neben dem schmalen Kiesweg, der eher einem Schlängelpfad gleicht, und eben rast ein Fahrrad-Rowdy viel zu dicht zwischen mir und einem Baum vorbei.

Das ist alles. Sonst kann ich nichts entdecken.

Okay, ein Stück weiter vorne sitzt eng umschlungen ein verliebtes Pärchen im Halbschatten der Buche auf der Parkbank. Die beiden können augenscheinlich nicht die Finger voneinander lassen.

»Alles gut«, wispere ich, um mich selbst zu beruhigen.

Tja, zu meiner üblichen Anomalie gesellen sich: Hirngespinste, Wahnvorstellungen und Halluzinationen.

Ich schüttele den Kopf über meine lächerliche Panikmache und setze einen Fuß vor den anderen. Nach wenigen Metern verfalle ich in ein eiligeres Schritttempo, gebe mich jedoch nach außen hin bemüht locker und selbstsicher. Aber ich kann mir nicht helfen: Ich bin mir sicher, dass ich verfolgt werde. Da klebt dieses ekelhafte Kribbeln am Rücken.

Auf einen Schlag verstummen ringsherum alle Geräusche.

Vielleicht ist auch das heftige Pochen meines Herzens, das bis in meine Ohren dröhnt, schuld daran.

Kein Vogel zwitschert.

Kein Auto braust über die ferne Straße …

Doch dann, ein Geräusch. Direkt hinter mir.

Ein Rascheln. Als ob jemand über die Wiese schleicht.

Einfach weitergehen, Willow.

Doch alles gute Zureden nützt nichts. Der Drang in mir, hinter jedes Gestrüpp und jeden Baumstamm zu schielen, ist mächtiger.

Der Park scheint plötzlich menschenleer. Moment mal! Hat sich der Schatten hinter dem Baum eben bewegt?

Unwillkürlich halte ich den Atem an.

Der verlassene Anblick des Parks verhöhnt mich und meine geistige Verfassung gleichermaßen.

Das reicht, Willow. Beruhig dich!

Ich atme kräftig ein und wieder aus.

Erneut raschelt es.

Nicht weit von mir.

Kommst du freiwillig mit oder muss ich dich dazu zwingen?, wehen die Worte des *Mr-Collins*-Typen mit der Sommerbrise durch mein Inneres.

Ist er tatsächlich hinter mir her? Hier im Park?

Das Gefühl, unter Beobachtung zu stehen, begleitet mich ja schon seit Tagen, aber das erste Mal bekomme ich es mit der Angst zu tun. Wie weit wird er gehen?

Bis nach Hause ist es nicht mehr weit. Also marschiere ich tapfer weiter. Der Typ wird sicherlich nicht am helllichten Tag über mich herfallen … oder?

Verdammt! Bilde ich mir das nur ein oder kriechen die Schatten der Büsche plötzlich bedrohlich nah an mich heran?

Er kommt! Er ist mir auf den Fersen!, ist alles, woran ich noch denken kann. Dass ich nicht gleich hysterisch herumschreie, grenzt an ein Wunder. Ich bin echt so ein Angsthase!

Die Stille um mich vermischt sich mit meinem panischen Herzschlag. Das alles wirkt nicht nur surreal, sondern auch überaus gespenstisch.

»Komm runter, Willow!«, murmele ich, als mir ein eisiger Schauer über den Rücken kriecht.

Es fröstelt mich.

Schritte – nicht meine.

Sie schleichen über den Boden.

Ich täusche mich nicht.

Jemand ist hinter mir.

Kommst du freiwillig mit ...

Gehetzt blicke ich mich um.

Niemand ist im Park, nicht einmal mehr das Liebespaar.

... oder muss ich dich dazu zwingen ...

Bloß Worte aus meiner Erinnerung. Aber die Drohung, die darin mitschwingt, klingt übel und ist greifbarer als die Realität! Was zum Teufel meint der widerliche Typ damit?

Gegen meinen Willen male ich mir aus, wie ein maskierter Kerl hinter dem nächsten Baum hervorspringt, mit erhobener Axt und geiferndem Mund, und mir mit einer blitzschnellen Bewegung einen Sack über den Kopf stülpt, während er mit der freien Hand meine Hilfeschreie erstickt. (Boah, in solchen Momenten verfluche ich meine blühende Fantasie!) Panik frisst sich unter meine Haut, packt meine Eingeweide und verknotet sie zu einem unverdaulichen Knäuel. Mein Herz pocht rasend. Einmal. Zweimal. Jetzt ist es blanke Panik, die mich antreibt.

Ich laufe.

Meine Schritte werden noch schneller.

Jagen über den Schlängelpfad.

Selten war ich so froh, in der Ferne die Eingangstür meines Zuhauses auszumachen.

Meine Gefühlswelt schleudert hin und her, heilfroh, jeden Moment zu Hause zu sein, und verängstigt zugleich, wegen der dumpfen Schritte hinter mir.

Sie werden schwerer. Hetzen über den Kies und legen an Tempo zu. Genau wie mein Herz.

Ist es tatsächlich er? Ist es der Kerl, der mich am Montag in der Uni abgepasst hat?

Und dann wird die Wahnvorstellung zur bitteren Wirklichkeit. Aus den Augenwinkeln sehe ich eine Bewegung und erstarre. Erst ist es nur ein Schatten, doch innerhalb von Sekundenbruchteilen verformt er sich zu dem Umriss einer Gestalt. Sie bewegt sich nur wenige Meter von mir entfernt, mit gesenktem Kopf und atemberaubender Geschwindigkeit.

»Nein!«, keuche ich. Was mache ich denn jetzt? Um Hilfe schreien?

Auch wenn ich das Gesicht nicht erkenne, bin ich mir sicher, dass *er* es ist.

Ruhig Blut. Es gibt immer eine Lösung.

In meinem Fall ist sie ganz einfach: so schnell wie möglich von hier zu verschwinden.

Ich zwinge mich, nicht mehr nach hinten zu schauen – jetzt zu stolpern, das wäre fatal.

Nun schlagen auch meine Chucks wuchtig auf dem Boden auf und die Kieselsteine fliegen in alle Himmelsrichtungen.

Zu den Schrittgeräuschen drängt sich ein keuchender Atem dazu. Das Keuchen kommt von mir, denn die Panik schnürt mir die Kehle zu.

Schneller, lauf schneller!

Ich bin überzeugt davon, dass der untote Typ genau hinter mir ist. Schweiß perlt auf meiner Stirn – nicht wegen der Sommerhitze.

Die Schritte sind nah.

So verdammt nah!

Mir ist klar, dass es ein Fehler ist, mich jetzt umzudrehen. Trotzdem komme ich nur mit großer Mühe gegen diesen Zwang an.

Ich muss wissen, wer hinter mir her ist. Muss dem Verfolger in die Augen blicken. Doch der geeignete Zeitpunkt ist noch nicht da.

Mit hetzenden Schritten fliege ich über die Straße. Erst als ich den Griff der Haustür mit zittrigen Fingern umklammere, werfe ich einen Blick zurück.

Ein Mann joggt durch den Park.
Einige Schüler haben die Parkbänke in Beschlag genommen.
Und eine ältere Dame geht Gassi mit ihrem Dackel.
Ist das alles?!
Waren die Geräusche vorhin schon da?
Gerade als ich in schallendes Gelächter ausbrechen will, da meine Psyche anscheinend völlig verrücktspielt, bleibt mir das Lachen im Halse stecken.
Nein, das ist *nicht* alles.
Da steht er. Der Typ mit seiner Pergamenthaut.
Am Parkausgang. In seiner Lederjacke, mit dem Flatcap und der Sonnenbrille auf der kantigen Nase.
Reglos. Breitbeinig. Mit einer bedrohlichen Ausstrahlung.
Er beobachtet mich.
Er ist hinter mir her.
Und verdammt, jetzt weiß er, wo ich wohne.

5.

Zärtliches VW-Käfer-Schnurren und andere Nebensächlichkeiten

Willow?«

Mit dröhnendem Kopf ziehe ich die Haustür ins Schloss. Omas Stimme zu hören tut gut. Es ist ein Hauch Normalität. Die Art Normalität, die mich binnen kürzester Zeit auf den Boden der Tatsachen zurückholt. Eine, vielleicht zwei Sekunden verharre ich an der Haustür und reibe mir über die Stirn.

»Liebes, bist du es?«, dringt Omas Stimme aus der Küche und schwappt über den Korridor zu mir herüber.

»Ja, ich bin's, Oma«, gebe ich aus dem düsteren Flur zurück und streife unterdessen meine Chucks von den Füßen.

Dürftiges Tageslicht fällt schräg durch das verstaubte, gelbliche Glas, das in der oberen Hälfte der Haustür eingelassen ist. Mit zusammengekniffenen Augen starre ich hinaus, aber ich erkenne die Außenwelt nur verschwommen.

Vage Umrisse des Parks.

Und irgendwo da draußen steht auch er ...

»Übrigens hat vorhin ein junger Mann angerufen und nach dir gefragt«, informiert mich Oma. Ihre Worte begleiten ein gläsernes Klirren des Geschirreinräumens, das in diesem Moment verstummt.

»Ein junger Mann?«, hake ich nach. Mein Herz schlägt augenblicklich wieder wild hinter der Brust. »W-Wer war es denn?« Hastig dränge ich den Gedanken, dass es sich dabei um den bedrohlichen Flatcap-Typen handeln könnte, in die hinterste Ecke meines Gehirns. O bitte, lass es einfach nur Noah gewesen sein und nicht irgendeinen dahergelaufenen Irren!

»Ich glaube, sein Name war ...« Oma verstummt. »Ach, jetzt ist mir der Name entfallen. Wie hieß er doch gleich? Nils? Irgendwas mit N.«

Ich verfalle in ein merkwürdiges Gackern. Nicht, weil Oma den Namen nicht mehr weiß, sondern vor Erleichterung. »Vielleicht *Noah?*«

Beim nächsten Atemzug fällt ein Schatten in den Korridor und ich kann nicht verhindern, dass ich kurz zusammenzucke. Meine Güte, was habe ich denn erwartet? Dass plötzlich der Untote auftaucht und mich aus meinen eigenen vier Wänden entführt?

Oma mustert mich prüfend und auf ihrer Stirn erscheint eine Steilfalte, so wie jedes Mal, wenn sie sich um mich sorgt.

Wie ich sie so betrachte ... Okay, okay, ich werde wahnsinnig – jetzt ist es offiziell!

»Willow, geht es dir nicht gut?« Omas rundliches Gesicht wirkt immer noch beunruhigt. Die Steilfalte vertieft sich, dabei zieht sie die Brauen zusammen und aus den Augen strahlt mir ein ernster Blick entgegen. Nur selten bemerke ich noch ihr Spiegelbild darin, aber gerade jetzt zeichnet es sich überdeutlich ab. Derselbe sanfte Blick, dasselbe liebevolle Lächeln.

Ich blinzele, um mich von dem Anblick zu lösen, denn Oma steht dieser ganzen Spiegelbild-Geschichte äußerst skeptisch gegenüber. Vermutlich, weil kein Psychiater je wirklich eine Ursache des »Problems« benennen konnte ... Nun trocknet sie ihre Hände am Geschirrtuch ab, das über ihrer Schulter hängt, und kommt noch einen Schritt näher. »Du wirst doch nicht etwa krank, so kurz vor den Semesterferien?«

»Nein, nein, Omi«, erwidere ich hastig. Meine Tasche fliegt beschwingt in die Ecke, dann drücke ich ihr einen Kuss auf die Wange, die so weich und zart ist und auch heute leicht nach Rosenseife duftet.

Seife und Wasser, die beste Verjüngungskur, predigt sie immer. Tja, da kann kommen, was will: Omas beinahe faltenfreie Haut liefert den augenscheinlichen Beweis ihrer Theorie.

»Ich bin nur etwas in Eile. Noah kommt gleich, um mich abzuholen.«

»Heute? Mitten in der Woche?«

Ich verkneife mir ein Lächeln, weil ich mich in diesem Moment wie das zehnjährige Mädchen fühle, das unbedingt alleine mit dem Rad zum Ponyhof fahren möchte. Leider gefällt das seiner Großmutter ganz und gar nicht, denn der Weg führt über zwei große Kreuzungen. Dass auf den dicht befahrenen Straßen der Tod lauert, wissen die beiden nur allzu gut. Genauso mag es Oma auch heute noch nicht, wenn ich alleine losziehe …

»Wo soll's denn hingehen?«, fragt sie und versucht sich an einem Lächeln.

»Nur ins Kino.« Natürlich hört das Oma auch nicht gern, weil meine Noten nicht die besten sind. Leise seufzend streift sie sich einige lose Haarsträhnen hinters Ohr, die sich über die Jahre von einem tiefen Schwarz in ein helles Grau verwandelt haben. Ihr schulterlanges Haar ist zu einem Dutt zusammengebunden.

Ich hebe meinen Blick. Eigentlich bräuchte ich sie gar nicht anzusehen, denn ich kann ihren missbilligenden Gesichtsausdruck auch so erahnen.

»Ach Omilein, am Donnerstag laufen doch immer die neuen Filme an«, sage ich und lege meinen Arm liebevoll um ihre Schulter. »Mach dir keine Sorgen: Im Augenblick bin ich ziemlich gut dran an der Uni.« (Darauf, dass der Begriff »ziemlich« recht dehnbar ist, werde ich jetzt nicht näher eingehen …)

»Nun ja, Liebes, du bist achtzehn und wirst dich von einer alten Frau, wie ich es bin, wohl kaum davon abbringen lassen.«

Obwohl sie nun schmunzelt, schwingt in ihren Worten eine traurige Note mit. Sie fürchtet den Tag, an dem ich ausziehen werde. Fürchtet sich vor dem Alleinsein. Dass sie ihr einziges Kind durch einen Autounfall verloren hat, war tragisch genug, und ein Schock, den sie bis heute nicht überwunden hat. Bestimmt ist es eines der allerschlimmsten Dinge, die einem widerfahren können, wenn man sein Kind zu Grabe tragen muss. Vermutlich in Omas Fall umso schlimmer, weil sie einige Differenzen hatten, die meine Mutter mit in den Tod nahm. In den ersten Jahren habe ich Omi in der Nacht oft weinen hören. Meistens schlich ich dann auf Zehenspitzen zu ihr ins Zimmer, krabbelte in ihr Bett und kuschelte mich in ihre Arme. Dass ich seither bei ihr lebe, war – wie sie es selbst gerne nennt – »das schönste Geschenk«. Trotzdem wissen wir beide, dass der Tag kommen wird, an dem ich auf eigenen Füßen stehe. Unausweichlich. Doch bislang schweigen wir beide über dieses heikle Thema. (Hey, vielleicht löst es sich ja von alleine. Haha. Ähm, ja, viel wahrscheinlicher ist es, dass Omi mich für den Rest meines Lebens mit ihren Kochkünsten beglückt, sogar dann, wenn ich selbst schon alt und grau bin.)

»Iss erst mal eine Kleinigkeit«, verkündet sie in diesem Augenblick.

Na, was habe ich gesagt?

»Später«, rufe ich über die Schulter, denn ich spute bereits, immer zwei Stufen auf einmal nehmend, die Treppe hoch in mein Zimmer. »Ich muss mich erst noch umziehen für –«

»– heute Abend«, beendet Oma meinen Satz. Die Worte dringen nur noch als leiser Hauch zu mir empor.

Ich lächele und schüttele den Kopf.

»– *für Noah*«, wollte ich eigentlich sagen.

Ich erklimme die letzten Stufen und zerre mir das Shirt umständlich vom Oberkörper, noch ehe ich mein Zimmer betreten habe. Es klebt förmlich an mir. Dank der kleinen Panikattacke im Park ist der Stoff völlig durchgeschwitzt. Im hohen Bogen fliegt das Kleidungsstück aufs Bett. Kurzerhand entledige ich mich auch der restlichen Kleidung und hüpfe unter die Dusche.

Der kalte Wasserstrahl tut gut. Spült sämtliche Anspannung und angestaute Angst weg.

Gedankenverloren halte ich meinen Kopf unter das fließende Wasser und verliere jegliches Zeitgefühl. Mir kommt es so vor, als vergehen Stunden.

Viel länger als nötig verharre ich unter der Dusche und verlasse sie erst, als sich in meinem Inneren Gedanken formen. Ich beginne, mich mental auf die bevorstehende Verabredung einzustimmen.

Langsam trockne ich mich ab und schlüpfe in die schönste Unterwäsche, die ich besitze. Schwarze Spitzen mit pinken Sternchen. Der seidige Hauch von Nichts fühlt sich gut an und schenkt mir eine Woge an Glücksgefühlen.

Sie bleibt mir auch erhalten, als ich meine Haarmähne bändige und meine Augen mit Mascara betone. Schließlich schreite ich mit entschlossenen Schritten ins Zimmer und streife behutsam mein Glückskleid vom Kleiderbügel. Einen flüchtigen Moment betrachte ich das gute Stück, dann lasse ich den weichen Stoff über meine Haut gleiten. Mit dem Anziehen kehrt das Herzklopfen zurück.

Freude fließt durch meine Adern. Glück bis in die Fingerspitzen. Wenn ich es nicht besser wüsste, würde ich behaupten, das Kleid ist magisch.

Ohne weitere Zeit zu verlieren, ziehe ich den Reißverschluss hoch und schlüpfe in meine Sandaletten. Ich kämpfe noch mit dem Riemchen des zweiten Schuhs, da erklingt das Schrillen der Türklingel im Untergeschoss.

Diesmal kommt kein ungutes Gefühl in der Bauchgegend auf, nicht einmal ansatzweise. Ich springe auf und ein freudiges Lächeln hüpft mir ins Gesicht, als sich mein Blick im Schrankspiegel findet.

Ich bin bereit. Bereit für den nächsten Schritt. Bereit für das Abenteuer: Noah & Willow.

Kurz nicke ich mir zu, ein letzter prüfender Blick wandert über mein Spiegelbild. Ja, ich bin zufrieden.

Entschlossen wende ich mich ab und verlasse das Zimmer.

Im Untergeschoss vernehme ich Omas Schritte, die über den Korridor wetzen, und zum allerersten Mal höre ich heraus, dass ihre Bewegungen nicht mehr die gleiche Leichtigkeit wie früher besitzen. Das leise Ächzen der Haustür dringt zu mir hoch, noch ehe ich mit dem ersten Fuß die Treppe betrete.

»Guten Abend, Frau Parker«, höre ich Noahs Stimme. »Ich möchte gerne Willow abholen.«

Wie das klingt. So förmlich und höflich, als ob er befürchte, meine Oma könnte es ihm verbieten.

Lächelnd betrete ich den Hausflur, gehe auf die beiden zu, und das Lächeln spiegelt sich in Noahs Gesicht, sobald ich in seinem Blickfeld erscheine.

»Hey, Willow«, begrüßt er mich. Es ist nicht mehr als ein gedehnter Worthauch, aber verdammt, klingt das sexy, wenn er meinen Namen ausspricht.

Eigentlich haben wir ausgemacht, dass er im Wagen wartet und ich rauskomme. *Eigentlich*. Doch offensichtlich habe ich für das Mich-Aufhübschen-und-Herrichten einiges länger gebraucht, als ich dachte.

»Hey«, sage ich und unterdrücke den Schwall Nervosität, der in mir emporklettert und schlagartig an Tempo zulegt, weil Noah nach meiner Hand greift. Wie sich seine Finger nun mit meinen verschränken, ist da nur noch ein unbändiges Kribbeln.

»Kann's losgehen?«, raunt er mir zu. Er trägt ein blau kariertes Kurzarmhemd zu einer schmal geschnittenen Jeans. An ihm sieht die Kombination so atemberaubend gut aus, als wären es die schönsten Klamotten der Welt.

Ich blinzele und besinne mich.

»Kann losgehen«, sage ich nickend und schnappe mir noch schnell meine Jeansjacke. Dann lasse ich mich von Noah zur Türschwelle ziehen, drehe mich noch einmal um und lächele Oma liebevoll an. »Warte nicht auf mich, okay?«

Ein sanftes Kopfnicken, ein feines Schmunzeln – ich weiß nicht, an was es liegt, ob am Glanz in ihren Augen oder an ihrer Körperhaltung. Mit einem Mal wirkt sie klein und irgendwie hilflos.

Ich löse meine Hand von Noah, gehe ein paar Schritte zurück und nehme Oma liebevoll in die Arme.

»Viel Spaß, meine Kleine«, wispert sie und drückt mich dankbar an sich.

Ein letzter Kuss auf ihre Wange, dann schreite ich über die Schwelle. Hinaus in die frische Luft.

Nur flüchtig, wie ein Flügelschlag eines Vogels, streift mich beim Anblick des Parks die Erinnerung an den Zwischenfall von vorhin. Meine Gedanken gelten nun etwas Schönerem: Ich bin startklar für das erste Date. Mit Noah.

Mit jedem Schritt, den ich auf seinen Wagen zugehe, blättert die Erinnerung von mir ab.

Noah steht bereits beim VW-Käfer und hält mir, ganz gentlemanlike, die Wagentür auf.

Kaum dass ich Platz genommen habe und die Tür ins Schloss fällt, gleitet Noah auf den Fahrersitz und startet den Motor des alten Gefährts.

»Auf welchen Namen hört er denn?«, frage ich, nicht nur, weil ich beim Anblick seines Käfers unweigerlich an *Herbie* denken muss – dieselbe Farbe, dasselbe Modell, fehlt nur noch die Nummer 53 –, auch weil das eine Macke von mir ist, allem einen Namen aufs Auge zu drücken.

»Der Wagen?«, fragt Noah sichtlich amüsiert. Er spielt ein wenig mit dem Gas, bevor er den Gang einlegt und schließlich auf die Straße einbiegt. »Hast wohl zu viele *Herbie*-Filme gesehen, was?«

»Von wegen. Ein Name hat etwas mit Wertschätzung und Respekt gegenüber deinem fahrbaren Untersatz zu tun«, verteidige ich mich und streiche als Bestätigung über das Armaturenbrett des Käfers.

»Dann mach einen Vorschlag«, kontert er und seine Braue wandert herausfordernd in die Höhe.

»Ist der Wagen ein Käfer oder eine Käferin?«

»Hä?« Noah verschaltet sich, weil ihn meine Frage offenbar ziemlich irritiert.

Verstohlen mustere ich ihn von der Seite, während wir scharf nach rechts in Richtung Kino abbiegen, und es entgeht mir nicht, dass sein Mundwinkel leicht zuckt.

»Ähm, also ... darüber habe ich mir noch nie Gedanken gemacht, aber spontan würde ich sagen –« Er bricht ab.

»Spontan ist immer gut«, ermutige ich ihn.

»– eine Käferin.« Sein Mundzucken von vorhin verwandelt sich zu einem eindeutigen Grinsen.

»Dann taufe ich dich hiermit auf den Namen ...« Verflixt, wo nehme ich denn so schnell einen passenden Namen her? Jaja, erst wichtig die Klappe aufreißen und dann selbst nichts liefern – das geht natürlich gar nicht.

Also spucke ich den erstbesten Namen aus, der mir durch den Kopf schießt. Er ist zwar nicht besonders einfallsreich, aber er hört sich gut an. »... Herbiene.«

»*Herbiene*, das ist jetzt nicht dein Ernst?« Noah lacht jetzt lauthals. »Herbiene«, wiederholt er immer noch lachend. »Etwas Besseres ist dir nicht eingefallen?«

»Gegenvorschlag?«, frage ich und verschränke die Arme vor der Brust.

Wir erreichen gerade den Parkplatz und somit bleibt die Sache mit dem Gegenvorschlag vorerst unbeantwortet in der Luft hängen.

Noah findet eine kleine Parklücke und Herbiene (ich nenne das Gefährt einstweilen so) kommt stotternd zum Stehen.

Ich öffne die Wagentür, doch Noah ruft: »Warte Willow, ich mache das.« Mit diesen Worten hechtet er mit großen Sprüngen um den Wagen herum – was ziemlich witzig aussieht – und hält mir die Tür auf. Seinen Mund ziert ein eigenartiges Schmunzeln. Ist er etwa verlegen? »Du sollst dich heute wie eine Lady fühlen«, murmelt er mit heiserer Stimme.

»Das tue ich bereits«, sage ich, stelle mich auf Zehenspitzen und hauche ihm einen Kuss auf die Wange. Ich bin echt gerührt.

Hand in Hand schlendern wir zur Eingangstür. Der Kassenbereich im Kino ist ziemlich voll und bebt vor buntem Treiben. Überall Geschwätz, das von Gelächter und lauten Rufen durchbrochen wird. Im Hintergrund berieseln diverse Film-Trailer die Räumlichkeiten im Eingangsbereich. In der Luft liegt der Duft von Popcorn, Kaffee und Softgetränken, vermischt sich mit den aufsteigenden Blasen des Prickelwassers, und schwebt als unsichtbarer Schleier über den Köpfen der Kinobesucher. Nach zwei, drei Atemzügen habe ich mich bereits an den Geruch gewöhnt.

Wir schlängeln uns zu der hintersten Kasse durch, und hin und wieder glaube ich, ein Gesicht von der Uni her zu kennen.

Noah, der einen halben Schritt hinter mir geht, seine Hand sanft auf meinem Rücken liegend, kennt allerdings jeden Dritten. Hier ein »Hallo«, dort ein »Hey Mann« und dann – Mist! – ein Stück links von uns entdecke ich Jonas, Bastian und den Rest von Noahs Jungs aus dem Basketball-Team.

Das war's dann also mit dem ersten romantischen Date. Das ist kein Schwarzsehen oder so. Noah und seine Kumpels gehören zusammen wie Pech und Schwefel, Gold und Silber oder Pizza und Cola. Tja, da hatte wohl die Schicksalsgöttin ihre Finger im Spiel.

Bevor ich das Universum dafür verfluche, versuche ich, es besser pragmatisch zu sehen.

Realitätscheck! Es ist im Grunde ganz einfach: Wenn Noah sich wirklich für mich interessiert (von wegen: Ich soll mich wie eine Lady fühlen!), wird er unser Date durchziehen und mit Bravour bestehen. Sollte er jedoch tatsächlich vorschlagen, dass wir einen lustigen Abend mit seinen Kumpels verbringen könnten, ist unser Status »Kompliziert« noch komplizierter, als ich bis jetzt gedacht habe. Dann ist er einfach nicht alltagstauglich ... beziehungsunfähig ... basta!

Doch noch hat er Jonas und Co. nicht bemerkt ...

Wir sind an der Reihe.

»Welchen Film möchtest du sehen?«, fragt mich Noah.

Zur Auswahl steht irgendein Sci-Fi-Streifen, ein Action- oder ein Animationsfilm. Ich entscheide mich für den Actionstreifen – guter Kompromiss, denke ich. Zudem ist mir alles recht, solange dieser Kerl neben mir sitzt.

Als Noah die Eintrittskarten bezahlt, entdeckt ihn Jonas und kommentiert das lauthals. »He Mann! Noah!«, brüllt er über sämtliche Anwesenden hinweg. »Ich dachte, du hättest heute Abend keine Zeit wegen der Uni und so?«

Es ist das erste Mal, dass ich Noah erröten sehe.

Ich versuche zu rekonstruieren, was bei Noah und den Jungs im Hintergrund abgelaufen ist. Eines ist klar: Seine Jungs sind ihm heilig – und eben diesen hat er *meinetwegen* was vorgeflunkert?! Ich weiß nicht, was ich davon halten soll ...

Einerseits zeigt es, dass er seinen Jungs tatsächlich für einen Abend mit mir einen Korb verpasst hat (Haha: wie doppeldeutig bei einem Basketball-Team!). Andererseits verstehe ich nicht, warum er nicht einfach offen sagen konnte, dass er eine Verabredung mit einem Mädel hat. Oder noch deutlicher: einem Mädel namens Willow. Schämt er sich etwa für mich? Weil ich so vampmäßig daherkomme vielleicht?

»Hey, Jungs«, antwortet Noah kleinlaut und streicht sich durch seine Locken. Aber ausnahmsweise strahlt die Geste nichts Unwiderstehliches, dafür viel eher Unsicherheit aus. Wider Erwarten bleibt er jedoch an meiner Seite stehen und geht nicht zu ihnen rüber. »Reden wir morgen, okay?«, fährt er fort. Ohne eine Antwort abzuwarten, hebt er das Kinn als Zeichen, dass er weitermuss, und schon spüre ich erneut seine Hand auf meinem Rücken liegen, die mich sanft, aber bestimmt in Richtung Rolltreppe schiebt und somit zum Kinoeingang, der eine Etage höher liegt.

Okaaay, das war jetzt echt eigenartig ... Ob ich etwas dazu sagen soll?

Schweigend gehen wir auf den Kinosaal zu. Ich schiele zu Noah hinüber, betrachte seine Gesichtszüge, bemerke, wie die Kiefermuskeln leicht hervortreten.

»Ist zwischen dir und den Jungs alles okay?«, höre ich mich fragen, ohne dass ich es wollte. Hastig beiße ich mir auf die Unterlippe, doch diese Reaktion kommt definitiv zu spät. Typisch Willow! Mein loses Mundwerk hat über die Jahre ein ungemütliches Eigenleben entwickelt und mich schon in so manch peinliche Situationen befördert. Es wird höchste Zeit, ein Heilmittel dagegen zu erfinden.

»Klar«, sagt er einsilbig und selbst ein Blinder hätte, ohne dabei sein Gesicht sehen zu müssen, herausgehört, dass er angepisst ist.

Diesmal verkneife ich mir eine weitere Frage.

Verunsichert gehe ich weiter, betrete an seiner Seite den Kinosaal und wir gehen zu unseren Plätzen. Noah hat Karten für die hinterste Reihe ergattern können. Bombastische Sicht, total gemütlicher Sitz, sogar ein Kuschelsofa für zwei, also wie geschaffen für das erste Date. Nur die Stimmung, die vorherrscht, will nicht so recht dazu passen.

Auf der Leinwand flackert irgendwelche belanglose Autowerbung, die meine Aufmerksamkeit nicht zu erregen vermag.

Ich will nicht, dass sich Noah wegen mir schlecht fühlt. Noch weniger, dass er meinetwegen Probleme mit seinen Jungs bekommt.

Ich mache den Mund auf, um ihm das mitzuteilen, doch er kommt mir zuvor.

»Sitzt du auch bequem?« Noah lächelt mich an. Lächelt sein verführerisches Lächeln, das mein Herz zum Tanzen bringt. Allein dafür hat es sich gelohnt, hier zu sein, denke ich seufzend.

Endlich entspanne ich mich und kuschele mich an seine Seite, dabei fühle ich seine trainierte Brust unter meiner Hand. »Sogar sehr bequem. Ich könnte für immer so sitzen bleiben«, schnurre ich wie ein zahmes Kätzchen. Meine Gedanken wandern weiter – aber das behalte ich schön für mich.

Für immer bei dir bleiben!

6.

Wenn du realisierst, dass dein Ausrutscher in die Anomalie mit jeder Sekunde wächst

Der Abspann des Filmes flackert über die Leinwand.

Viel länger als nötig bleiben wir aneinandergekuschelt auf unserer gemütlichen Pärchenbank im Dämmerlicht sitzen. Wir haben kaum ein Wort geredet, aber Worte waren auch nicht nötig. Die ganze Zeit über verlor ich mich in Noahs Berührungen, genoss seinen Atem, der über meine Haut wanderte, und sein Knabbern an meinem Ohrläppchen ließ mich angenehm erschaudern.

Würde mich jemand nach dem Streifen befragen, der eben noch über die Leinwand flimmerte: Ich hätte ihm bestenfalls den Namen des Hauptdarstellers nennen können, doch selbst beim Filmtitel wäre ich schon arg überfordert gewesen.

»Wir sollten gehen«, raunt Noah jetzt, doch sein Blick spricht eine andere Sprache. Darin liegt ein zartes Funkeln. Vielleicht Sehnsucht. Etwa Sehnsucht nach mir?

»Ja, sollten wir«, hauche ich. Doch ich kann mich nicht aus seiner Umarmung lösen. Mit all meinen Sinnen werde ich von ihm angezogen. Meine Hand legt sich von ganz allein auf seine Brust, dann schmiege ich meine Stirn in seine Halsbeuge. Hach. Er riecht einfach göttlich ... Im nächsten Moment verbirgt auch er sein Gesicht in meinen Haaren, legt mir die Hand in den Nacken und zieht meinen Oberkörper noch näher an sich heran.

Langsam hebe ich meinen Kopf. Noah erforscht küssend die Konturen meines Gesichts. Seine sinnlichen Lippen nähern sich meinem Mund und ich stöhne leicht auf, als er seine Lippen fest auf meine presst, leidenschaftlich und fordernd zugleich. Und ich wünsche mir, dass er niemals damit aufhören würde, mich zu küssen. *Niemals ...*

Ach, dieser Kerl wickelt mich voll um den Finger, denke ich glücklich seufzend, als plötzlich ein greller Lichtstrahl vor meinen Augen aufblitzt.

»Hey, was ist mit euch zwei Turteltauben?«, fragt ein korpulenter Mann, der vermutlich den Kinosaal für die Nachtvorstellung vorbereiten muss. »Wartet ihr auf 'ne Extraeinladung oder was?«

Noah grinst mich an und ein spitzbübischer Ausdruck huscht über sein Gesicht. »Wir sind schon weg«, sagt er wenig beeindruckt und ohne den Blick von mir zu nehmen. »Wollen wir zu dir oder zu mir?«, grinst er, während wir uns gemächlich voneinander lösen.

Der Obermacker-Spruch schlechthin, doch selbst der klingt aus seinem Mund wie Poesie. »Wie wäre es mit einem Spaziergang am See?«, mache ich einen Gegenvorschlag.

Immer noch grinsend erhebt sich Noah, hält mir seine Hände hin, um mich auf die Beine zu ziehen – wenn er wüsste, wie froh ich darum bin, denn mir ist eben der Fuß eingeschlafen.

Etwas wackelig stakse ich hinter ihm her, aber ich komme nicht weit.

»Junge Lady?«

Wieder der Kino-Mann, der überraschenderweise im Stehen kaum größer ist als ich – und das will schon was heißen. Erst beim zweiten Blick erkenne ich, was er mir entgegenstreckt. Oje, ich hätte beinahe meine heiß geliebte Jeansjacke vergessen. Dass einem ein Kerl so derart den Kopf verdreht, bekommt auf einmal eine tiefere Bedeutung. Ich lächele versonnen vor mich hin.

»Oh ... ähm, danke«, sage ich schließlich, klemme mir das gute Stück unter den Arm und schließe zu Noah auf, der beim Ausgang auf mich wartet. Während wir den Kinosaal verlassen und die Rolltreppe erreichen, suchen meine Finger instinktiv Noahs Hand. Noahs große, kräftige Hand, die sich so wundervoll in meine schmiegt.

»Mist!« Noahs Ausruf kommt völlig unerwartet und ich brauche eine weitere Sekunde, ehe ich verstehe, worauf sich der Ausruf bezieht. Dann frage ich mich allerdings, wie ich das überhören konnte. Schwere Tropfen klatschen gegen die Eingangstür – ein echter Sommerplatzregen, wie er im Buche steht.

»Der Wettergott lässt grüßen!«, murmele ich und verfluche innerlich Petrus, denn ich hasse Regen. Ich bin mehr das Laue-Sommernacht-Mädel, und als nun die Eingangstür von zwei Personen, die dem Nass entfliehen möchten, ungestüm aufgezerrt wird, nimmt die Geräuschkulisse schlagartig zu. Es schüttet wie aus Eimern.

»Ein Vorschlag«, sagt Noah und bleibt vor mir stehen. »Du wartest hier und ich hole Herb... Herbie...«

»*Herbiene?*«, helfe ich ihm auf die Sprünge.

»Ach, den Namen kann ich mir im Leben nicht merken«, lacht er und streift mir zärtlich über die Wange. »Ich hole den fahrbaren Untersatz und du wartest hier. Wäre doch zu schade, wenn das hübsche Kleid nass wird.« Wieder sein Lächeln – so verführerisch.

»Einverstanden.« In mir breitet sich ein Gefühl von Glück aus. Nie hätte ich damit gerechnet, dass Noah so ein Gentleman sein könnte. Wo ist der alte Noah hin? Der, der sich nicht binden möchte? Der, der alle zwei Tage eine andere an der Angel hat. Der, der lieber mit seinen Jungs abhängt. Also wer sich so benimmt, kann es mit der Beziehung doch nur ernst meinen – *oder?*

Im selben Augenblick haucht mir Noah einen flüchtigen Kuss auf den Mund und es fühlt sich an wie ein Versprechen, das wir ab sofort zusammengehören.

Langsam entfernt er sich von mir, seine Finger streifen über meine, bis er mir schließlich entgleitet.

Gemächlich schlüpfe ich in meine Jacke, während ich Noah durch die Glastür nachschaue, wie er zwischen den Menschen, die sich unter den Dachvorsprung quetschen, und den fallenden Regentropfen verschwindet.

Dann bin ich allein.

Wenige Meter vor mir höre ich Jonas grölen und frage mich, ob zwischen ihm und Noah wirklich alles okay ist. Instinktiv wandert mein Blick über die Kinobesucher, doch im selben Moment schreie ich auf. Nicht nur, weil hinter meinem Rücken die Bedienung laut flucht, da sie offenbar eine unsanfte Begegnung mit der Seitentür gemacht hat. Nein, hinter der Tür taucht das blasse Zombie-Gesicht auf, zu dem ich nicht mal einen Namen kenne. Aber nennen wir es einfach mal »provokativer Fremdkörper«.

Ich schnaube laut. Gerade fühle ich bei seinem Anblick keine Angst – da ist nur Wut in meinem Bauch.

Er kommt auf mich zu.

Ich weiß nicht, ob ich außer mir vor Panik davonlaufen soll oder vielleicht besser versuche, ihn mit meinem Handy k. o. zu schlagen.

Letztendlich tue ich nichts von beidem.

»Du schon wieder«, zische ich, als er vor mir stehen bleibt. Es klingt leise und bedrohlich, so ganz anders als mein Herzschlag.

»Wie meinen?«, fragt ein groß gewachsener Typ, der eben an mir vorbeigeht. Kurz mustert er mich kritisch mit seinen tief in den Augenhöhlen liegenden Knopfaugen, dann fragt er: »Redest du mit mir?«

»Was? Nein!«, entgegne ich genervt.

Ist das zu glauben? Kaum taucht dieser *provokative Fremdkörper* auf, fühlen sich alle rundherum sofort angesprochen. Als besitze er ein negativ geladenes Magnetpotenzial.

»Du kapierst einfach nicht, was ich will«, fährt der Fremdkörper von Kerl nun wieder fort. Ihn beeindrucken solche Zwischenfälle keine Spur, ganz so, als ob er den lieben langen Tag nichts anderes erlebe. »Ich gehe hier nicht weg, ehe du nicht mit mir kommst. Nur deswegen wurde ich herbeordert.«

Herbeordert? Wie der redet! »Da kannst du lange drauf warten.« Meine Worte sind nicht länger nur ein Zischeln, sondern gleichen einem giftigen Fauchen. »Von mir aus, bis du alt und grau bist.« Erst jetzt erinnere ich mich an meine alt bewährte Taktik:

I-g-n-o-r-i-e-r-e-n!

»Wenn du nicht mit mir redest, hör gefälligst auf, mich dumm anzuquatschen!« Immer noch dieser lange Spargeltarzan. Dazu dieser Ausdruck in seinem Gesicht – irgendwie gekränkt und angewidert zugleich. Was ist nur mit dem los?

»Na, ich rede mit diesem blasierten, huttragenden, namenlosen Idioten!«, entgegne ich, schleudere mit dem Finger in die Richtung des *Mr-Collins*-Typen und setze zu einer weiteren Ausführung an, als –

»Bo.«

»Hä?«, frage ich viel zu schrill. Das mit dem Ignorieren klappt ja richtig großartig.

Dafür geht der lange Lulatsch, ohne ein weiteres Wort, kopfschüttelnd weiter. Nach ein paar Schritten murmelt er doch noch irgendwas von »… irre Tussi … nicht ganz klar im Kopf …«

Allerdings bezweifle ich, dass ich ihn richtig verstanden habe, denn mein Kopf schnellt hastig zu dem Zombie-Typen.

Ungerührt und unbeeindruckt wiederholt er sich: »Mein Name ist Bo.«

Ich ziehe scharf die Luft ein. Der Kerl raubt mir echt den letzten Nerv. Obwohl er heute deutlich an bedrohlicher Aura eingebüßt hat, wirkt er, als stünde er unter enormem Zeitdruck. Er droht vor Hektik zu zerplatzen, ja, als ränne ihm die Zeit durch die Finger. Völlig im Gegensatz dazu steht seine aufgesetzte Ruhe und genau das macht mich halb wahnsinnig. In etwa so muss ich auch auf diesen Lulatsch gewirkt haben.

Ich seufze noch einmal, dann setze ich kurzerhand mein einstudiertes Ich-brauche-meine-Ruhe-Gesicht auf. Was ich bei Oma lang genug üben konnte, um mich angeblich ins Zimmer zurückzuziehen – und stattdessen heimlich das Haus zu verlassen. Auch wenn diese zahnspangengeprägte Teeniephase mittlerweile längst hinter mir liegt, beherrsche ich den Gesichtsausdruck immer noch. Und so richte ich meine allerletzten Worte an diesen Bo: »Wen interessiert's, wie du heißt?« Danach richte ich meinen Blick seelenruhig auf die Glastür und spähe hinaus, um zu sehen, ob Herbiene bereits draußen parkt. Leider kann ich kaum etwas erkennen, viel zu viele Leute tummeln sich (dank des Regens!) direkt vor dem Eingangsbereich.

Kurz entschlossen lasse ich Bo stehen und schreite zur Tür.

Mein Tüll raschelt bei jeder Bewegung so laut, dass ich das Kleid mit beiden Händen genervt zusammenraffe, auch um besser gehen zu können, denn die Schritte, die dicht hinter mir sind, können nur einem gehören.

Bo. Wer heißt denn bitteschön *Bo?!*

Ich schaffe es, mich nicht umzudrehen, dafür murmele ich leise mein neues Mantra vor mich hin.

»Nicht antworten, nicht reagieren, nicht einmal anschauen«, befehle ich mir mit der strengsten innerlichen Stimme, die ich aufbringen kann. So allmählich schwant mir Übles. Dass keiner meiner Freunde auf Bo reagiert und sich jetzt auch dieser fremde Lulatsch-Typ so eigenartig benommen hat, kann nur eines bedeuten ...

»Typisch Mädchen!«, flucht die tiefe Stimme hinter mir – viel zu dicht an mir dran. Und wie er das Wort »Mädchen« betont, mit diesem leicht abschätzigen Klang in der Stimme, als wäre ich gerade erst dem Kindergarten entwachsen. Hallo?! Viel älter als ich wird er auch nicht sein. »Kaum gibt's Probleme, rennt ihr davon!«

In mir brodelt es! Verflucht noch mal, kann der nicht endlich seine Klappe halten!

Doch damit erreicht er nur eines: Ich stakse noch schneller in meinen hochhackigen Sandaletten davon, oder besser: Ich versuche es ... Für meine ausgelatschten Chucks würde ich im Moment glatt einen Mord begehen.

»Mit dieser Masche kannst du vielleicht dein Blondlöckchen beeindrucken, aber nicht mich«, redet er weiter auf mich ein.

Alles in mir verkrampft sich, aber ich beherrsche mich. Als ich nun Noahs blonden Haarschopf in dem ganzen Gedränge ausmachen kann, geht es mir gleich besser.

Ich kann wieder durchatmen.

Noch bevor Noah mich erreicht, krallt sich unerwartet eine Hand um mein Handgelenk.

»Autsch!«, empöre ich mich, weil Bos Umklammerung der eines Schraubstocks gleicht.

»Willow, kommst du?« Noahs Stimme bahnt sich durch das bunte Treiben zu mir durch und gleichzeitig hält Bos Klammergriff mich nur noch fester.

»Ich ...« Mein Blick fliegt von Bo zu Noah und wieder zurück. Hier ist er, der Beweis, dass etwas nicht stimmt. Ganz und gar nicht stimmt! Eigentlich müsste Noah den unsympathischen Kerl, der mich gegen meinen Willen festhält, dumm anmachen. Ihn zur Rede stellen, was das werden soll. O ja, im Normalfall würde Noah bestimmt etwas unternehmen ... Aber hier ist *nichts* normal! Meine Gedanken überschlagen sich.

Trotzdem scheint Noah zu registrieren, dass etwas nicht stimmt. Mit einer energischen Bewegung reiße ich mich von Bo los und erstaunlicherweise gelingt es mir.

»Vergiss es, Willow, du kommst nicht an mir vorbei.« Bo schnappt mich erneut energisch am Unterarm und baut sich dicht neben mir auf.

Immer noch Noahs wartender Blick.

»Ich ... Also weißt du, ähm ...«, stammele ich wie eine Bekloppte – und will eigentlich nur in seine Arme rennen. »Also weißt du, bevor ich in diesen Schuhen noch zehn Schritte gehe, laufe ich lieber barfuß«, lächele ich ebenso lahm wie mein grässlicher Spruch. Dabei suche ich fieberhaft nach einer Möglichkeit, um aus dieser Situation heil herauszukommen. Wie wäre es mit der Wahrheit?

Klar, nichts einfacher als das: Noah, ich kann mich leider nicht bewegen, denn ich werde von einem Arschloch festgehalten. Einem Arschloch, das dummerweise keiner außer mir wahrnehmen kann.

Endlich kann ich das Unglaubliche, das Unfassbare, das Unaussprechliche zulassen – zumindest in meinen wirren Gedanken.

Bo ist unsichtbar!

Ja, mir ist selbst klar, wie absurd und geistesgestört das klingen muss, aber es ist die einzig logische Erklärung. Für mich. Okay, okay ... Ich bin mir dessen bewusst, dass mit mir und meinem – nennen wir es mal – »sechsten Sinn« etwas ganz und gar nicht stimmt. Aber vielleicht bin ich genau deswegen überhaupt fähig, diese Schlussfolgerung zu ziehen?

Denn was wäre die Alternative dazu? Was wäre, wenn ich mir das alles nur einbilde? Genau, ich gehöre ab sofort in die Klapse – mit einer Zwangsjacke anstelle des Tüllkleides.

»Hey, Willow«, sagt Noah und ich merke seiner Stimmlage an, dass er nicht auf meine Blödelei einsteigt. Ich weiß nicht, was mich mehr überrascht: sein merkwürdiger Blick oder dass er mich offenbar besser kennt, als ich dachte. »Was ist los? Stimmt etwas nicht?«

»Na los!«, stichelt Bo und sein eiserner Griff verfestigt sich noch etwas mehr. Noah und er sind in etwa gleich groß und doch könnten sie gegensätzlicher nicht sein. Nicht nur optisch, auch ihr Auftreten, die Ausstrahlung ... Einfach alles.

Ich bemerke, wie sich Bos Brustmuskeln unter dem Shirt anspannen. *Jede Faser* ist angespannt – oder lässt er nur die Muskeln spielen? *Elender Macho-Arsch!*

»Sag's Blondlöckchen. Sag ihm, was hier los ist ... oder soll ich das für dich übernehmen?«

Ist das etwa eine Drohung? Und wenn schon: Im Verzeichnis gängiger Drohungen ist das nichts, was mir schlaflose Nächte bereiten würde. Schließlich kann ihn ja ohnehin keiner außer mir hören. Und doch ist es genau sein herablassender Tonfall, der mich dazu bringt, meinen verzweifelten Erklärungsversuch, der mir bereits auf der Zunge liegt, hinunterzuwürgen.

Nein, ich werde mich vor Noah nicht als komplette Irre outen, die sich mit irgendwelchen Wesen abgibt, die sonst keiner bemerkt. Und, verdammt noch mal, ich werde mir das mit Noah nicht kaputtmachen lassen. Ich werde das jetzt klären – ein für alle Mal. Ich brauche nur zwei Minuten. Zwei Minuten, um dem arroganten Wichtsack zu verklickern, dass er mich ab sofort in Ruhe lassen soll.

So bleibt mir nichts anderes übrig, als mich einer äußerst beliebten psychologischen Methode zu bedienen – der Hinhaltetaktik.

»Wartest du auf mich? Ich muss noch mal aufs Klo«, bitte ich Noah.

»Klar«, sagt er, obwohl alles an seiner Körperhaltung *Nein, wir unterhalten uns jetzt!*, entgegnen möchte.

»Na endlich!«, sagt Bo zu meinem Entsetzen.

Habe ich etwa vergessen, dass er in der Uni urplötzlich aus der Tür der Mädchentoilette aufgetaucht ist?

Aber eigentlich ist es ja genau das, was ich im Sinn habe: Ich muss endlich Klartext reden und ihn ein für alle Mal loswerden.

Also hetze ich den schmalen Gang entlang und stoße, ohne zu zögern, die Tür zur Toilette auf. Ich muss mich nicht umblicken, denn ich weiß, dass er mir folgt.

Dieser Kerl besitzt nicht nur keinerlei Manieren, nein, auch nicht den nötigen Respekt, geschweige denn scheint er je ein Gefühl für Intimsphäre entwickelt zu haben. Vermutlich ist das eine lästige kleine Nebenwirkung solcher untoten Eindringlinge – dass er kein Normalsterblicher ist, daran hege ich keinen Zweifel.

Erst als die Tür leise zuschnappt, werfe ich einen hastigen Blick über die Schulter, dann klammere ich mich ans Waschbecken, so fest, dass weiße Linien an den Fingerknöcheln hervortreten.

»Oh, ich vergaß, du stehst ja so auf Mädchentoiletten.« Ich bin sonst nicht so eine unausstehliche Zicke, aber dieser Kerl hat etwas an sich, das nicht nur unverschämt frech, sondern dazu noch unverschämt arrogant ist – und eben diese Eigenschaften auch in mir entfacht.

»Gut«, sagt er und kommt näher. Der Blickkontakt baut sich über den Spiegel auf. Mein angewidertes Gesicht lässt ihn völlig kalt.

Er reibt sich die Hände. »Lass uns die Sache gleich hier hinter uns bringen.«

Ich habe noch immer keinen Plan, was er von mir will.

»Es wird auch gar nicht wehtun«, grinst er dreckig.

Alles an ihm schreit: Gegen mich bist du nur ein nichtsnutziges, kleines Ding.

»Höchstens, du wehrst dich dagegen.«

Es sind nicht seine Worte, sondern es ist sein ganzes Wesen, das diese Reaktion in mir hervorruft. Doch ich realisiere erst, als ich das Klatschen von Haut auf Haut höre, dass ich ihm eine geklebt habe.

»Ein für alle Mal! Niemals, wirklich *niemals* komme ich mit dir irgendwohin.« Meine Stimme wird mit jedem Wort lauter. »Also steck dir dein dämliches Grinsen samt Hut sonst wohin! Du kriegst mich nicht, kapiert?! Und jetzt hau ab! HAU AB!«

Ist das Verwunderung in seinem Gesicht? Oder bloß verletzter Stolz? Und wenn schon. Es ist mir egal.

Ich flehe inniglich, dass Bo es nun endlich begriffen hat.

Ohne ein weiteres Wort verlasse ich die Mädchentoilette und steuere zielstrebig auf die Eingangstür zu. Ich erlaube meinem Hirn nicht, all die Bruchteile, die zu diesem widerlichen Kerl gehören, zusammenzusetzen, obwohl sie unaufhörlich hinter meiner Stirn pochen.

Die Frage, was dieser Bo plötzlich hier will. Seine komischen Worte, die er benutzt. Und vor allem die Tatsache, wieso keiner außer mir ihn sehen kann. Ganz zu schweigen davon, dass er ein arrogantes Arschgesicht ist ...

Als ich Schritte hinter mir höre, beschleunigen sich meine eigenen wie von selbst.

Ich glaube, Herbiene durch die Glasfront zu erkennen, und mein Herzschlag beruhigt sich. Wenigstens ein bisschen.

Wie gut es doch tut, Menschen zu haben, denen man vertrauen kann, die einem das Gefühl von pulsierendem Leben vermitteln und eine wahre Bereicherung sind.

Und dann – ein markerschütternder Knall!

Darauf folgt ein grässliches Quietschen.

Mit klopfendem Herzen drücke ich die Kinotür auf und trete hinaus in den versiegenden Sommerregen der Nacht, während sich Jonas gehetzt an mir vorbeidrängt.

Es waren nicht Bos Schritte hinter mir. Es war Jonas.

Kurz werfe ich einen Blick zurück. Bos blasses Gesicht ist nirgendwo zu entdecken. Das ganze Gebäude wirkt vielmehr wie ausgestorben.

»Verfluchte Scheiße!«, brüllt Jonas.

Ein Geländewagen steht mitten auf der Straße.

Überall Schreie.

Fremde Stimmen.

Sie dringen von weit, weit weg zu mir durch und verlieren sich in der Menschenmenge, die sich innerhalb von Sekundenbruchteilen auf der Straße verdichtet.

Und doch liegt eine eigenartige Atmosphäre in der Luft, die sich nur schwer mit Worten umschreiben lässt, aber sie bohrt sich sofort in mein Innerstes. Gegen meinen Willen flimmert plötzlich der Traum von neulich Nacht in mir auf, die Panik dieses Mädchens und ihr grässlicher Schrei.

Ich blicke auf die Straße. Und erstarre.

Es ist, als hielte die Welt für eine halbe Sekunde ihren Atem an.

Darauf folgen erneut hysterische Schreie, sie vermischen sich mit meinem klopfenden Herzen und dem leisen Prasseln des Regens auf dem Kinovordach.

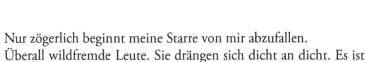

Nur zögerlich beginnt meine Starre von mir abzufallen.

Überall wildfremde Leute. Sie drängen sich dicht an dicht. Es ist nicht der übliche Menschenauflauf.

Als ich den Regen auf meiner Haut spüre und die Panik ringsum wahrnehme, verstehe ich.

»O mein Gott!« Diesmal die panischen Schreie einer Frau.

Aber das Erschreckende, das wirklich Fatale: Die Schreie werden viel zu dicht neben Herbiene laut.

Mein Hirn hat vergessen, wozu es geschaffen wurde, und meine Intuition übernimmt stattdessen das Handeln. Ohne zu überlegen, boxe ich die Leute links und rechts vor mir zur Seite und bahne mir einen Weg voran.

Zwischen den Beinen einiger Schaulustiger erkenne ich weitere Menschen, die auf der Straße knien. Überall aufgebrachte Stimmen, manche weinen, andere stieren wie gebannt auf das, was sich vor ihnen befindet.

Es ist nicht mehr weit, aber trotzdem komme ich nicht voran. Immer noch gehorche ich instinktiv meiner inneren Stimme und kauere mich nun auf den Boden, krabbele zwischen unzähligen starren Beinen hindurch und vergesse, dass ich ja ein Tüllkleid trage. Meine Knie schmerzen und innerhalb weniger Sekunden saugt der Stoff die Feuchtigkeit des noch nassen Bodens auf.

»Los! Geht beiseite!«, schreie ich. Höre das Drängen in den eigenen Worten. Und die Furcht.

»W-Willow.«

Mein Name.

Ganz leise nur, wie ein gehauchter Atemzug.

O nein! *Nein, nein, nein!*

Halb kriechend, halb stolpernd bewältige ich die letzten paar Meter. Die Haut an meinen Beinen ist aufgeschürft, mein Kleid steht vor Dreck, aber all das hat keine Bedeutung mehr.

Ich überwinde die restliche Distanz auf allen Vieren.

Die Menschen, die mich aus großen Augen anstarren, nehme ich nur flüchtig wahr. Hände versuchen mich zurückzuhalten.

»Nein!« Ich schlucke mühsam. Doch jemand unterbricht mich.

»Was ist passiert?«, fragt eine aufgebrachte Stimme.

Ist das Jonas?

Ich lasse mich willenlos zu dem Menschen fallen, der bewegungslos auf dem nassen Asphalt liegt.

Wieder blitzen Bilder aus meinem Traum auf: der nasse Asphalt, das tote Gesicht des Mädchens, die bis zu den Knochen aufgeschürfte Haut.

Erst da bemerke ich die demolierte Wagentür von Herbiene, die ein Stück weiter weg auf der Straße liegt. Dicht daneben schwarze Reifenspuren eines Geländewagens.

Ich atme. Doch es ist nicht *mein* rasselnder Atem, den ich höre.

Ein. Aus. Ein und wieder aus.

Dann ein Schrei, so jämmerlich, als würde ein Tier abgeschlachtet.

»Neeeeeein!«

Ich bin es, die schreit.

Will nicht glauben, wer da am Boden liegt. »Nein, nein! Bitte nicht! Das darf nicht wahr sein! Bitte nicht! Sagt mir, dass das nicht wahr ist«, wimmere ich und starre auf den reglosen Körper.

Ich sacke zusammen. Merke nicht, wie die Menschen ringherum auf mich einreden, verstehe auch nicht, was sie sagen. Alles, was ich sehe, vermischt sich mit den Eindrücken des kleinen toten Mädchens aus meinem Traum. Und doch – das hier ist die bittere Wirklichkeit.

Noah ...

Noah liegt reglos auf dem Boden.

Und doch wirkt alles seltsam unwirklich.

Ich beobachte mich, wie ich meine Hand nach ihm ausstrecke, aber ich wage es nicht, ihn zu berühren.

Noah hat ein merkwürdig starres Gesicht. Überall ist Blut. Zähflüssig wie Pech sickert die Flüssigkeit von seinem Kopf hinunter auf den Asphalt. Ich würde mir wünschen, es wäre Pech, aber so ist es nicht. Es sind blutrote Rinnsale.

»Noah?«, wispere ich. Endlich berühre ich Noah vorsichtig an der Hand. Erst jetzt realisiere ich, dass ich am ganzen Leib zittere wie Espenlaub. Mein Blick wandert weiter über seine Hand, weiter über seinen Körper. Ich sehe die blutverschmierte Jeans, das zerfetzte Karohemd. Ich muss mich zwingen, ihm in die Augen zu schauen.

In kalte Augen, die mich anstarren.

So leer. Fast leblos.

»W-Willow«, haucht er noch einmal. Es ist so leise, dass es in dem Geraune der Umstehenden beinahe untergeht.

Behutsam beuge ich mich über ihn, um ihn besser verstehen zu können. In diesem Moment entdecke ich etwas Eigenartiges. Sein Spiegelbild in seinen Augen flackert. Ähnlich einem flimmernden Bild in einem alten Fernseher. Das habe ich noch nie zuvor erlebt.

Ich kann nicht genau sagen, an was es liegt, aber das zuckende Bild in seiner Pupille versetzt mir einen Stich.

Wieso flackert es, verdammt?!

»Noah?«, wimmere ich. »Noah, alles wird wieder gut …«

Immer noch sein halb geöffneter Mund.

Blutige Spuren an der Schläfe.

Und diese rasselnden Atemzüge.

Als ich die aufklaffenden Wunden am Hinterkopf sehe und die Hautfetzen, die hinunterhängen, werde ich beinahe ohnmächtig.

Ich brauche einen Augenblick, ehe ich meine Stimme wiederfinde. »Holt sofort Hilfe!«, schreie ich in die Menge. »Ruft einen Rettungswagen. Verdammt, so tut doch was!«

Auf einen Schlag ist es still.

Unerträglich still.

Ich höre es, aber kann es dennoch nicht aufnehmen, als mir Jonas versichert, dass der Rettungswagen bereits unterwegs ist. Spüre die Nässe des Regens nicht. Alles, was ich wahrnehme, ist Noahs schlaffe Hand, die in meiner liegt. Es ist dieselbe Hand, die sich vor wenigen Minuten noch so kraftvoll angefühlt hat.

Wie ich neben Noah kauere, der Ohnmacht nahe, stiehlt sich still und heimlich ein ekelhaftes Kribbeln unter meine Haut. Intuitiv hebe ich meinen Blick.

Und sehe ihn –

Bo!

Er steht einfach nur da, auf der anderen Seite der Straße. Mit in den Hosentaschen versenkten Händen starrt er zu uns herüber.

Es ist dieser Augenblick, in dem sich sämtliche Bruchstücke, die zu diesem arroganten Bo gehören, wie durch Geisterhand zusammensetzen. Eine Frage kristallisiert sich heraus. Eine Frage voller Zweifel und Abneigung: Kann das hier noch Zufall sein? All das hier! Seit dieser Psycho auf der Bildfläche erschienen ist, gerät mein Leben komplett aus den Fugen.

Zwischen zwei Atemzügen begreife ich noch etwas. Etwas Entscheidendes. Es hat etwas mit Noahs flackerndem Spiegelbild zu tun. Ja, allmählich beschleicht mich ein Verdacht: Es muss irgendein Zusammenhang zwischen diesem Bo, dem Unfall und meiner Gabe bestehen.

Dass Noah mich mit seinen Gefühlen für mich so lange hingehalten hat, hat mich beinahe verzweifeln lassen, keine Frage. Und meine merkwürdige Gabe ist manchmal echt lästig. Aber dass dieser unheimliche Bo nur für mich sichtbar ist, ist nicht nur lästig, sondern furchteinflößend. Die Wahrheit ist, dass ich dadurch in eine verfluchte Spirale von Ereignissen hineingezogen wurde, deren Ausgang nicht nur unsicher, sondern vielmehr einer ist, den ich mir nicht mal auszumalen wage. Aber jetzt, in diesem Augenblick des Schocks, ist die Tatsache, dass Noah noch nicht bereit für eine feste Beziehung ist, plötzlich die geringste Sorge.

»*Noah?*« Meine Stimme hat sich in ein klägliches Schluchzen verwandelt. »Halte durch, Noah. Bitte, halte durch.«

Wieder dieses seltsame Flackern in seinen Augen …

Verflucht, was hat das nur zu bedeuten?!

Noahs Wimmern.

Noahs rasselnder Atem.

Noahs Blut.

Alles, was ich will, ist Noah zu retten. Und ich weiß, wenn nicht sofort Hilfe kommt, stirbt Noah direkt hier in meinen Armen.

7.

Der Hauch der Schicksalsgöttin

Noahs Wimmern.

Sein rasselnder Atem.

Alles um mich herum verliert an Wichtigkeit, ich nehme nichts mehr wahr. Über mir der Nachthimmel, der mit mir leise Tränen regnet, unter mir nichts als Blut. Die Gemütlichkeit des Kino-Kuschelsofas ist verflogen. Das glücklich verliebte Kribbeln in meinem Bauch mit dem Regen weggespült.

Nichts mehr übrig.

Schockgefrorene Glücksmomente.

Auch mein Zeitgefühl scheint nicht mehr zu existieren.

»Wo bleibt der Rettungswagen, verdammt?«, krächze ich verzweifelt.

Nur mit Anstrengung schaffe ich es, den Blick anzuheben. Dicht bei mir steht immer noch Jonas. Er ist wachsbleich und ich bemerke, wie seine Unterlippe bebt. Diesmal schafft er es nicht, mir zu antworten. Ein Stück weiter hinten mache ich Bastian und den Rest der Jungs aus. Steinerne Mienen, panische Gesichter.

Endlose Sekunden verstreichen. Verstreichen so langsam, dass sie mir wie Stunden vorkommen. Als ein zuckendes Licht den Nachthimmel erhellt, drücke ich Noahs Hand noch fester.

»Alles wird wieder gut«, flüstere ich ihm ins Ohr. Eine Träne tropft auf sein Gesicht, vermischt sich mit dem Rot seines Blutes und verliert sich in seinen Locken. »Ich verspreche es dir, Noah.«

Dann geht alles blitzschnell. Trotz der hektischen Bewegungen kommt kein Gefühl von Hektik auf.

Was als Nächstes passiert, bekomme ich nicht klaren Verstandes mit. Alles, was ich noch wahrnehme, sind die Bilder vor meinen wässrigen Augen. Die befremdlichen Geräusche, das flackernde Blaulicht, die Gerüche, die nicht hierhergehören. Und die unerträglichen Emotionen ringsum.

Plötzlich sind da überall Hände, die an Noah herumfingern, ihn auf eine Trage hieven und mit fachmännischen Handbewegungen zu dem geparkten Kastenwagen transportieren.

Immer noch das flackernde Blaulicht, das mich halb wahnsinnig macht.

Blau – Weiß.

Blau – Weiß.

Blau – Weiß.

Unerwartet greift mir irgendwer unter die Arme, zieht mich auf die Füße, und einen Herzschlag später sitze ich im Inneren des Rettungswagens. Neben Noahs Trage. Ein eigenartiger Geruch kitzelt in meiner Nase, und obwohl er nichts Abstoßendes an sich hat, muss ich doch würgen.

Das Blaulicht begleitet uns.

Ich fühle ein leichtes Brennen auf der Haut und wie jemand ein weiches Tuch auf meine aufgeschürften Knie presst. Fremde Stimmen und Wortfetzen vermischen sich mit dem ekelhaften Piepton der Geräte.

»Sieht nicht gut aus ...«

Piep ...

Piep ...

Piep ...

»Schlimme Kopfverletzung ...«

Mit einem leisen Scheppern verschließen sich die Wagentüren.
Das Blaulicht flackert im anhaltend hektischen Rhythmus.
Blau – Weiß.
Blau – Weiß.
Blau – Weiß.
»Schädelbruch ... Intensivstation ...«
Die Worte gleiten unverstanden durch mich hindurch. Zwar sehe ich, dass mir fragende Blicke zugeworfen werden, höre Bruchteile der Unterhaltung, aber ich bin nicht fähig, etwas davon zu verarbeiten.
»Steht unter Schock ... zittert am ganzen Körper ...«
Piep ... piep ... piep ...
Mein Blick ist starr geradeaus gerichtet.
So starr, wie Noah auf der Trage liegt ... Seit einer viel zu langen Weile hat er sich nicht mehr geregt. Die Augen sind geschlossen und ich vermute stark, dass er mittels Medikamenten ruhiggestellt oder sogar in den Tiefschlaf versetzt wurde.
Mein Herz wispert mir zu: Nimm seine Hand.
Ich möchte. Ich möchte ihn so gerne berühren, ihm zeigen, dass ich nicht von seiner Seite weiche. Aber etwas in mir hält mich zurück.
Angst.
Es ist Angst. Angst, ich könnte ihn dabei noch mehr verletzen. Und vor allem Angst, weil ich nicht weiß, was das flackernde Spiegelbild in seinen Augen bedeutet. Und um mir darüber klar zu werden, ist jetzt definitiv nicht der richtige Zeitpunkt ...
Der Wagen rüttelt leicht und neigt sich zur Seite. Es ist kaum spürbar, doch seltsamerweise hilft mir diese Alltäglichkeit, mich wieder etwas zu fangen.
Haben wir angehalten?
Türen werden aufgerissen.
Hektik kommt auf.
Gefühlte tausend Hände befördern Noah aus dem Rettungswagen, und schneller, als ich hinterherblicken kann, verschwinden die Rettungsleute hinter der Schiebetür.
Noah ist weg.
In dem Moment, als sich die Türen hinter ihm schließen, breche ich in Tränen aus.

Ich drehe hier noch durch!
Die Wände im Wartebereich wirken beengend. Kalt. Zeigen mir jeden Augenblick, das ich nicht hier sein möchte – und auch nicht sein *sollte!*

Vor dem Fenster ist nichts als Finsternis. Eine Nacht ohne Mond und ohne Sterne. So finster, wie ich mich fühle. Nein, das stimmt nicht: Nichts ist so finster, wie ich mich im Augenblick fühle. Kein Nachthimmel der Welt. Nicht einmal das schwarze Nichts.

Noah wird notoperiert.

Die Ärzte kämpfen um sein Leben. Schweres Schädelhirntrauma, Schädelbruch und Lungenembolie. Sollte er die Operation überstehen, bleibt der Genesungsprozess ungewiss.

Ich sitze auf einem unbequemen Krankenhausstuhl, die nackten Beine fest mit beiden Armen umschlungen und dicht an meinen Oberkörper gepresst. Auf diese Weise kann ich das Schlottern einigermaßen kontrollieren. Doch es ist auch, weil ich mich wie ein kleines Mädchen fühle, das ganz dringend seine Mutter braucht, die es liebevoll in die Arme schließt und ihm tröstend übers Haar streicht.

Mein Kleid ist schmutzig, blutverschmiert und nichts erinnert mehr an das Glückskleid von vor wenigen Stunden. Schon krass, wie sich das Leben von einer Sekunde auf die andere komplett verändern kann. BAM! Ohne Vorwarnung. Und nichts ist mehr, wie es vorher war.

Noahs Familie wurde beim Eintritt ins Krankenhaus verständigt. Seine Eltern sind auf dem Weg hierher. Doch Noah lebt mit Bastian und Jonas in einer Studenten-WG, weil seine Familie viel zu weit weg wohnt, als dass er jeden Tag hin und her pendeln könnte. Und so werden seine Eltern noch eine Weile brauchen, bis sie hier eintreffen.

Ein unangenehmes Gefühl, hier zu sitzen und zu warten. Nichts tun zu können. Däumchen zu drehen. Lange halte ich diese Warterei nicht mehr aus. Alles, was ich denken kann, ist: Noah darf nicht sterben! Darf verdammt noch mal nicht sterben!

Hastig beiße ich mir auf die Lippen, um den nächsten Heulkrampf zu unterdrücken.

Ich habe keine Ahnung, wie spät es ist. Klar, ich könnte aufs Handy schauen, aber selbst das ist mir zu anstrengend. Vorhin habe ich Oma kurz über den grässlichen Unfall informiert. Ich kenne sie und weiß, dass sie andernfalls kein Auge zubekommen hätte, wenn ich nicht nach Hause gekommen wäre. Ein Schatten dessen, was aus jener schrecklichen Nacht, als sie ihre Tochter für immer verlor, zurückgeblieben ist. Und jetzt verstehe ich das erste Mal, wie Oma sich damals gefühlt haben muss. Es ist so surreal, wie in einem Traum. Nein. Vielmehr wie in einem Albtraum, der kein Ende findet.

Zu wissen, dass Noahs Leben am seidenen Faden hängt und sein Schicksal mit den nächsten Minuten steht und fällt, macht mich echt wahnsinnig.

Noch immer auf dem Stuhl kauernd wippe ich mit dem Oberkörper vor und zurück, vor und zurück. Ich komme nicht gegen die Bilderflut an.

Albtraumhafte Szenarien, die mit der Wirklichkeit nur wenig gemein haben, spielen sich in meinem Kopf ab. Dennoch birgt die Wirklichkeit kaum weniger Horrorfilm-Potenzial in sich.

Das kleine Mädchen aus meinem Traum. Mit blutigem Knochenschädel. Dazu Noah. Rippen quellen durch seine Bauchdecke hervor, Hautfetzen hängen lose vom Schädel und verdecken sein eines Auge. Mit staksigem Schritt und ausgestreckten Armen kommen sie beide zombiemäßig auf mich zu. Wollen mich packen. Mich von hier wegschaffen …

Ich zucke zusammen.

Bin ich etwa eingenickt?

Ich schüttele meinen Kopf, um die quälenden Bilder loszuwerden, spüre die Erschöpfung durch meine Glieder kriechen, doch an so etwas wie erholsamen Schlaf ist nicht zu denken. Trotzdem lehne ich den Kopf an die Wand hinter der Stuhllehne, drücke die Augen zu und versuche, den hässlich sterilen Krankenhausgeruch zu ignorieren.

Zeit verstreicht und scheint doch stillzustehen. Sekunden werden zu Minuten. Und nichts passiert. Diese schreckliche Ungewissheit, die mit jedem Atemzug anwächst und über all dem schwebt, erdrückt mich.

Okay Willow, es wird alles gut, spreche ich mir in Gedanken Mut zu. Es muss, es muss einfach alles gut werden! Jawohl! Und ich werde stark sein – für Noah und mich.

Entschlossen schlage ich die Augen auf.

Erst da bemerke ich die Schuhe auf dem Fußboden, die sich direkt vor meinem Stuhl befinden. Unsicher lasse ich meinen Blick an den Beinen emporwandern, sehe das Chirurgengrün und den gebrauchten Mundschutz, der am Hals des Mannes baumelt.

O mein Gott! Ist das da etwa Blut auf seinem Kittel?!

Sein abgekämpfter Gesichtsausdruck spricht Bände.

»Gehören Sie zu Noah Tanner?«

Mein Herz schlägt wie wild, so sehr, dass es schmerzt. Verzweifelt versuche ich, seinem Gesicht zu entnehmen, wie es um Noah steht. Und doch ... Ich will nicht hinhören, weiß nicht, ob ich das, was er mir gleich sagen wird, aushalte.

Langsam nicke ich.

»Die Operation ist den Umständen entsprechend gut verlaufen.«

Ich atme auf. Erleichterung breitet sich mit dem nächsten Atemzug in meinem Körper aus, aber dann –

»Leider kam es zu Komplikationen, deswegen werden wir den Patienten für die nächsten achtundvierzig Stunden im künstlichen Koma belassen und hoffen, dass er die Nacht übersteht.«

»Was?«, krächze ich. Ich bemerke selbst, wie schrecklich ich klinge, aber die Worte des Arztes hören sich noch viel schrecklicher an. »W-Was bedeutet das?« Ein Beben hat sich in meine Stimme geschlichen.

»Das bedeutet, dass die kommenden Stunden zeigen, wie es weitergeht und ob er die Nacht überlebt. Vorerst haben wir ihm das Leben gerettet.« Der Chirurg zieht scharf die Luft ein und reibt sich mit den Händen übers Gesicht. »Und nur das zählt.«

»Nur das zählt ...«, wiederhole ich murmelnd und schluchze auf.

»Er befindet sich noch im Operationssaal. Sobald er transportfähig ist, wird er auf die Intensivstation verlegt, dann können Sie kurz zu ihm, in Ordnung?«

Ein verwirrtes Nicken ist alles, was ich zustande bringe.

Vorerst ...

Die Worte des Arztes hämmern in Endlosschleife hinter meiner Stirn, obwohl er sich längst wieder von mir entfernt hat.

... das Leben gerettet ...

Als mich kurze Zeit später eine Schwester zur Intensivstation geleitet, lasse ich mich wie eine willenlose Marionette durch die Gänge schieben.

... nur das zählt ...

Irgendwie finde ich vor der Intensivstation auf einem weiteren Stuhl Platz und dann heißt es wieder warten. Warten, bis ich endlich kurz zu Noah darf.

Aber ich kann nicht mehr still sitzen. Mir ist mehr danach, einmal laut durch den Korridor zu schreien und mit geballten Fäusten gegen die nächstbeste Wand zu schlagen. So stehe ich auf und gehe in ein unruhiges Auf-und-ab-Tigern über.

Ohne nachzudenken, ziehe ich mein Handy aus der Jeansjacke. Das Display zeigt zwei Uhr siebenunddreißig.

Ich weiß, was ich jetzt tue: Mit bebenden Fingern wähle ich die Nummer jenes Menschen, den ich jetzt unbedingt kurz hören muss.

Es klingelt. Klingelt. Und klingelt ...

Dann ein Knacken und ein verschlafenes »Ja?«

»Sa-am?«, stottere ich und bleibe mitten auf dem Korridor stehen. »Sam, es i-ist etwas passi-iert.« Ich höre mein jämmerliches Schluchzen und kann es doch nicht unterdrücken. All die angestauten Emotionen wollen mit dem nächsten Herzpochen explodieren. Ich presse die Lippen aufeinander und den Rücken gegen die kühle Korridorwand.

»Willow, bist du es? Was ist denn los?«, fragt sie. Die Stimme meiner Freundin klingt noch immer träge, aber zu einem Großteil besorgt. »Weinst du etwa, Sweety?«

»Ich weiß nicht, was ich tun soll«, wimmere ich. Nun rutsche ich an der Wand entlang zu Boden, sacke in mich zusammen wie ein Häuflein Elend.

»Warte mal, hat es etwas mit deinem Date zu tun?«

Ich schüttele den Kopf, auch wenn mir klar ist, dass sie diese Geste nicht sehen kann.

»Hat dich der Mistkerl etwa mies behandelt?! Ich schwöre dir, wenn er dir –«

»Nee-ein«, falle ich ihr laut ins Wort. Dass sie Noah in diesem Moment auch noch als »Mistkerl« betitelt, gibt mir den Rest. Ich schluchze ungehalten. »N-Noah hatte vor dem Kino ei-einen sch-sch-schrecklichen Unfall«, bringe ich endlich einen vernünftigen Satz zustande.

»Ach du Scheiße!«, haucht Sam ins Handy. Eine Sekunde lang ist es auf der anderen Seite der Leitung still. »Wie schlimm steht es um ihn? Und dir? Ist dir was passiert? Soll ich zu dir kommen? Wo bist du?«

»Die Ärzte wissen nicht, ob er die N-Nacht überlebt.« Jetzt weine ich bitterlich. »Sam, w-was soll ich denn nur tun? Ich kann ohne N-Noah nicht l-leben.«

»Willow, hör mir zu! Hör mir zu!«, wiederholt Sam eindringlich. Ich kenne diese Klangfarbe in ihrer Stimme und ahne, was jetzt kommt. Sie will nicht, dass ich alleine hierbleibe. »Ich will, dass du –«

Was Sam wirklich von mir will, erfahre ich nicht mehr, denn in diesem Moment geht die Tür der Intensivstation auf. Eine Krankenschwester tritt auf den Korridor und als sie mich entdeckt, winkt sie mich auffordernd zu sich heran.

»Willow?«, dringt Sams besorgte Stimme zu mir durch. Offenbar hat sie sehr wohl gesagt, was sie will, nur habe ich keine Kapazität, um es aufzunehmen. »Hast du gehört, was –«

»Sam, ich darf jetzt zu Noah«, unterbreche ich meine Freundin. »Ich melde mich nachher noch einmal bei dir, okay?«

Hastig lege ich auf, stopfe das Handy zurück in die Jackentasche, und rappele mich umständlich hoch.

Wortlos folge ich der Krankenschwester.

Mir wird aufgetragen, meine Hände zu desinfizieren, dann darf ich weiter in den kühlen Raum mit dem ungemütlichen Licht.

Es ist kein leichter Gang. Allein deswegen, weil hier eine merkwürdige Atmosphäre vorherrscht, wie ich sie bisher nirgendwo erfahren habe. Sie umfängt mich, sobald ich den zweiten Fuß über die Schwelle setze, und bettet mich zu wie ein Leichentuch.

Nur das Piepen von Geräten dringt durch den Raum.

Noch wenige Schritte …

Für einen kurzen Augenblick schließe ich die Lider und atme tief durch. Ich muss stark sein. Für Noah.

Mein Herz klopft mir bis zum Hals. Vorsichtig betrachte ich den fremden Raum und verfalle einem unsichtbaren Sog. Ja, es zieht mich förmlich ins Innere.

Rund um mich herum sind hellgraue Wände und ein dezent gemusterter Fußboden in einem hellen Beige. Die Lampe an der Decke taucht den Raum in ein diffuses Licht. Nur wenige Betten sind im Zimmer, die mittels eines Vorhangs voneinander abgetrennt werden.

Noahs Bett befindet sich im hinteren Bereich.

Meine Fingernägel krallen sich in meine schweißnassen Handflächen. Ich atme noch einmal tief durch, dann trete ich näher.

»Fünf Minuten«, flüstert die Schwester und drückt mir sanft die Schulter. »Reden Sie ein paar Worte mit ihm. Er kann Sie wahrnehmen, auch wenn er im Koma liegt.«

Ich nicke schwach. Mein Magen rebelliert.

Nichts ist zu hören, außer dem grässlichen Piepen des Herzmonitors. Am liebsten würde ich auf dem Absatz kehrtmachen. Gleichzeitig wünsche ich mir nichts Sehnlicheres, als bei Noah zu sein. Noch während mir das klar wird, bewältige ich die letzte Distanz. Mein Blick kommt auf seinem reglosen Körper zum Stillstand.

Mein Herz stolpert.

Die Knie wollen unter der Last nachgeben und ich höre die Worte nicht mehr, welche die Schwester noch an mich richtet. Dafür spüre ich, wie sich alles in mir zusammenzieht. Meine Gefühle, meine Tränen und mein Magen verstricken sich zu einem einzigen Knäuel, das mit jedem Herzschlag größer wird. Es schnappt sich meinen Unterleib, wächst an bis zu meinem Hals und selbst das Atmen fällt mir plötzlich schwer. Das Knäuel schnürt alles in mir ab.

Ich schaffe das nicht!

Obwohl alles in meinem Körper wie tot ist, kann ich mich nicht von Noahs Anblick lösen. Von seinem durchtrainierten Körper, der zugebettet vor mir liegt und mit einem Mal nicht mehr vor Kraft strotzt. Eher wirkt er verletzlich. So, als könnte ihm ein einziger Windhauch weitere grässliche Schmerzen zuführen.

Kurz presse ich die Augen zu, wage es nicht, in sein Gesicht zu schauen, will das alles nicht sehen – und weiß zugleich, dass es das letzte Mal sein könnte.

Was, wenn er die Nacht nicht überlebt?
Nein! So darf ich nicht mal denken!
Nur noch wenige Zentimeter trennen mich von seinem Gesicht.
»Nein«, hauche ich. Das ist falsch! Vollkommen falsch! In diesem Krankenbett sollte keiner liegen, den ich kenne. Keiner, den ich liebe. Und vor allem nicht *er*. Nicht NOAH!

Alles Abgeschnürte in mir zerbirst. Selbst mein Herz, als ich sein aufgequollenes Gesicht sehe. Die seltsame Hautfarbe, einer Wachsfigur gleich. Und ich rieche den fremdartigen Geruch der Medikamente – vielleicht auch der Operation.

So riecht er also, der Hauch der Schicksalsgöttin. Er stinkt nach Verrat und Hinterlist.

»Noah, es tut mir leid«, wimmere ich. »Es tut mir so schrecklich leid!«

Endlich stürze ich an seine Bettkante, lege meine Stirn auf seine Hand, die mir viel zu kalt erscheint, und meine heißen Tränen hinterlassen salzige Spuren. Mit bebenden Fingerspitzen berühre ich seine Hand, die nun schlaff in meiner liegt.

»Noah?«, flüstere ich. Mein Hals ist staubtrocken.

Noch immer starre ich ihn an, ohne richtig denken zu können. Aber wie lange brauche ich, bis sich mein Verstand einklinkt? Zwischen Sekunden passen tausende Augenblicke, bis ich wirklich begreife.

Noah hatte einen schrecklichen Unfall. Sollte die Schicksalsgöttin gegen ihn spielen, verliere ich ihn an den Tod.

In seinem aufgequollenen Gesicht sind die Schmerzen abzulesen.

Keine Ahnung, wie lange ich nun schon in dieser Stille verweile. Sind die fünf Minuten bereits verstrichen? Es ist unwichtig, spielt alles keine Rolle mehr.

»Ich möchte nur, dass du wieder gesund wirst«, wispere ich und würge den Kloß im Hals hinunter. »Hörst du? Und wenn ich irgendwie helfen kann …« Ein Schluchzen stiehlt sich in meine Stimme. »Ich tue alles. Alles. Versprochen!«

Immer wieder streichele ich seine eiskalten Finger. Wünsche mir, dass er eine kleine Regung zeigt. Auf meine Nähe reagiert. Wünsche mir, dass seine Finger in meiner Hand zucken – einfach einen kleinen Hoffnungsschimmer. Doch es kommt nichts.

»Noah«, krächze ich heiser. »Ich brauche dich!«

Als ich unerwartet eine Hand auf meiner Schulter spüre, weiß ich, dass es so weit ist. Die Besuchszeit ist vorbei.

»Ich muss leider gehen«, raune ich Noah ins Ohr. Ich will ihm Mut machen, will ihm zeigen, dass ich an ihn glaube und die Lage nicht hoffnungslos ist, deshalb hänge ich noch an: »Ich freue mich auf dein Lächeln, wenn ich dich das nächste Mal besuchen komme.« Unter Tränen hauche ich ihm einen sanften Kuss auf die Wange, dann ziehe ich mich leise zurück. »Kämpfe«, wispere ich. »Kämpfe für uns, Noah.«

Noahs Finger entgleiten mir, weil mich die Hand auf der Schulter behutsam von ihm entfernt, und ich höre jemanden meinen Namen wispern.

»Willow?«, fragt die Stimme.

Die Stimme gehört nicht zur Krankenschwester.

Sie lässt mich erstarren.

Die Stimme gehört nicht mal einer Frau.

»Du!«, zische ich und wirbele zornig herum.

8.

Wenn sich Glück in Staub verwandelt

Ich starre auf den Kerl mit Pergamenthaut.

Für einen kurzen Moment vergesse ich, wo ich mich befinde und dass hier drinnen absolute Ruhe geboten ist. »Dass du es wagst, hier aufzukreuzen!« Meine Stimme ist ein einziges Fauchen.

Energisch schüttle ich die Hand von meiner Schulter und hole schon zur nächsten Beschimpfung aus, da betritt endlich die Krankenschwester die Intensivstation.

»Familie Tanner ist soeben eingetroffen«, erklärt sie mir und scheint erleichtert, dass ich dabei war, das Zimmer zu verlassen.

Ich nicke verhalten.

»Gehen Sie am besten nach Hause und versuchen Sie, ein bisschen zu schlafen. Bis morgen können Sie leider ohnehin nicht viel für ihn tun. Sie dürfen sich dann in aller Frühe bei uns melden, um nachzufragen, wie es dem Patienten geht. In Ordnung?«

Abermals ein Kopfnicken.

Auch wenn es mir unendlich schwerfällt, ihren Worten Folge zu leisten, so ist mir doch bewusst, dass Noahs Familie jetzt in erster Linie bei ihm sein sollte.

Ein letzter Blick zurück. »Kämpfe, Noah«, sage ich noch einmal und unterdrücke den nächsten Schwall Tränen, der mir schon hinter den Augen brennt.

Ohne ein Wort schreite ich an Bo vorbei, habe immer noch das monotone Piepen des Herzmonitors im Ohr, und betrete den Korridor.

Und da stehen sie.

Ich erkenne Noahs Eltern auf Anhieb. Er hat denselben weichen Mund und das blonde Haar wie seine Mutter, dazu die markanten Gesichtszüge und die strahlend blauen Augen seines Vaters.

Es ist ein merkwürdiger Moment, als sich unsere Wege kreuzen. Keiner weiß, was und ob er etwas sagen soll. Dieser Augenblick ist von einer anderen Zeitqualität geprägt. Trotzdem – oder gerade deswegen? – wechseln wir kein Wort. Es bleibt bei einem höflichen Nicken. Die Ahnung, dass sich nicht nur die Eltern, sondern womöglich auch bald die Polizeibeamten bei mir melden werden, um mehr über den Tathergang und die ganzen Umstände zu erfahren, liegt mir schwer im Magen. Gleichzeitig keimt in mir der Wunsch auf, ihnen eines Tages unter anderen (glücklicheren!) Umständen wieder zu begegnen.

Das Geräusch der sich schließenden Tür holt mich zurück in die Wirklichkeit. Eine Wirklichkeit, die mir einen Stich versetzt.

Für eine Weile bleibe ich an Ort und Stelle stehen. Vermutlich würde sich diese Weile endlos in die Länge ziehen, wäre da nicht der Schatten, der über mich fällt.

Unwillkürlich hebe ich meinen Blick.

Natürlich ist mir klar, zu wem der Schatten gehört.

Wie er so vor mir steht: breitschultrig und mit verschränkten Armen vor der Brust, dazu dieser finstere Ausdruck in seinen Augen, der besagt, dass er töten würde, wenn er die Lizenz dazu hätte ... Vielleicht hat er sie?!

Tief in mir drin weiß ich, dass es einen gemeinsamen Nenner gibt, der Noahs Unfall, meine Gabe, Bo und mich vereint. Und sollte ich tatsächlich recht behalten, so kann mir dieser gemeinsame Scheißnenner so was von gestohlen bleiben!

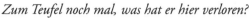

Zum Teufel noch mal, was hat er hier verloren?

»Geh endlich weg!« Ich spüre, wie mir die Tränen in die Augen steigen. Doch diesmal ist es nicht aus Trauer und Hilflosigkeit – oder nicht nur. Vielmehr mischt sich eine neue Emotion hinzu. Eine, die stark und gefräßig ist. Wut. Wut auf dieses beschissene Schicksal.

»Verschwinde! Hau ab und lass mich ein für alle Mal in Ruhe!«

Über sein Gesicht huscht ein Ausdruck, den ich nicht wirklich zu deuten vermag. Fast so, als möchte er sagen: *Es tut mir leid!* Doch er spricht die Worte nicht aus, stattdessen bringt er zwischen zusammengepressten Zähnen hervor: »Ich kann nicht weg.«

»Geh! Geeeh!« Ich schreie meine ganze Scheißwut und Scheißangst aus mir heraus. Mit beiden Händen schubse ich ihn heftig gegen die Brust. Tränen fliegen aus meinen Wimpern und Bo taumelt ein paar Schritte rücklings von mir weg. »GEEEH!«

Obschon alles vor meinen Augen verschwimmt, kann ich erkennen, wie sich ein Stück weiter vorne jemand zu mir umdreht. Schräg hinter mir geht sogar eine Tür auf, aber das ist mir alles egal. Scheißegal!

O ja, ich lege hier gerade eine oberpeinliche Szene hin (die den hysterischen Anfällen von Stella echte Konkurrenz macht), benehme mich so melodramatisch, dass ich mich selbst nicht wiedererkenne. Aber hey: Ich musste bisher auch noch nie um das Leben einer geliebten Person bangen. »Geh endlich!«

»Ich kann nicht«, wiederholt er, doch seine Ruhe ist mühsam erzwungen. Seine Kiefermuskeln treten verräterisch hervor. »Nur wenn –«

»Was?«, zische ich dazwischen, weil er sowieso nur dieselbe alte Leier bringt. »Etwa nur, wenn ich mitkomme? Wohin denn? Ins Tal der Unsichtbaren und Verrückten?« Ich schreie ihn hysterisch an. »Hast du dir mal selbst zugehört? Mein Freund liegt da drin! Keiner weiß, ob er die Nacht überlebt, und du denkst nur an dein beschissenes Ego-Problem. Du bist so ein elender Arsch!«

»Du verstehst nicht«, setzt Bo erneut an, während seine blassgrauen Augen zu funkeln beginnen.

»Nein! Nein!«, unterbreche ich ihn wirsch. »Du, du verstehst nicht!« Mit diesen Worten lasse ich ihn stehen und stürme den Korridor hinunter.

Ich muss hier raus.

Mein Kleid raschelt viel zu laut, als ich zum Fahrstuhl hetze. Mit einem Mal sickert alles Glück aus den Fasern des Gewebes. Wie Staub rieselt es aus dem Tüll. Keine Naht versprüht mehr Glückshormone und selbst die Farbe hat sämtlichen Glanz verloren. Es hat sich in ein echtes Drama-Kleid verwandelt.

Selten war ich so erleichtert, das *Bling* des Fahrstuhls zu hören. Gott sei Dank scheint Bo wenigstens einen Funken Anstand und Respekt zu besitzen. Er hat endlich kapiert, dass sein aufdringliches Benehmen in der momentanen Situation nicht nur unmöglich, sondern mehr als unangebracht ist.

Ich betrete den Fahrstuhl, schlage mit der ganzen Hand auf den Knopf für das Erdgeschoss und lehne erschöpft den Kopf an die Wand. Ich fühle mich wie im falschen Film. Oder in einem Traum, der nicht der meine ist. Fremdgesteuert.

Mir wird echt alles zu viel. Noahs grauenvoller Unfall. Die Ungewissheit, wie es mit ihm weitergeht. Immer wieder dieser Untote. Wann nimmt das endlich alles ein Ende? Und bitte eines, das glücklich ist!

Ich schwanke schon wieder zwischen Verzweiflung und Wut, als ich das Erdgeschoss erreiche, und marschiere sogleich hinaus in die mondlose Nacht. Kein Blick zurück. Ich will nur nach Hause, das Telefon hüten und auf den erlösenden Anruf aus dem Krankenhaus warten.

Noah ist stark. Noah ist ein Kämpfer. Er wird es schaffen!

Bis zu Omas Haus ist es ein ganzes Stück und ich überlege ernsthaft, mir den Luxus eines Taxis zu gönnen, was zwar bei Weitem das Limit meines Uni-Taschengelds sprengen würde, doch was ist denn schon Geld? Im Vergleich zu einem Menschenleben eindeutig ein überbewertetes Mittel zum Zweck.

Noch während ich das Handy zücke, um mich um einen fahrbaren Untersatz zu kümmern, bringt mich der Schrecken der Nacht (namens Bo!) von meinem Vorhaben ab.

»Warte!« Bo sagt es nicht laut und doch klingt es messerscharf wie eine Klinge, die meinen Rücken durchsticht.

Einen kurzen Moment bin ich versucht, stehen zu bleiben. Aber alles in mir befiehlt mir, weiterzugehen. Ich wechsle in einen schnelleren Laufschritt – die Sache mit dem Taxi wäre also gestrichen.

Kaum dass ich die sichere Umgebung des Krankenhausgeländes hinter mir gelassen habe, krabbelt mir eine Gänsehaut über den Rücken.

Ein Fehler. Ja, es war ein Fehler, so voreilig davonzulaufen.

Meine Schritte hallen durch die Nacht und mein ungutes Gefühl wächst an, weil Bos Stimme in dieser Sekunde abermals die Dunkelheit durchbricht.

»Wann kapierst du es endlich?« Seine Stimme wird energischer.

Es bringt ihm nichts. Ich ziehe den Kopf zwischen die Schultern und gehe mit gesenktem Blick einfach weiter. Kurz überlege ich, ob ich besser den Weg entlang der Hauptstraße nehmen soll oder die Abkürzung zwischen den Häusern hindurch.

»Ich geh hier erst weg, wenn du mich begleitest!«

Darauf kann er lange warten!

Ich entscheide mich für die Abkürzung.

Bo folgt mir.

»Nur deswegen bin ich hier, um dich zu holen.«

Seine Stimme wird noch energischer. Und drohender?

Dachte ich im Krankenhaus noch, er wollte mir durch die Blume mitteilen, dass ihm die Sache mit Noah leidtut, so ist davon jetzt nichts mehr zu merken.

Bo kommt immer näher.

Mittlerweile bezweifle ich tatsächlich, dass er mir etwas antun möchte. Wenn es so wäre, hätte er es längst getan, zumindest sagt mir das meine innere Stimme. Stattdessen beschleicht mich ein anderer Verdacht: Er scheint aus irgendeinem unvorstellbaren Grund auf mich angewiesen zu sein. Vielleicht ist das gar kein drohender Tonfall in seiner Stimme – sondern eher ein verzweifelter?

Eins steht jedoch fest: Wo immer der Kerl auftaucht, bricht das blanke Chaos aus.

»Wie lange willst du das Spielchen noch durchziehen, hä?« Der Unterton, der in Bos Worten mitschwingt, gefällt mir nicht. Er ist so voller Hektik. Ja, ihm läuft wohl die Zeit davon. »So lange, bis sie dich für geisteskrank erklären und dich ins Verrücktenhaus einweisen?«

Kurz presse ich die Lippen zusammen. *Irrenhaus*, verbessere ich ihn in Gedanken und schnaube energisch.

Geh weiter, Willow, geh einfach weiter. Der Kerl bringt nur Unheil.

Ich haste, so schnell es mein graziles Schuhwerk zulässt, durch die dunkle Gasse, die sich zwischen den Häusern hindurchschlängelt. Die Straßenlaternen sind um die Uhrzeit längst ausgeschaltet, auch sonst brennt kaum ein Licht in den Häusern, und die Steinmauern werfen sich die klackernden Schrittgeräusche meiner Sandaletten zu.

»Du bist doch nicht wirklich so vertrottelt, dass du es immer noch nicht geschnallt hast?« Bo lacht jetzt. Und wie er lacht!

Klar habe ich es geschnallt. Er ist für jedermann nicht existent oder einfach unsichtbar – nur für mich nicht!

Verdammter Mist! Dass ich seinetwegen tatsächlich an meinem gesunden Menschenverstand zweifele, braucht er nicht zu wissen.

Wenn ich vorhin noch dachte, dass sich bei mir Verzweiflung und Wut in etwa die Waage halten, so ist es nun ein klarer Fall von Aggression.

Verbissen wetze ich halb gehend, halb rennend zwischen den Häusern hindurch, doch so schnell ich auch laufe, Bo kann mühelos mit mir Schritt halten. Er ist stets unmittelbar hinter mir.

Ich spiele mit dem Gedanken, ihm meinen Ellbogen in den Bauch zu rammen, um dann in dem kurzen Augenblick der Ablenkung die Flucht zu ergreifen. Vielleicht könnte ich schnell hinter der nächsten Hausecke verschwinden? Hey, das könnte funktionieren!

Ich hole aus, stoße meinen Ellbogen kräftig nach hinten, aber der Schlag geht ins Leere.

»Vergiss es, Kleines!«, lacht er höhnisch auf und steht nun direkt neben mir.

Dass er mich »Kleines« nennt, ist eine Sache. Dass er mich dazu jedoch so herablassend auslacht, geht echt gar nicht!

Ich blitze ihn zornig an. Auch seine Augen schimmern wütend und ungeduldig. So farblos wie die Steinmauern der Häuser. Der herablassende Ausdruck, der immer noch seine Mimik durchdringt, entgeht mir keineswegs. »Ein kostenloser Rat: Für euch Erdlinge bin ich viel zu schnell.«

Boah! So ein arroganter Kotzbrocken!

»Du hörst mir jetzt endlich zu«, redet er weiter. Selbst wenn ich ihn dabei nicht angeschaut hätte, wäre mir die Dringlichkeit seiner

Worte nicht verborgen geblieben. »Hör mir zu, wenn dir an deinem Blondlöckchen wirklich etwas liegt. Sonst ...«

Unweigerlich stolpert mein Herz über seinen eigenen Takt. »Sonst was?!«

Verdammt! Jetzt hat er mich dazu gebracht, dass ich mit ihm rede. Aber es muss einen Zusammenhang zwischen diesem Kotzbocken und Noahs Unfall geben. Nur welchen?

»... sonst kann ich für nichts mehr garantieren.«

Bedeutet das etwa, er hat Noahs Leben in der Hand?

Dass er Noah ins Spiel bringt, nur damit ich ihn nicht länger ignoriere, ihm zuhöre und tue, was er von mir verlangt, ist echt unter aller Sau.

Ich verharre an Ort und Stelle.

»Was hast du mit Noah zu tun? Was für ein beschissenes Spiel treibst du hier?«, frage ich zischend und meine Zähne klappern krampfhaft aufeinander. Erst jetzt bemerke ich, dass ich fürchterlich schlottere.

Mit wachsendem Unbehagen stehe ich zwischen zwei Hausmauern, die hoch in den Himmel ragen. Beobachte, dass Bo die Arme vor der Brust verschränkt und seinen Unterkiefer vorschiebt. Jetzt hat er mich da, wo er mich haben wollte. Das Funkeln in seinen Augen, die angespannte Körperhaltung. Warum beantwortet er meine Frage nicht?

Völlig unerwartet kommt Bo einen Schritt auf mich zu. So schnell ich kann, weiche ich vor ihm zurück. Ja, ich traue diesem Kerl nicht über den Weg.

Autsch!

Mein Kopf prallt heftig gegen die Steinmauern des einen Hauses. Ich will nach links ausweichen, doch schon schnellt Bos Arm zur Mauer und versperrt mir den Fluchtweg. Einen Wimpernschlag später folgt der zweite Arm.

Es gibt kein Entkommen.

»Ich bin Noahs Schicksal, seine Zukunft und sein Leben«, raunt er und ich erschaudere bei seinen Worten. Der Vergleich, der sich mir aufzwängt, dass es sich bei diesem Bo um den Sensenmann handelt, lässt sich nicht leugnen, obwohl ihm zum klassischen Erscheinungsbild Sense und schwarzer Umhang fehlen.

»Warum sollte ich dir nur ein Wort glauben?«

Seine nachfolgenden Worte verschlimmern den Verdacht, dass an seiner Aussage was dran sein könnte, zusätzlich: »Noahs Leben liegt in meiner Hand, und verflucht noch mal, auch in deiner! Wenn du nur endlich mit mir auf die andere Seite kommen würdest.«

Auch wenn Bo in Rätseln spricht, so scheint er dennoch das erste Mal die Contenance zu verlieren. Okay, nicht wirklich verlieren, aber sie bröckelt doch merklich.

»Auf die andere Seite?«, krächze ich und wiederhole höchst geistreich seine letzten Worte. Doch ich ahne bereits, dass er nicht von der anderen Seite der Straße oder etwa der Stadt redet. Noch während er den Mund aufmacht, realisiere ich, dass ich seine Erklärung gar nicht hören möchte.

»Auf die andere Seite des gläsernen Kronenspiegels.«

»Haha.« Das hysterische Gackern ist alles, was ich zustande bringe. Hat der Kerl zu viel *Peter-Pan*-Luft geschnüffelt oder was? An so was wie Märchen glaube ich schon lange nicht mehr. Habe ich bisher stark an `meinem` Normalitätszustand gezweifelt, so bekommt die Liste der heillos Verrückten ganz plötzlich einen neuen Leader: Bo.

»Was?! Von was redest du eigentlich?«

Und doch ...

Das Wissen, dass ich Bo als Einzige sehen und er unmöglich ein Normalsterblicher sein kann, lässt meinen Hysterieanfall in der grässlichen Stille noch viel dramatischer wirken.

»Okay, Willow, hör mir gut zu: Wir haben nicht mehr viel Zeit. So absurd es auch klingen mag, du und ich, wir wollen beide dasselbe. Zwar aus völlig unterschiedlichen Gründen, aber das ist jetzt unwichtig.« Er scheint leicht genervt über mein albernes Gackern, das nur allmählich verstummt. »Aber aus meiner Warte ist es existenziell wichtig, diesen Auftrag zu erledigen!« Als er den Satz zu Ende gesprochen hat, beugt er sich noch ein Stück weiter vor und in diesem Moment, mag er auch noch so gruselig und unwirklich erscheinen, erkenne ich etwas, das ich noch nie zuvor erlebt habe.

Mehr als einmal schlucke ich hart und kann dennoch nicht den Blick von Bo lösen. Wie versteinert starre ich in seine farblosen Augen. Sie sind es, die mich so verwirren – wie schon damals auf dem

Uni-Korridor. Doch endlich kapiere ich, was damit nicht stimmt. Sie sind einfach nur blassgrau. Sonst nichts. Kein Spiegelbild, nicht einmal das Aufflackern eines solchen. Nichts. Einfach nur farbloses Grau. So muss es für die anderen sein, wenn sie jemandem in die Augen schauen.

Was für jedermann normal ist, ist für mich das Befremdlichste, das ich je erlebt habe. Ich schlucke abermals und kann doch nichts tun, als ihm in die Augen zu stieren.

Aber das ist noch nicht alles ...

Ich brauche eine Sekunde, vielleicht auch zwei, ehe ich diese Erkenntnis zulassen kann: Bo ist nicht nur der allererste Mensch (oder was auch immer er sein mag) ohne Spiegelbild in den Augen, nein – es könnte bedeuten, dass zwischen ihm und mir irgendeine abnorme Verbindung besteht. Eine, die es mir ermöglicht, ihn zu sehen, und eine, die ich eigentlich nicht einmal in Gedanken zulassen möchte.

Zwischen meine wild wirbelnden Emotionen zwängt sich ein absurdes Hirngespinst: *Ist Bo wie ich?*

»Nein ... nein ...« Ich schüttele unentwegt den Kopf. Nicht nur wegen der sinnbefreiten Worte, die der verrückte Bo von sich gibt. Auch wegen meines eigenen Gedankenchaos'.

Da gibt es keine Verbindung zwischen ihm und mir. Niemals!, beschwichtige ich mich innerlich. *Das hat nichts zu bedeuten. Gar nichts!*

Immer noch fassungslos stiere ich in seine Augen. Sie sind so farblos wie verblichene Tinte.

»Du glaubst mir kein Wort.« Bo schnaubt mürrisch. Es ist keine Frage, sondern eine nüchterne Feststellung. Fast resigniert lässt er den Kopf hängen und unterbricht den Moment der intensiven Musterung. Plötzlich richtet er sich abrupt auf und gleichzeitig schnellt seine Hand um mein Handgelenk. »Tut mir leid, dann bleibt mir nur noch eine Möglichkeit.«

Ich weiß nicht, wie mir geschieht. Spüre die kalten Finger, die sich um meinen Unterarm krallen. Schon stolpere ich über meine eigenen Füße, weil ich hastig vorwärtsgezerrt werde.

»He, was soll das?«, empöre ich mich, während ich um die nächste Hausecke befördert werde. Es geht so schnell, dass ich Mühe habe,

Luft zu holen oder mich zu wehren. Wie eine willenlose Schlenkerpuppe schleift er mich hinter sich her.

Wir rennen durch die Gassen, biegen um Ecken, und ich bin ihm machtlos ausgeliefert.

Ich wundere mich, dass niemand auf den Radau aufmerksam wird, den wir fabrizieren – oder zumindest auf meine hastig klackernden Sandaletten. Schließlich habe ich keinen Plan, wie das mit dem Geräuschpegel beim Pergamenthaut-Typen aussieht. Womöglich wird jeder Laut von ihm von ominösen »Unsichtbarkeitssensoren« verschluckt? Hm, muss wohl so sein. Denn Bo wird als Gesamtpaket nicht wahrgenommen.

Nach einigen Minuten der Hetzerei zeichnen sich in der Ferne die Konturen des Uni-Komplexes ab. Ungestüm werde ich nach rechts bugsiert und stolpere über eine Erhöhung, deren Kanten mit den Nachtschatten verfließen.

»Stufe«, raunt Bo im selben Moment – aber die Warnung kommt zu spät. Ich verliere das Gleichgewicht und kippe vornüber. Mein ohnehin schon lädiertes Knie fängt sich die nächste Blessur ein und ich kann mich mit meiner freien Hand gerade noch halbwegs auffangen.

»Wie nett! Danke für den Hinweis«, sage ich zynisch und schüttele entnervt meinen Kopf. Wieder einmal. Dann rappele ich mich umständlich auf, was sich mit nur einer freien Hand gar nicht so einfach gestaltet. »Lass mich endlich los, verdammt!«

Energisch versuche ich mich von ihm loszureißen, aber Bos Griff bleibt eisern.

»Keine Chance«, entgegnet er trocken. »Erst kommst du mit mir zum Kronenspiegel. Dort beweise ich dir, dass ich nicht verrückt bin.« Kaum dass er den Satz ausgesprochen hat, zerrt er mich auch schon weiter durch die Dunkelheit. Aber hey, er plappert nicht nur wirres Zeug, er benimmt sich auch echt spooky, da fällt es mir verdammt schwer, ihm zu glauben.

»Nicht verrückt?« Ich lache farblos. »Nicht verrückt ... Ganz ehrlich! Gib doch einfach zu, dass du irgendwo deine Zwangsjacke versteckt hast«, fauche ich atemlos, weil es mit meiner Fitness nicht gerade zum Besten steht.

»Was?« Bos Stirn kräuselt sich, ich sehe es nur kurz, als er einen flüchtigen Blick über die Schulter wirft. An finsterer Ausstrahlung hat er nichts eingebüßt, dafür kommt ein verdutzter Ausdruck dazu. Er geht nicht auf meinen dummen Spruch ein, stattdessen erwidert er in befehlshaberischem Ton: »Du tust, was ich dir sage!«

»Tz! Klar«, lache ich auf. In welchem Jahrhundert lebt der Kerl eigentlich? Mann befiehlt, Frau tut.

Noch wenige Schritte, dann befinden wir uns beim Hintereingang des Westflügels vom Unigebäude. Mich beschleicht so eine dunkle Vorahnung. O ja, ich befürchte, ich kenne sein Ziel.

Endlich bleibt Bo stehen. Dummerweise lockert er seinen Klammergriff nicht. Mit zusammengekniffenen Augen mustert er die Umgebung, dann springt er elegant auf den Müllcontainer neben der Treppe und zerrt mich nonchalant hinterher.

»Geht's noch?« Ich schreie auf, befürchte schon, er kugelt mir jeden Moment die Schulter aus, denn der Arm schmerzt höllisch. Wie kann man nur so rücksichtslos sein? »Was wird das, wenn es fertig ist?«

»Das wirst du früh genug erfahren«, brummt er.

Ich kraxele auf allen Vieren (ähm, Dreien, der eine Arm scheint mittlerweile mit Bos Hand verwachsen zu sein) auf den Müllcontainer und raffe mich auf, als er bereits den nächsten Befehl vom Stapel lässt.

»Hier rein!« Sein Kinn deutet zu dem Fenster über unseren Köpfen.

Hallo?! Der hat echt ein Rad ab! Das sind mindestens zweieinhalb Meter bis zum Fensterrahmen. »Träum weiter! Wie denkst du, soll ich da hochkommen?«

Ohne jegliche Vorwarnung gibt Bo mein Handgelenk frei, geht in die Hocke und umklammert meine Beine. Dann wirft er mich hoch – okay, nicht Werfen im üblichen Sinne. Vielleicht eher so was wie Hieven, aber es fühlt sich so an, als katapultierte er mich in atemberaubender Geschwindigkeit in luftige Höhe.

Ich weiß nicht, wie ich es schaffe, mich in dieser Situation noch irgendwo festzuhalten. Meine Arme fuchteln unkontrolliert durch die Luft und im letzten Moment verkeilen sich meine Fingerkuppen an dem Steinvorsprung unter dem Fensterrahmen.

»Shit! Shit! Shiiiit!«, kreische ich panisch, denn ich spüre, wie meine Kräfte mit jedem rasenden Herzklopfen schwinden. Mit größter Anstrengung kralle ich meine Fingernägel in den Stein, aber lange halte ich das nicht durch. Der Vorsprung ist viel zu schmal, als dass ich mich mit der ganzen Hand daran festklammern könnte, und ich viel zu schwach, um mein ganzes Gewicht zu halten, geschweige denn es hochzuziehen. »Willst du mich etwa umbrin...«

Mehr kommt nicht mehr über meine Lippen.

Beim nächsten Atemzug rutschen meine Fingerkuppen von dem Steinvorsprung.

Ich verliere den Halt.

Und falle ...

9.

Argumente sind nicht immer das, was überzeugt

Ich falle.
Unter mir nichts als die Schwärze der Sommernacht.
Fühle, wie mein Magen zu schweben beginnt. Hoch bis zu meinem pochenden Herzen.
Dieser Zustand könnte seit einigen Sekunden oder bloß den Bruchteil einer Sekunde andauern, ich kann es nicht sagen. Alles, was ich denken kann, ist: Scheiße! Wenn ich jetzt auf den Boden knalle, breche ich mir sämtliche zweihundertsechs Knochen.
Instinktiv presse ich die Augen zu, halte den Atem an und warte auf den Aufprall.
Ein kräftiger Ruck lässt mich die Augen wieder aufreißen.
Bo, nun auf einmal über mir, hält sich mit einer Hand am Fensterrahmen fest, den zweiten Arm spüre ich um meine Taille.
»Hör auf zu zappeln«, schnauzt er mich an.

Kunststück! Soll er mal im freien Fall gen Boden donnern und dabei total cool und gelassen bleiben.

Er zieht mich so weit hoch, dass ich mich mit beiden Händen erneut am Vorsprung festhalten kann, dann erklingt ein viel zu lautes Scheppern über meinem Kopf und ich zucke erschrocken zusammen. Tausend Splitter, die klirrend in die Tiefe fallen.

»Worauf wartest du? Los, rein mit dir«, befiehlt Bo weiter.

Aus dem Augenwinkel erkenne ich jetzt, dass er mit dem Ellbogen die Glasscheibe zertrümmert hat.

Umständlich klettere ich die Fassade hoch – missbrauche Bos Schulter als Räuberleiter – und unterdrücke dabei mein Schaudern, weil ich echt nicht weiß, ob ich aus der Sache wieder heil herauskomme. Prompt verfängt sich mein Kleid mit einem herausstehenden Glassplitter, als ich das erste Bein über den Fensterrahmen schwinge. Meine Güte! Diesen Stofffetzen kann ich hinterher nur noch in die Tonne schmeißen.

Kaum dass ich mich befreit habe (Bo, der in der Zwischenzeit ebenfalls durchs Fenster steigt, schaut mir nur mürrisch zu), befinde ich mich wieder in seinem Klammergriff.

»Darf ich jetzt endlich erfahren, wie um alles in der Welt meine Uni dazu beitragen soll, Noahs Leben zu retten?« Ich versuche verzweifelt, mich von ihm loszureißen.

Wenn er wirklich auf irgendeine abgefahrene Art und Weise helfen kann, Noahs Leben zu retten, so will es mir nicht in den Kopf gehen, was ausgerechnet meine Uni mit der Sache *der anderen Seite* zu tun hat ... Liegt in diesem Gebäude womöglich der Schlüssel?

Ich komme nicht dazu, mir weitere Gedanken zu machen, und eine Antwort lässt obendrein auf sich warten. Dafür das alte Spiel: Bo zerrt mich an meinem Handgelenk energisch den Korridor entlang. So ohne den spärlichen Schein des Mondes habe ich Mühe, mich zu orientieren. Wie findet sich der Kerl nur so zielsicher hier drinnen zurecht – immerhin ist es doch `meine` Uni.

»Da rein!« Die nächste klare Ansage.

Und während Bo eine Tür aufdrückt, erkenne ich schemenhafte Umrisse der Umgebung. Natürlich ist mir klar, dass wir uns im ersten Obergeschoss des Westflügels befinden, aber das hier? Meine Ahnung hat sich bewahrheitet. Entweder steht Bo auf eine abartige Weise auf Mädchenklos – oder hier verbirgt sich mehr, als ich mit bloßem Auge erkennen kann.

Bo zerrt mich weiter. Ich kann nicht erklären, warum, aber alles in mir sträubt sich, ihm zu folgen. In mir keimt die Befürchtung auf, dass es gleich kein Zurück mehr gibt ...

Doch Bo lässt mir keine Wahl. Er zwingt mich mit einem kräftigen Ruck ins Innere der Mädchentoilette.

»Du tust mir weh, verflucht!«, beschwere ich mich. Instinktiv setze ich zu einem erneuten Fluchtversuch an. Ich trete, schlage um mich und bin wild entschlossen, mich zu befreien, doch der eiserne Griff verwandelt sich zu einem schmerzhaften Malträtieren meines Handgelenks.

»Geht's noch brutaler? Lass mich endlich los, du Arsch!« Zu meiner Freude stelle ich fest, dass er allmählich Mühe bekommt, mich zu kontrollieren, denn nicht nur sein Blick, auch seine Körpersprache wirkt zusehends nervöser. Also schreie ich weiter. Vielleicht hört mich ja jemand ...

»Halt endlich deine Klappe!«, flucht Bo. Schließlich zerrt er mich am Arm grob zu sich heran und presst mir die Hand auf den Mund. »Es hört dich sowieso keiner, also reine Energieverschwendung.«

Nun beginnt er irgendwelches völlig verrücktes Zeug von einem Ort namens *Vella*, etwas von Äquivalenz und einer Tag- und Nachtgleiche zu schwafeln. Wen interessiert das? Ich erleide hier gerade eine Panikattacke, weil ich kaum noch atmen kann.

»Verstehst du?«, endet er.

Ich beiße ihm in den Finger.

»Du Miststück!«, beschimpft er mich und seine Augen funkeln mich böse an. Dummerweise hat meine Attacke nicht viel gebracht, ich bin immer noch an ihn gefesselt. »Wann schnallst du endlich, dass ich dir nichts tun werde? Ich will nur, dass du nicht wegrennst!«

»Klar, deshalb erstickst du mich, selbst wenn mich keiner hören kann?«

Bo gibt einen Laut von sich, der verdammt viel Ähnlichkeit mit einem Knurren aufweist. Dann gibt er mich von einer Sekunde auf die andere frei.

»Okay, weißt du was? Du kannst gehen.« Er schreitet durch das Mädchenklo und sein energischer Gang findet erst vor dem Spiegel über dem Waschbecken Halt. Die silberne Oberfläche reflektiert den spärlichen Lichteinfall, der durchs Fenster fällt. Täusche ich mich oder neigt sich die Nacht dem Ende zu? »Aber wenn du Noah retten willst, bleibst du hier.«

Ich starre zur Tür.

Ich könnte tatsächlich gehen – aber ich bleibe. Wenn Bo der Schlüssel zu Noahs Rettung ist, muss ich mir zumindest anhören, was er zu bieten hat.

Mein Blick zuckt zurück zu dem Waschbecken und dem Spiegel. Verwundert stelle ich fest, dass die Oberfläche mehr einem Wellblech als einem spiegelglatten Glas gleicht. Schwarze Flecken zieren den Rand und an etlichen Stellen ist das Silber des Spiegels abgeblättert. Merkwürdig, warum ist mir bisher noch nie aufgefallen, wie heruntergekommen es hier drinnen aussieht?

Aus dem Augenwinkel sehe ich, wie Bo seine Hand ausstreckt, um die untere Ecke des Spiegels zu berühren. Aber ganz plötzlich hält er in der Bewegung inne.

»Hier, sieh genau hin.«

»Ich sehe gar nichts«, murmele ich wenig verständlich. Doch Bos genervtes Kopfschütteln erkenne ich sehr wohl. Zwei große Schritte und er ist bei mir, legt die Hand auf meinen Rücken und schiebt mich nach vorne. Abermals deutet er mit dem Kinn auf die untere Ecke des Spiegels. »Siehst du es jetzt?«

»Von was redest du?«, frage ich irritiert.

»Von diesem Zeichen«, fährt Bo fort und seine Stimme lässt keinen Zweifel daran, dass er ebenso wenig mit mir hier stehen möchte wie ich mit ihm. »Das ist das Symbol des Kronenspiegels. Somit gleichermaßen das Erkennungsmerkmal für die *Spiegler*, damit wir durch die verbindende Spiegelebene in unsere Dimension zurückkehren können.«

»*Hä?!*« Ich höre selbst, wie bescheuert ich klinge, aber ich verstehe nur Bahnhof.

Wie das klingt ...

Symbol ... Kronenspiegel ... Spiegler ... Dimension ...

Eigentlich rechne ich damit, dass ich jede Sekunde aus einem Traum gerissen werde, die Augen aufschlage und in einen irren Lachanfall verfalle, weil meine kranke Fantasie wie eine Seifenblase zerplatzt – leider habe ich die Augen längst offen. Tatsächlich entweicht mir jetzt ein Lachen, das so krank klingt, wie sich mein Hirn anfühlt. Offenbar hat Noahs schrecklicher Anblick doch unerwünschte Nebenwirkungen verursacht. Alleine beim Gedanken an Noah kommen mir die Tränen. Mein Gefühlszustand scheint so labil wie ein Fähnchen im Wind.

Mühsam würge ich die Heulattacke hinunter. »Was redest du da? Weißt du, wie du dich anhörst? Spiegelebene? Dimension … Ich meine, hallo? HALLOOO?!«

»Zum Himmel noch mal! Ich kann es dir nicht demonstrieren, damit du mir glaubst. Das geht einfach nicht. Wenn ich das Symbol aktiviere, dann passiert es, ob du willst oder nicht«, spricht er weiter in Rätseln. »Das Einzige, das du wissen musst, ist: Das Symbol öffnet das Portal, das mich in meine Dimension, die Spiegelwelt zur Erde, zurückbringt.«

Ich starre ihn mit hochgezogenen Brauen an.

»Für dich gibt es nur ein Ja oder ein Nein. Willst du Noah retten? Ja? Dann musst du mitkommen. Ist die Antwort nein? Dann bleibst du hier!«

Wie er mit mir spricht … Alles klar. Für ihn bin ich nur ein lästiges Anhängsel – mehr nicht. Aber dass er nicht einfach verschwindet, obwohl er augenscheinlich mehr als nur ein kleines bisschen von meiner Person genervt ist, kann eigentlich nur eines bedeuten. Denn da ist auch noch diese Dringlichkeit, die nicht einzig aus seinen Worten, sondern auch aus jeder Faser seines Körpers strahlt. Ja, das alles wirft in meinem Hinterkopf immer stärker die Frage auf, wer hier wirklich auf wessen Hilfe angewiesen ist?

»Warum musst du mich holen? Sag schon, wozu brauchst du mich? Und wie kann ich Noahs Leben retten, wenn ich von hier verschwinde? Irgendwie klingt das ziemlich paradox.«

Es ist mir, als zuckte er bei meiner Frage kaum merklich zusammen. »Das kann ich dir nicht erklären. Noch nicht. Du wirst es verstehen, wenn du mit mir auf die andere Seite des Kronenspiegels –«

»– des Kronenspiegels kommst? O Mann! Rede endlich mal Klartext!«, falle ich ihm ungehalten ins Wort und verliere für einige

Sekunden die Kontrolle über mein Stimmorgan. Ich räuspere mich, zwinge mich zur Ruhe. »Weißt du eigentlich, wie absurd und verrückt das alles klingt?«

Unerwartet kommt er einen Schritt auf mich zu und packt mich an den Schultern.

»Was willst du, Willow?«

Meine Gedanken rotieren und ich schaffe es nicht, ihm zu antworten, denn die einzelnen Informationshäppchen schwirren viel zu wirr durch mein Inneres und ich drohe, bald zu zerplatzen.

Auf die andere Seite.
Bo hat kein Spiegelbild in den Augen.
Noahs Leben retten.

Dabei ist die Antwort ganz einfach: Will ich Noah retten? JA!!!

Das ist alles, was ich möchte. Ohne Noah ist mein Leben … sinnlos. Es klingt abgedroschen und kitschig, ja, total kitschig, das ist mir auch bewusst, aber ich kann mir ein Leben ohne Noah nicht mehr vorstellen.

Aber dieses JA scheint mit Konsequenzen verknüpft, die nicht abzuschätzen sind. Genau dieser Umstand lässt mich zweifeln.

»Ich verlange nicht von dir, dass du mir vertraust, aber vertraue auf deine innere Stimme. Die Zeit ist kostbar. Noah wird nicht mehr lange durchhalten, wenn wir nichts unternehmen. Also hör auf dein Herz, was sagt es dir?«, bittet mich Bo eindringlich und entfernt sich ein Stück, ohne mich jedoch loszulassen.

Verdammt, der Kerl kann tatsächlich mehr als einen zusammenhängenden Satz bilden und das ohne jegliche Beleidigungen oder jeglichen Befehl. Noch dazu trifft er voll ins Schwarze. Wie er das sagt, weiß ich, dass es nur eine Möglichkeit gibt. Ich würde es mir nie verzeihen, wenn ich es unversucht ließe und Noah … *Noah* …

Nicht mal in meinem Geist kann ich den Gedanken zulassen.

Es ist meine innere Stimme, die mir keine Ruhe lässt. Nur ein leises Wispern, und auch wenn ich zweifele, so beinhaltet genau dieses Wispern auch die Hoffnung, Noah retten zu können.

Was, wenn Bo die Wahrheit sagt?

Was, wenn so etwas wie eine parallele Dimensionsebene existiert?

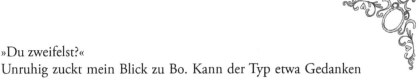

»Du zweifelst?«

Unruhig zuckt mein Blick zu Bo. Kann der Typ etwa Gedanken lesen oder ist es so offensichtlich, was in mir vorgeht? Aber er hat recht: Ich zweifle.

Was habe ich schon zu verlieren? Sollte Bo bloß ein durchgeknallter Psycho sein, werde ich das jeden Moment herausfinden. Nämlich dann, wenn gar keine *andere Seite* existiert. Aber es ist nicht das, was mir Bauchschmerzen bereitet. Nein. Was, wenn es tatsächlich wahr ist?

Zugegebenermaßen tendiert mein Verstand zur ersten Variante, denn ich habe absolut keine Vorstellung davon, wie es möglich sein soll, mittels eines Spiegels auf eine *andere Seite* zu kommen. Eine *andere Seite* von *was*? Gefangen im Spiegel? Ein Raum dahinter? So was gibt's doch nur im Märchen! Und hey: Dem Prinzessinnen-Alter bin ich weiß Gott schon einige Tage entwachsen.

Dass meine innere Stimme allerdings dem Gerede von Bo Glauben schenkt, macht das alles nur noch komplizierter. Doch um Noahs Leben zu retten, würde ich alles tun. Ist das wahr? *Alles?* Selbst wenn es bedeutet, dass ich dabei meinen Verstand verliere …?

Die wackligen Geräusche meiner Schritte, die an den kühlen Kacheln der Toilettenwände abprallen, während ich mich noch ein Stück näher an Bos Seite wage, verdeutlichen mir nur allzu sehr meine eigene Unsicherheit. Ich habe nicht mal bemerkt, dass er mich losgelassen hat.

Schon höre ich mich selbst fragen: »Bin ich am Morgen zurück?«

Ich will da sein, wenn Noah aufwacht. Will an seinem Bett sitzen, wenn er die Augen aufschlägt. Will seine Hand halten, damit er spürt, dass er nicht allein ist.

»Ich kann es dir nicht versprechen.« Bos Ehrlichkeit überrascht mich und meine Verwirrung nimmt zu, als er nach meiner Hand greift und mir tief in die Augen schaut. »Entscheide dich, Willow – jetzt.«

Ich fühle, wie ich den Mund aufmache, ihm dabei langsam meine Hand entziehe. Ich spüre den Atemhauch und dennoch, es kommt kein Laut über meine Lippen.

»Was hast du zu verlieren?«

Nichts. Ich habe nichts zu verlieren. Außer Noah.

Daher nicke ich und flüstere: »Für Noah.«

Eine dicke Träne kullert über meine Wange und tropft leise auf das verkalkte Porzellan des Waschbeckens.

Von all dem bekommt Bo nichts mit. Erneut nähert sich seine Hand der unteren Ecke des Spiegels, doch diesmal zögert er keine Sekunde und berührt mit dem Finger das Symbol. Es ist eine schlichte Krone, ähnlich einem Brandzeichen. Absolut nichts Spektakuläres also. Doch kaum, dass seine Fingerspitze darüber streift, beginnt die Krone golden zu schimmern. Wie eine Woge breitet sich das Leuchten über dem schmutzigen Spiegel aus.

Ich glaube, ich träume...

»Halt dich an mir fest«, raunt Bo, doch ich höre ihm nur mit halbem Ohr zu. Gebannt betrachte ich mein verzerrtes Spiegelbild. Es vermischt sich auf eine atemberaubende Weise mit den goldenen Wellen und dem Silber des Spiegels.

Ohne jegliche Vorwarnung werde ich von einem unbändigen Schmerz ergriffen, der mich regelrecht in die Knie zwingt. Es fühlt sich an, als würde ich in tausend Stücke zerrissen. Ich schreie auf, kralle mich mit klammen Fingern verzweifelt am Waschbecken fest und bin mir sicher, dass mich der Sog mit dem nächsten Atemzug zerfetzt.

Als mir stattdessen ein grässlicher Schrei entweicht, brüllt Bo: »Willow! Gib mir deine Hand!«

Aber ich verstehe es nicht. Ich verstehe überhaupt nichts mehr. Seine Worte scheinen nicht mehr aus dieser Welt, dringen nicht zu mir durch und wirbeln unverstanden zu Boden. Die folgenden Momente nehme ich kaum noch wahr. Unter meinen Handflächen ist das kühle Porzellan, vor mir das leuchtende Schimmern des Spiegels und unter meinen Schuhen die schwarz-weiß gemusterten Kacheln des Toilettenbodens.

Unwillkürlich fühle ich starke Finger, die nach meinen greifen und meine Hand entschlossen vom Waschbecken wegzerren und umschließen. Mit festem Griff zieht mich Bo in seine Arme. Gleichzeitig strömt ein elektrisierendes Kribbeln durch mich hindurch. Ob Bos Berührung diese Reaktion hervorruft oder der ganze Hokuspokus dafür verantwortlich ist – das zu beurteilen bin ich nicht mehr in der Lage. Alles, was ich noch realisiere, ist dieser unbändige Sog, von dem ich erfasst werde und der mich umherschleudert, als wäre ich ein winziges, willenloses Schirmchen einer Pusteblume. Und alles, woran ich mich festhalten kann, ist der überhebliche und unausstehliche Bo.

Hatte ich vor wenigen Augenblicken noch im freien Fall das Gefühl von Schwerelosigkeit, so erreicht dieser Begriff mit *dieser* Erfahrung ein ganz neues Level.

Alles um mich herum verliert an Schärfe. Die Konturen des Waschbeckens verschwimmen zu einem weißen Fleck. Im selben Moment lösen sich die Kanten des Spiegels auf und zurück bleibt ein silberner Farbklecks.

Das Schauspiel ist echt abgefahren. Schon verlieren sich sämtliche Farbkonturen und die Farben fließen ineinander über, vermischen sich zu einem einheitlichen Grau. Nein, es ist nicht wirklich Grau, dafür glitzert es viel zu edel. Es ist, als bade ich in einem silbernen Strudel, der von goldenen Lichtwogen umwoben wird. Ein Strudel, der mich mit voller Wucht umherschleudert.

Die Beschleunigung nimmt zu. Wird heftiger. Mit einem Mal wird es mir zu heftig. Ich muss die Augen zupressen, mich konzentrieren, um überhaupt noch atmen zu können. Erst da registriere ich das eigenartige Säuseln. Prickeln. Blubbern.

Und Rauschen.

Der Silberstrudel ist jetzt überall. Umgibt mich, raubt mir das letzte bisschen Sauerstoff und scheint mich mit Haut und Haaren zu verschlingen. Ich spüre nicht mehr, ob mich Bo noch festhält. Wurde er von mir weggewirbelt?

Gerade als ich befürchte, im Silberstrudel zu ersticken, fühle ich so etwas wie festen Boden unter den Füßen. Ich reiße die Augen auf. Im Zeitraffer materialisiert sich der Raum um mich herum und eine Sekunde später knalle ich unsanft auf den Fußboden.

Alles ist dunkel.

Kein Silberstrudel und kein goldenes Schimmern mehr.

Auch kein Bo an meiner Seite.

Ich keuche, ringe nach Luft.

Wo ist Bo?

Hat mich der Mistkerl mit einer kranken Freak-Show verarscht? Ich weiß selbst, dass dies unmöglich ist.

»Bo?«, rufe ich krächzend. Meine Stimme hallt ganz merkwürdig durch den Raum und das Echo lässt mich erschaudern. Überhaupt ist mir fürchterlich kalt. Fröstelnd schlinge ich die Arme um meinen Oberkörper, doch der dünne Stoff meiner Jeansjacke vermag die Kälte nicht zu vertreiben. Nur wenige Schritte hinter mir nehme ich eine Bewegung wahr. »Bo? Das ist nicht witzig!«

Ungelenk rappele ich mich auf, verfluche Bo in den höchsten Tönen (hinterlistiger Zombie, fieser Alien – und dergleichen!), als ein *Klack* hinter meinem Rücken ertönt.

Das Licht springt an.

Hinter mir ist Bo – wer sonst? Auch seine Körperhaltung lässt erahnen, dass er Mühe hat, sich aufzurichten.

Überraschenderweise ist das Licht nicht grell, blendet nicht einmal, obwohl ich mehrere Minuten – Stunden gar?! – im Dunkeln verbracht habe. Vielleicht liegt es auch an dem merkwürdigen Nebelschleier, der meinen Geist trübt. Ich fühle mich richtig benommen.

»Alles klar?«, murmelt Bo eine Frage aus der Ecke.

Ich gebe ihm keine Antwort. Nicht, weil ich nicht will. Irgendwie überkommt mich ein Schwindelanfall, als ich mich nun wieder in der Senkrechten befinde. Vermutlich verdaue ich den Adrenalinschub von eben. Doch allmählich klärt sich mein Geist und der Nebelschleier fällt von mir ab.

Ich stütze mich mit beiden Händen am Waschbecken ab und realisiere nicht, dass es nicht dasselbe ist.

Das Krone-Zeichen ist immer noch da. Überhaupt ist alles immer noch da, nur das wellenartige Schimmern ist verschwunden.

Nur langsam verfängt sich mein Blick mit dem meines Spiegelbildes. Und ich erstarre.

Ich sehe selbst, wie ich die Augen aufreiße und erschrocken einen Schritt zurückweiche.

Bilde ich mir das alles nur ein?

Das Gesicht, das mir entgegenblickt, ist mir vertraut und fremd zugleich. Form, Konturen und Gesichtszüge sind dieselben, auch meine Charakternase ist unverkennbar vorhanden. Es sind Kleinigkeiten, die mich nach Luft schnappen lassen. Meine Haut im Vamp-Look zeugt von einem edlen und milchigen Teint. Und was ist bloß mit meinen Haaren passiert? Ich bin total geflasht. Ein goldener Glanz schimmert in meiner sonst aschblonden Haarmähne. Und meine Augen ...

»Huch ...« Ich wage mich wieder einen Schritt näher und mustere mich in allen Einzelheiten. Kein Blau und auch kein Grau liegt in meinen Augen. Sie schimmern in einem fremdartigen, aber äußerst faszinierenden Lila. »Wie ... wie ...«

Durch den Spiegel erhasche ich einen flüchtigen Blick auf Bo. Er kratzt sich am Hinterkopf und schweigt. Dem arroganten Bo scheint es ausnahmsweise die Sprache verschlagen zu haben.

Aber was ist das? Ich drehe mich um.

Beim genaueren Hingucken bemerke ich, dass in Bos vormals matt schwarzem Haar jetzt ein tiefschwarzer Blauschimmer tanzt.

»... ist das möglich?«, beende ich meine Frage. Mit klopfendem Herzen schaue ich mich um.

Der Boden unter meinen Schuhsohlen ist das Erste, das mir ins Auge sticht. Kein schwarz-weißer Klinkerboden mehr, dafür bunte Steinfliesen, zu hübschen Ornamenten angeordnet. In etwa so, wie man es sonst nur aus *Disney*-Filmen kennt. Echt abgefahren!

Und eines wird mir dabei deutlich vor Augen geführt: Wir sind an einem fremden Ort. Bo hat nicht gelogen.

Aber wo genau wir uns befinden, das will sich mir nicht erschließen. Woher ich in diesem Moment die Gelassenheit nehme, mit meinem Blick Stück für Stück den Raum zu erkunden, das weiß ich nicht. Ich schätze mal, bloße Verdrängungstaktik. Das Hinausschieben des Unausweichlichen.

Ich ertappe mich dabei, wie ich Bo abermals beäuge. Auch seine Pergamenthaut ist wie ausgewechselt. Sie ist meiner nicht unähnlich und wirkt nicht länger kränklich, sondern rein und zart.

Bo geht meine intensive Musterung (vor allem die an seiner Person) wohl gegen den Strich, denn bevor ich ihm in die Augen blicken kann, dreht er sich von mir weg.

»Beeilen wir uns, es wird bald dunkel«, raunt er.

Ich kann nicht sagen, was mich an diesem Satz am meisten irritiert. Wahrscheinlich ist mir einfach alles zu viel, und doch wiederhole ich seine Worte, als würden sie mir dabei helfen, zu verstehen.

»Es wird bald dunkel. Ähm ... es wird bald dunkel? Das ist es doch schon längst«, kontere ich. Das Schwanken in meiner Stimme verrät mein Unbehagen.

Ich ahne es bereits, doch Bo spricht es laut aus:

»Hier ist alles anders.«

Anders ist nicht gleich anders

»Was ... Wie meinst du *anders*?«

Ungerührt starre ich auf Bos Rücken, doch meine Aufmerksamkeit gilt nicht wirklich ihm. Na ja, irgendwie doch. Ich hänge seinen verwirrenden Worten nach.

Was habe ich denn erwartet? Ich befinde mich an einem Ort, der eigentlich nicht existiert, rede mit einem Kerl, den keiner außer mir wahrnehmen kann, und sehe aus, als wäre ich einem unfreiwilligen Veredlungsexperiment zum Opfer gefallen. Nicht, dass ich die Verwandlung nicht vorteilhaft finde. Es hat etwas Freakiges und Faszinierendes zugleich – genau wie Bos Worte. Aber so richtig glauben kann ich es noch immer nicht.

Charmanterweise bekomme ich auch dieses Mal keine Erklärung. Auch die Frage, was ich hier eigentlich soll, schwebt nach wie vor unbeantwortet über unseren Köpfen.

»Komm«, sagt Bo einsilbig und macht entschlossen die Tür auf. »Wir müssen los.«

Etwas in seiner Stimme gefällt mir nicht. Ich höre immer noch seine Ungeduld heraus, aber das ist nicht alles. Noch kann ich es nicht deuten ...

Mit gemischten Gefühlen lasse ich mich aus dem Raum schieben. Nun stehen wir wieder auf dem Unikorridor. Ich schaue neugierig herum. Es kann unmöglich dasselbe Gebäude sein. Oder etwa doch?

Ich bin mir nicht sicher. Es wirkt alt und ein muffiger Geruch liegt über allem, aber ansonsten ... Okay: Ein Korridor ist nun mal ein Korridor, und viel Zeit zum Reflektieren bleibt mir bei Bos Tempo ohnehin nicht, wenn ich mit ihm Schritt halten möchte.

Korridor entlanghetzen, Treppe runtersteigen und das alles ohne ein Wort oder eine Erklärung, nicht mal ein Kontrollblick über die Schulter, ob ich mich überhaupt noch hinter ihm befinde. Es ist offensichtlich, dass er bei der Verteilung des Gentleman-Gens ausgelassen wurde.

Diesmal verlassen wir das Gebäude nicht durch das Fenster. (Dem Himmel sei Dank! Noch einen Riss mehr verkraftet mein Kleid nicht, sonst stehe ich bald ohne da.) Bo dirigiert mich unter die große Treppe im Eingangsbereich. Ich frage mich schon, was wir da suchen, als ich das Rechteck erkenne. Darunter versteckt sich tatsächlich eine Tür. Ha! Die ist mir an der Uni bisher noch nie aufgefallen.

»Existiert die Tür etwa auch bei uns?«, frage ich sofort und stolpere hinter Bo her. Dass ich auch darauf keine Antwort bekomme, wundert mich schon gar nicht mehr. Auch sonst sieht die Umgebung eigentlich ganz »normal« aus. Unauffällige Treppe, die Fenster wirken wie immer, und selbst die Tür hat auf den ersten Blick weder etwas Magisches noch Fantastisches an sich. Trotzdem kribbelt es mich gewaltig unter der Haut. Etwas liegt in der Luft und mein Unterbewusstsein zeigt mir klar und deutlich, dass der Schein trügt: Nichts ist hier wie bei uns.

»Mach schon!«, drängt Bo mich weiter.

Unbehagen schleicht sich in mein Inneres, während ich Bo folge und über die Schwelle in die Dämmerung hinaustrete. Kalte Luft strömt mir entgegen. Obwohl die schwirrenden Frostpartikel unsichtbar sind, fühle ich die Eiseskälte. Im Nu schleicht sie sich unter meine Jeansjacke, legt sich auf meine Haut und verschmilzt mit ihr – ungemütlich und frostig.

Vor der Tür bleibt Bo so abrupt stehen, dass ich voller Wucht in ihn hineindonnere. Ganz im Gegensatz zu meiner Nase scheint er es nicht mal zu registrieren. Mit ernstem Gesichtsausdruck richtet er sein Augenmerk zum Himmel.

Automatisch folge ich seiner Blickrichtung. Tatsächlich dämmert es bereits und der Morgen bricht an. Die längste Nacht meines Lebens ist vorbei. Und zugleich auch die schlimmste.

Wie sich mein Blick in der Weite des Himmelszelts verliert, fühle ich mich schrecklich einsam. Ich vermisse Sam. Natürlich auch meine Oma. Und Noah. Wie es ihm wohl geht?

Im Stillen rufe ich alle Schutzengel dieser Welt auf, damit sie auf Noah aufpassen. So gerne würde ich bei ihm sein, mit ihm reden oder einfach seine Hand halten, damit er nicht allein ist.

Halt! Nicht nur der Himmel dämmert, auch mir dämmert es: Hatte Bo vorhin nicht irgendwas von *es wird bald dunkel* geschwafelt?

Verdammt, ist das kalt hier. Schlotternd schlinge ich die Arme um meinen Oberkörper und wispere meinen Motivationsspruch vor mich hin: »Ich tue es für Noah.«

»Uns bleibt nicht mehr viel Zeit«, murmelt Bo zugleich. Auch er sagt es mehr zu sich selbst als an mich gewandt. »Spätestens, wenn der Mond über die Dächer klettert, müssen wir in Sicherheit sein.«

»Okaaaay«, sage ich und ziehe das Wort endlos in die Länge. Wie Bo das Wort *Sicherheit* betont, fröstelt es mich so heftig, dass meine Zähne zu klappern beginnen. »Habe ich irgendwas nicht mitbekommen?« Und damit meine ich nicht die Tag-Nacht-Verwirrung. »Wir sind in Gefahr?«

Ich erhalte meine Antwort in Form eines *Du-bist-ein-nerviges-Anhängsel*-Blickes. Dann packt er mich unwirsch am Arm und zerrt mich hinter sich her.

»Hey!«, protestiere ich. »Ganz allmählich reicht mir das. Ich bin doch kein lebloser Gegenstand, den du hin und her schubsen kannst, wie es dir gerade passt. Zudem lebt unter meiner Schädeldecke so eine glibbrige Masse aka Gehirn, die sehr wohl fähig ist, gewisse Informationen aufzunehmen und sogar zu verarbeiten.«

Natürlich bekomme ich auch darauf keine Antwort. Wäre wohl zu schön gewesen. Stattdessen presst er mich hinter der nächsten

Hausecke gegen die Mauer, drückt mir den Finger auf den Mund und kommt mir verdammt nahe. Zwei, drei Sekunden verharren wir so, dann geht er weiter – mich fest im Griff. Der Kerl zerrt echt an meinem ohnehin schon angeknacksten Nervenkostüm.

Für Noah, rufe ich mir in Erinnerung, weshalb ich mir das hier gefallen lasse. *Für Noah.*

Obwohl Bo immer noch schweigend, dafür äußerst elegant, zwischen den Häusern hindurchschleicht (ich komme mir neben ihm wie der größte Trampel vor), räumt mir diese Stille der Dämmerung Platz für meine Gedanken ein.

Dass Bo mit dem Portal, dem Kronenspiegel und der anderen Dimension die Wahrheit gesagt hat, lässt mich hoffen, dass tatsächlich Rettung für Noah besteht. Doch da ist auch die Angst, dass Noahs Unfall eine tiefere Ursache zugrunde liegt.

Ja, dass ich hier an einem fremden Ort gelandet bin, habe ich begriffen. An einem Ort, an dem eisige Temperaturen herrschen. Aber viel mehr auch nicht. Es wird wirklich Zeit, die Taktik zu ändern. Und zwar jetzt.

»Stopp!«, sage ich und meine Stimme klingt mindestens so entschlossen, wie ich es wollte. Die ungemütlichen Wetterbedingungen üben einen unterstützenden Effekt aus.

Mit solch einem abrupten Manöver hat Bo nicht gerechnet. Ich schaffe es, ihm meine Hand zu entziehen. Dadurch zerre ich Bo so heftig nach hinten, dass er mit voller Wucht mit den Schultern gegen die Hausmauer knallt. Okay, so war das nicht geplant, aber leid tut es mir auch nicht. Er soll ruhig mal am eigenen Leib erfahren, wie unangenehm sich das anfühlt, wenn man als unliebsames Anhängsel behandelt wird.

»Ist richtig toll, so umhergeschleudert zu werden, was?«, stichele ich, ignoriere sein tiefes Grollen und bewerfe ihn mit meiner Forderung. »Es läuft folgendermaßen …« Auch meine Stimme klingt mürrisch und nicht minder vorwurfsvoll ist mein Blick. »… Ich gehe keinen Schritt weiter, ehe du mir nicht ein paar Antworten lieferst. Und. Zwar. Jetzt.«

Ungeduld nagt an Bo – unverkennbar, wie seine Kiefermuskeln rhythmisch hervortreten und er unruhig umherschaut. »Nein, nicht jetzt.« Er wirkt völlig verändert. Sein blauschwarzes Haar, dazu die zarte Haut und das blasse Grau seiner Augen. Moment! Es ist nicht länger Grau, selbst seine Augen haben einen türkisfarbenen Schimmer angenommen. Wow! Ich bin beeindruckt.

Hastig schüttele ich meinen Kopf, seine Augen tun hier nichts zur Sache, denn das meine ich nicht mit der Veränderung. Viel eher scheint es so, als ob er sich vor etwas fürchtet. Oder *jemandem?*

»O doch«, sage ich möglichst gelassen, aber die Ruhe ist mühsam erzwungen. Eigentlich ist mir so furchtbar kalt, dass ich am ganzen Körper schlottere und um nichts in der Welt reglos hier herumstehen möchte. Aber wie war das? Man muss seine Drohungen wahr machen, sonst wird man nicht ernst genommen. »Ich bleibe so lange hier stehen, bis du mir antwortest. Wo sind wir und was ist hier los? Und das Wichtigste: Warum zur Hölle musstest du mich hierherbringen?«

Bo schüttelt ungehalten den Kopf. »Nicht hier.« Seine Stimme ist mittlerweile so leise, dass ich Mühe habe, ihn zu verstehen.

Ein grantiges Stöhnen entweicht mir. »Doch. Hier und jetzt.« Damit er sich nicht wieder mein Handgelenk schnappen kann, verschränke ich die Arme vor der Brust. Okay, auch um das Zittern zu unterbinden.

Fast identisch grimmig hört sich Bos Knurren an, und noch während er die Luft herauspresst, sacken seine Schultern nach unten. Dann tut er endlich, worum ich ihn gebeten habe. Er redet: »*Vella* ist das Äquivalenz zur Erde. Geht auf der Erde die Sonne auf, wird hier Nacht. Ihr Menschen steht mit der Sonne auf und wir mit dem Mond. Bei euch regieren viele Herrscher, von Präsidenten bis hin zu Diktatoren. Bei uns gibt es nur einen – unseren Regenten, dessen Amtszeit mit dem Tod endet. Und wenn wir uns nicht verdammt noch mal beeilen, laufen wir der Pat...« Bo unterbricht sich selbst und presst mich grob gegen die Hausmauer. »Sei still!« Er drückt mir die Hand auf den Mund und so geht mein »Ich habe doch gar nichts gesagt« darin unter.

Dann höre ich es auch.

Schritte. Im Gleichtakt.

Eine Männerstimme. Unsympathisch. Scharf und eindringlich. »Ausschwärmen!«

»Fuck!«, flucht Bo zischelnd. »Die Patrouille des Regenten!«
»Patrouille?«, wiederhole ich. Das klingt böse.

Ausnahmsweise bin ich froh, dass Bo die nächsten Entscheidungen ohne mein Zutun fällt, mich ungefragt an die Hand nimmt und ungestüm zwischen den Häusern hindurchsteuert. Weg von den Schritten und der grässlichen Stimme. Es bleibt nur kurze Zeit ein Hetzen über die Gasse, denn bereits zwei Häuserblocks weiter gibt Bo mich frei und raunt einsilbig: »Rauf!«

Kaum ausgesprochen, erklimmt er schon das Hindernis aus Kisten vor uns. Ich kann nicht glauben, was ich sehe. Nur einen Wimpernschlag später steht er auf dem Dach des Hauses, welches von hier unten betrachtet nicht wirklich den Eindruck erweckt, als wäre es sonderlich stabil gebaut.

»Was treibst du da unten denn so lange?« Wieder Bos Ungeduld.

Ich übernehme sie sofort. »Entschuldige bitte, es ist nicht jeder mit dem *Traceur*-Gen zur Welt gekommen«, entgegne ich, während ich die erste Kiste hochkraxle. Als sich meine Finger um die zweite Kiste krallen, ist Bo zurück – dumm nur, dass auch die Schritte der Patrouille immer lauter werden.

Allem Anschein nach ist es Bo in diesem Moment zu riskant, etwas zu erwidern, denn er hievt mich kommentarlos die restlichen Kisten hoch (Ehrlich, ich will nicht wissen, was ich dabei für eine Figur abgebe!), und als ich das finale Hindernis in Form eines Flachdachs erreiche, lasse ich mich keuchend neben ihm darauf nieder.

»Ducken«, befiehlt er überflüssigerweise in derselben Sekunde.

Die Schritte verstummen.

»Sind sie weg?«, hauche ich nach ein paar Sekunden des Ausharrens.

Bo presst mir den Zeigefinger auf den Mund. Er sagt nichts, aber seine leicht zusammengekniffenen Augen sind Antwort genug.

Die sind nicht wirklich da unten stehen geblieben?

»Findet den Rebellen!« Wieder diese unsympathische Stimme von vorhin. »Das System hat die Bewegung erfasst, also sucht gefälligst weiter!«

System ... erfasste Bewegung ... *Rebell* ...?

Das hört sich nicht gut an. In was bin ich da bloß hineingeraten? Vom Regen in die Traufe oder in meinem Fall: von einer Katastrophe zur nächsten. O Mann, ich wage mir nicht mal vorzustellen, was als Nächstes auf mich zukommt.

»Das ist nicht die normale Patrouille«, sagt Bo so leise, dass ich es lediglich an seinen Lippen ablesen kann. Gleichzeitig versuche ich zu begreifen, was das bedeutet.

Vorsichtig erhebe ich mich, um einen Blick über die Dachkante zu werfen.

»Denk nicht mal dran!«, fährt Bo mich an. »Wenn sie uns entdecken, habe ich mit dir im Schlepptau keine Chance zu entkommen.«

Da ist es wieder. Das Gefühl, dass ich ihm nicht weniger lästig bin als er mir.

»Wie nett!«, presse ich hervor und wage trotz seiner Warnung einen Blick übers Dach, aber noch bevor ich was erkennen kann, spüre ich den Schmerz am Oberarm und den harten Griff seiner Klauen.

Unsere Blicke funkeln um die Wette.

»Los, weiter!«, befiehlt Prinz Charming schließlich. In dieser Millisekunde fällt mir wieder mein einstiger Vergleich zu *Mr Collins* ein. Tja, damit habe ich doch gar nicht so falsch gelegen. Offenbar ist er der Meinung, dass es nun lange genug ruhig und die Gefahr gebannt sei.

Ist die Patrouille wirklich weitergezogen?

Ich lausche in die Nacht, glaube tatsächlich, Schritte zu vernehmen, die sich von uns wegbewegen.

Widerwillig rappele ich mich auf die Beine. Erst jetzt bemerke ich, wie müde und erschöpft ich eigentlich bin. Was gäbe ich für mein kuscheliges Bett samt Federkissen.

Bo kauert bereits in der hinteren Ecke des Dachs. Warum stützt er sich so eigenartig ab? Der will doch nicht etwa – *O doch!*

Er springt!

Und *wie* er springt!

Mensch! Hat der irgendwelche Superkräfte oder sind alle Bewohner dieser ... dieser Spiegelwelt, dieser Äquivalenz-Dimension, oder wie er das vorhin genannt hat, überdurchschnittlich sportlich veranlagt?

Geräuschlos landet Bo auf dem nächsten Hausdach.

»Na los, spring!«, dringen seine Worte durch meinen Gehörgang weiter vor bis unter die Schädeldecke in meine glibbrige Gehirnmasse – die ja, wie bereits erwähnt, sehr wohl fähig ist, Gesagtes zu verarbeiten.

»Nein«, sage ich. Dumm nur, dass das feine Zittern in meiner Stimme verrät, wie verängstigt ich bin.

»Beeil dich«, drängt Bo mich von dem Dach gegenüber, nicht zuletzt deswegen, weil die Schritte wieder näherkommen. Haben die Wachleute uns etwa gehört?

Aber ich kann nicht.

»Niemals!«

Der Abstand von Hausdach zu Hausdach mag zwar minimal sein, aber der Abgrund, der dazwischen klafft, ist umso tiefer.

Auch wenn ich von dieser merkwürdigen Welt keinen blassen Dunst habe, bin ich mir dennoch sicher, dass ich bei einem Sturz in die Tiefe nicht minder platt enden würde wie in der irdischen Ebene.

»Spring!«

Jetzt sind es nicht länger nur die rhythmischen Schritte, da ist wieder diese abstoßende Stimme.

»Sucht die Hausdächer ab!«

Mist! Das darf doch nicht wahr sein. Haben die hellseherische Fähigkeiten oder was?

»Los! Worauf wartet ihr?«, brüllt der Mann weiter. »Macht schon! Macht schon!«

Mit einem Mal weiß ich, weshalb mir die Stimme unsympathisch ist. Es mag albern oder gar merkwürdig klingen, aber sie hat Ähnlichkeit mit Stella. Ja, das eine ist ein Mann und das andere eine Frau – aber trotzdem.

Verdammt, das ist eindeutig der falsche Augenblick, um solche Vergleiche anzustellen.

Jemand klettert die Kisten hoch …

Shit! Shit! Shit!

»Spring, verdammt!«

Plötzlich durchzuckt mich ein Blitzgedanke: Was, wenn Bo mich allein zurücklässt?

Eben streckt er den Arm nach mir aus. Seine Augen funkeln Türkis und voller Nachdruck und Dringlichkeit. Und noch etwas: Entschlossenheit. Es ist dieses Funkeln, das mir den Rest Mut schenkt, den ich dringend brauche.

Ich gehe ein paar Schritte rückwärts, weg von der Kante des Daches, um Anlauf zu nehmen. Dann atme ich einmal tief durch, renne los und springe. Ich presse die Augen zu. Es ist das Dämlichste überhaupt, aber wenn ich abstürzen sollte, will ich nicht sehenden Auges in den Tod fallen.

Der Fall in die Tiefe bleibt aus.

Ich schlage hart auf dem Dach auf und bin überrascht. Ich stehe auf einer Eisfläche. Meine Füße schmerzen vom harten Aufprall, das Eis knirscht unter mir, aber ich falle nicht hin. Triumphierend drehe ich mich um und sehe, dass Bo mich beobachtet.

»Schnell weiter«, sagt Bo und flitzt ohne zu warten davon. Dabei duckt er sich so tief, dass er ganz mit der Kante des Daches verschmilzt. Gleichzeitig verursacht er kaum ein Geräusch. Ich gebe es zwar ungern zu, aber das hat echt etwas Faszinierendes.

Vergeblich versuche ich, es ihm gleichzutun. Nicht nur meine Schuhe klackern viel zu laut auf dem Eis, das bei jeder Bewegung knirscht, auch meine Schritte sind viel zu schwer.

Ich werfe einen gehetzten Blick über die Schulter.

O shit!

Die Patrouille taucht eben auf dem Hausdach auf, auf welchem ich vor wenigen Sekunden selbst noch gestanden habe.

»Absuchen!«, donnert der Mann seine Befehle.

Zwar ist die Schwärze der Nacht längst angebrochen, aber es muss am Mondschein liegen, dass ich beinahe so gut sehen kann wie am helllichten Tag.

»Willow«, sagt Bo und ich bemerke, wie er in einem rechteckigen Ding verschwindet. Das Teil ist nicht groß und hat gewisse Ähnlichkeit mit einem Schornstein. *Ein Versteck?*

Hm, ich kann mir beim besten Willen nicht vorstellen, wie es uns beiden Schutz bieten soll. Zumal die Patrouille ohnehin alles absuchen wird. Leider entdecke ich auch sonst keine weitere Versteckmöglichkeit, also folge ich Bos Richtung.

Ich hechte zum Schornstein hinüber, imitiere Bos geduckte Haltung und da passiert es: (Innerlich verfluche ich meine eigene Ungeschicklichkeit hoch zehn!) Ich stolpere über den Saum meines Kleides.

Das Eis knirscht.

»Da drüben!«, brüllt einer der Männer.
Oh, verdammter Taubendreck!
»Los, aufs nächste Dach!«, befiehlt der Obermacker.
Jetzt haben sie uns!, ist alles, woran ich noch denken kann. Ich bringe nicht einmal mehr die Energie auf, diese Angst laut auszusprechen. Mein Herz schlägt bestimmt mit der Frequenz eines Presslufthammers.

Hastig zwinge ich mich wieder auf die Beine und flitze zum Schornstein, bin schon fast da, als sich plötzlich die Schornsteinwand in Bewegung setzt.

Ich schreie auf, aber mein Laut erstickt in einer Hand, die sich mir augenblicklich auf den Mund presst.

In der kurzen Zeit, in der ich mit Bo unterwegs bin, habe ich mehr Adrenalinschübe durchlebt als in meinem ganzen bisherigen Leben. Vom Fenster im ersten Stockwerk gefallen, von fremden Männern verfolgt und von einem Hausdach zum nächsten gesprungen – nicht zu vergessen der total abgefahrene Trip durch den Spiegel.

Schneller als ich blinzeln kann, werde ich an der Taille umfasst und einen Herzschlag später befinde ich mich im Innern des Schornsteins.

Ich verstehe nicht.

Die Sache mit dem Schornstein ... Ist der lediglich Tarnung?

Natürlich ist es Bo, der mich reingezerrt hat. Nicht, dass mich dieser Umstand überrascht. Obwohl ich ihn nicht sehe, weil er dicht hinter mir steht, so kann ich dennoch seine Haut riechen. Wobei es mir erst jetzt bewusst wird, dass sie einen ganz eigenen Geruch besitzt. Irgendwie herb und süßlich zugleich. Eine äußerst gewöhnungsbedürftige Mischung und so gegensätzlich wie der Kerl selbst.

»Keinen Laut!«, sagt er zwar tonlos, aber nicht minder brüsk, dabei hält er mich fest an sich gedrückt.

Ich gehorche. Es ist ja nicht so, dass ich eine Wahl hätte. Klar hat mich Bo eben vor der Patrouille gerettet, das steht außer Frage, aber er könnte sich echt mal ein paar Manieren wachsen lassen, bestellen oder anziehen – was auch immer ... Eigentlich tut er das ohnehin nur, um seine eigene Haut zu retten.

Die Patrouille befindet sich bereits auf dem Dach. Ich höre es an der Lautstärke der Schritte, aber ebenso kann ich die Vibrationen des

Gebälks und das Auftreten der Schuhsohlen auf dem Eis wahrnehmen. Wirklich. Ganz eigenartig, wenn nicht gar unheimlich.

Mein Atem geht flach und schnell, mein Herz schlägt wild und tobend. Wenn *das* keiner der Patrouillen-Kerle hört, weiß ich auch nicht ...

Die Schrittgeräusche befinden sich nun unmittelbar vor der Schornsteinattrappe.

Was werden die Herren mit mir anstellen, wenn sie mich in die Finger kriegen? Was, wenn sie herausfinden, dass ich ein Eindringling bin? Vielleicht steht hier auf eine Kleinigkeit bereits die Todesstrafe?

Ich wage es kaum noch zu atmen, doch mein Herz pocht weiter voller Panik. Endlose Sekunden geschieht nichts.

Keine Schritte.

Keine Stimmen.

Und auch keine weiteren Befehle.

Weitere Sekunden verstreichen.

Plötzlich ein lautes Poltern. Ich erschrecke mich halb zu Tode. Jemand hämmert gegen den Schornstein. In diesem Moment bin ich heilfroh, dass Bo mich festhält. Komisch, aber wahr.

»Hier ist nichts«, erklingen die erlösenden Worte.

Doch die Erleichterung ist bloß von kurzer Dauer.

»Erneut absuchen!«, donnert die Stimme zu uns rüber. »Der Boss will den Rebellen!«

Der ganze Schornstein wird abgetastet und befingert.

Ich kann nicht mit Gewissheit sagen, wie lange wir schon in dem beengten und ungemütlichen Schornstein stehen, dicht an dicht gegen die Innenwand gepresst, doch es erscheint mir wie Stunden. Schweiß perlt auf meiner Stirn und die Lunge schmerzt vom hechelnden Atmen.

Ehrlich, ich bin nicht klaustrophobisch veranlagt, aber lange halte ich das nicht mehr aus. Die Luft scheint immer dünner zu werden und wenn ich hier nicht bald rauskomme, dann ... dann ...

»Zurückziehen!«, ruft der Kopf der Truppe. Seine Stimme hat sich verändert. Sie klingt schroff – und irgendwie enttäuscht. »Trupp zwei hat den Rebellen am Rand des Kreises der Arbeit gesichtet.«

Endlich! Endlich kann ich aufatmen. Allein diese Worte scheinen den winzigen Raum mit einer Woge Sauerstoff zu durchfluten.

Ich lausche den Schrittgeräuschen und dem Knirschen des Eises, das immer leiser wird. Eine Weile harren wir noch in unserem Versteck aus, bevor Bo murmelt: »Gut, ich denke, sie sind weg.«

Nur langsam beruhigt sich mein rasender Herzschlag und ich habe Mühe, wieder normal zu atmen.

»Was ist ...«, krächze ich und schnappe nach Luft. Es entgeht mir nicht, dass Bo mich aus aufgerissenen Augen anstarrt, weil meine Stimme viel zu schrill und laut ist, und die engen, glatten Wände das Echo auf eine unangenehme Weise hin und her spielen.

Ähm ... okay: Für dieses winzige Versteck klingt es hier drinnen seltsam hohl. Ich räuspere mich. »Was ist hier los?«, bringe ich den Satz keuchend zu Ende. »In was hast du mich da reingezogen?«

Bo schnaubt.

Offensichtlich muss auch er den Adrenalinschub erst einmal verdauen, und ich befürchte, meine Frage treibt ihn gleich wieder in die Höhe.

Einmal mehr warte ich vergeblich auf Antwort.

»Komm«, sagt er leise und gepresst.

»Nein«, entgegne ich. Nicht laut, aber dennoch bestimmt. Ich schlinge meine Arme um die Taille, denn mit dem Verebben der Aufregung ist das Frösteln zurückgekehrt. Vielleicht wiederhole ich mich auch deswegen mit Nachdruck, um die Energie in meinem Körper zu mobilisieren. »Nein! Was glaubst du eigentlich, wer du bist? Schleppst mich hierher, ohne wirklich Infos rauszurücken. Ich mach das alles nur aus einem Grund.« Allein bei der Erinnerung an Noahs Anblick zieht sich mir das Herz zusammen. »Und das weißt du sehr genau! Weil ich Noah helfen will. Es erscheint mir als ziemlich ungünstig, wenn ich mich nun selbst in Lebensgefahr bringe, richtig?«

Bos türkisfarbene Augen funkeln düster im Inneren des Schornsteins und ich bin überrascht, dass ich die Farbe in dieser Dunkelheit überhaupt erkennen kann.

Ich starre zurück und mir kommt ein Gedanke: Trägt Bo kein Spiegelbild in den Augen, weil er ein Mensch der Spiegelwelt ist? Wäre möglich ... Aber was bin dann *ich*?

Eine Sekunde verstreicht und es dauert eine weitere, ehe Bo den Mund aufmacht. »Wenn du Antworten willst, komm mit.« Noch während er spricht, geht er in die Hocke.

Kurz bin ich verwirrt und gleichzeitigt folgt mein Blick seiner Bewegung. Da erkenne ich, dass wir schon die ganze Zeit über auf einem Gitterrost gestanden haben müssen. Mit einem flinken Griff hebt er den hinteren Teil hoch und verschwindet im Nu durch die Luke. Okay, ich weiß, ich wiederhole mich, aber ich bin immer noch verwirrt. Wie zum Henker kommt Bo so schnell die glatte Wand hinunter?

»Was? Ich soll da runterspringen?« Ich warte schon gar nicht mehr auf eine Reaktion meines Begleiters, gehe unsicher in die Knie. Das Gitter ziept unangenehm auf der aufgeschürften Haut, dafür erkenne ich schmale Metallsprossen, die in die Wand eingelassen sind.

»Zum Glück bin ich perfekt gekleidet für solche abenteuerlichen Klettertouren«, brumme ich und strecke das erste Bein in die Tiefe. Blindlings abtastend, ob ich eine Sprosse erwische. Nach einigen Fehlversuchen findet meine Schuhspitze endlich Halt an der Wand, doch sobald ich mein Gewicht verlagere, rutsche ich ab.

Eines wird klar: Der Abstieg wird verdammt hart.

Abermals taste ich nach der schmalen Sprosse – geschafft. Vorsichtig ziehe ich das zweite Bein nach, während sich meine Finger krampfhaft um das Gitterrost krallen.

Von Bo ist nichts mehr zu sehen.

»Ganz der Gentleman«, sage ich und verdrehe die Augen.

Andererseits bin ich nicht unglücklich. Die Vorstellung, dass ich in meinem Kleid über ihm nach unten klettere und er nur einen Blick nach oben werfen muss, um herauszufinden, was für eine Farbe mein Höschen besitzt, ist nicht gerade eine, die mich euphorisch stimmt, denn es ist definitiv nicht für seine Augen bestimmt.

Mein Abstieg wird begleitet vom Nachhall meiner Schritte in die Tiefe, also eigentlich eher vom Schleifen meiner Schuhspitze über die Wand. Eben diesem Echo entnehme ich, dass das untere Ende noch in weiter Ferne liegt.

Es ist ja nicht so, dass ich gleich Panik kriege, wenn ich aus luftiger Höhe in die Tiefe schaue, aber mit Sicherheit gehört es auch nicht zu meinen Lieblingsbeschäftigungen. Also richte ich meinen Blick stur geradeaus, klettere Sprosse um Sprosse nach unten und hoffe inständig, dass ich bald den Boden erreiche.

Als ich denke, weit kann es nicht mehr sein und einen flüchtigen Blick nach unten wage, kommt die herbe Ernüchterung: Ich kann froh sein, wenn ich die Hälfte geschafft habe. Allmählich spüre ich es in den Armen und meine Schuhe touchieren immer häufiger die Wand. (Noch ein Utensil für die Tonne. Wenn ich heil aus dieser Sache herauskomme, schuldet mir Bo eine komplett neue Garderobe!)

Nicht nachdenken, einfach weitermachen.

Schritt für Schritt.

Sprosse für Sprosse.

Und noch eine. Und noch eine.

»Lahmer als eine Schnecke«, meint Bo, als ich schließlich wieder festen Boden unter den Füßen spüre. Und ich kann nichts dagegen tun, in meinem Inneren ploppt sofort dieser Flachwitz auf: *Egal wie lahm du bist, der Dalai ist Lama.* Ich spreche ihn nicht aus, aber ein verkniffenes Lächeln umspielt meinen Mund.

Bo lehnt mit dem Rücken an der Wand, das eine Bein angewinkelt und die Arme vor der Brust verschränkt. Und wie er dabei mit den Brauen zuckt – er hat definitiv zu viel von mir gesehen! Ich weiß es ja bereits: Der Kerl hat echt kein Gefühl für die Intimsphäre eines Menschen.

»Haha, selten so gelacht«, kontere ich lahm (schon wieder dieses Wort – *nicht witzig!*). »Möchte dich mal sehen im Kleid und hochhackigen Schuhen.«

Tja, das beeindruckt Bo nicht im Geringsten. »Oh, hat sich Prinzesschen etwa das Kleid schmutzig gemacht?«

»Kannst du nicht einfach deine Klappe halten?« Tz, aber echt. Er glänzt ja sonst auch nicht gerade mit unterhaltsamer Konversation. »Und wie nennst du mich? *Prinzesschen?* Pfft! Bisher habe ich mich weder wegen des Schmutzes auf meinem Kleid noch wegen der Kälte beschwert.«

Da tut Bo etwas, das mir die Sprache verschlägt. So viel Einfühlungsvermögen hätte ich ihm echt nicht zugetraut. Wortlos schlüpft er aus seiner Lederjacke und legt sie mir um die Schultern. »Besser?«

Tatsächlich fühle ich mich augenblicklich besser.

»Besser. Danke«, füge ich hinzu und meine es – vermutlich zum ersten Mal, seit wir uns über den Weg gelaufen sind – ehrlich.

»Kein Thema. In *Vella* sind die Winter hart und die andauernde Kälte drückt einem echt aufs Gemüt.«

Bo so reden zu hören ist eigenartig. Und untypisch. Aber wie er nun vor mir steht, nur in Jeans und grauem Shirt, unter welchem sich ansatzweise seine Brust abzeichnet, scheint es mir möglich, dass er im Verborgenen vielleicht noch eine andere Facette in sich trägt als ständig nur dieses *Ich-bin-dir-so-was-von-überlegen*-Getue.

So langsam, wie ein frostiger Schleier im Frühjahr zu tauen beginnt, räume ich in meinem Inneren die Möglichkeit ein, dass Bo mehr ist als ein arroganter Kotzbrocken. Ach, vermutlich liegt es nur an der Wärme, die mir seine Jacke spendet.

Ich lächele und wische mir verlegen über die Wangen, weil ich realisiere, dass Bo mich immer noch anschaut. Hat er was gesagt?

»Was meinst du?«, frage ich. Warum klingt meine Stimme so belegt?

»Hier geht's lang.«

Er dreht sich von mir weg und schreitet voran. Ebenso still folge ich ihm den schmalen Gang hinunter, dessen Decke so niedrig ist, dass ich instinktiv den Kopf einziehe.

Ein eigenartiger Geruch hockt in den Ritzen und vermischt sich mit dem Staub, den unsere Schuhe aufwirbeln. Mit jedem Schritt den Gang entlang verändert sich die Stimmung um mich herum. Oder vielleicht auch eher in mir drin?

»Stufe«, sagt Bo einen halben Meter vor mir – diesmal rechtzeitig. Allerdings folgt keine genauere Erklärung, ob rauf oder runter. Hätte ich nicht hingeguckt, wäre ich mit den Zehen voller Wucht gegen die Stufenkante geprallt. Über drei flache und breite Tritte geht es aufwärts.

Dann bleibt Bo vor einer Wand stehen. Keine Tür, kein Durchgang. Alles, was ich sehe, ist hässliches Grau. Die einzige Funktion, die sie zu besitzen scheint, ist uns den Weg zu versperren. Dass mehr hinter dieser Wand steckt, wird mir klar, als ich Bo beobachte.

Er beugt sich vor und stützt seine Hand auf der Mauer ab. Nur kurz verharrt er in dieser Position, dann zieht er sich ruckartig wieder zurück, so als ob er etwas Wichtiges vergessen hätte, und wendet sich mir zu. Er mustert mich, während sich seine Brauen immer mehr zusammenziehen. Nicht finster wie sonst, auch nicht herablassend. Sein Blick verwirrt mich – und seine Worte noch mehr.

»Hör mir zu, Willow«, murmelt er und klingt in etwa so heiser wie ein verrostetes Reibeisen. »Was dich hier unten erwartet, wird anders sein als alles, was du bisher kennst. Unter normalen Umständen würde niemals einem Fremden Zutritt gewährt, aber zurzeit herrschen keine normalen Umstände, deswegen …«

Beim Aussprechen der letzten Worte beugt sich Bo wieder zur Wand und krümmt sich vornüber.

Ich wage mich einen Schritt näher und jetzt sehe ich das türkisblaue Licht, das Bos Augapfel durchleuchtet.

»Was ist denn das? Ein geheimer Augenscanner?«

Schon ertönt ein metallisches Klacken hinter der Mauer und das, was auf den ersten Blick wie eine gewöhnliche, hässliche Wand aussieht, entpuppt sich als getarntes Tor.

Dahinter kommt ein düsterer Raum zum Vorschein.

Auch wenn plötzlich alle Alarmglocken meines Verstandes Sturm läuten, so wächst auch die Neugierde. Ich lasse mich nicht von meinen Alarmglocken abhalten und erlaube es Bo, dass er mich über die Schwelle schiebt.

Hinter mir verriegelt sich das Tor wie von Geisterhand, und obwohl es schon klar ist, so begreife ich erst mit diesem Geräusch so wirklich, *so wirklich*, dass es für mich kein Zurück mehr gibt.

Bei den Worten, die Bo nun ausspricht und wie sie durch den gigantischen Raum hallen, überkommt mich eine Gänsehaut. Denn es sind nicht nur die Worte, es ist auch die Art, wie er sie ausspricht.

Die Kälte ist augenblicklich zurück.

»Willkommen, Willow, bei den Rebellen.«

Rebell, rebellisch – Bo!

Vor mir liegt der düstere Raum, der mittels weniger Leuchten an den Wänden erhellt wird.

So wie das Licht bei meiner Ankunft in *Vella* (oder wie auch immer der genaue Wortlaut für diese Welt lauten mag), ist der Schein der Wandleuchten weder grell noch blendend, dafür warm und golden. Zwar fällt die Beleuchtung spärlich aus, doch sie reicht vollkommen, um mir einen Überblick zu verschaffen.

Jetzt weiß ich auch, was Bos Vorwarnung zu bedeuten hatte. Obwohl der Augenscanner einen allerersten Eindruck vermittelte, so hätte ich das hier nicht erwartet.

Der Raum – so groß wie ein Ballsaal und mit einer Höhe, die ich nur schwerlich abschätzen kann – ist von allerhand Gegensätzen geprägt. Dass hier kein einziges Fenster auszumachen ist, verwundert mich nicht wirklich, schließlich sind wir endlose Meter in die Tiefe gestiegen.

In der Mitte des Raumes hängt ein gewaltiger Vorhang an einer schäbigen Eisenstange, der den hinteren Bereich im Verborgenen hält.

Zu meiner Linken entdecke ich eine Wand, uneben wie roher Fels, so als hätte jemand ein gigantisches Loch in einen Berg gesprengt. Vermutlich ist der Raum exakt auf diese Weise entstanden.

Die Wand zu meiner Rechten ist über und über voll mit Bildschirmen, blinkenden Lichtern, Ziffern und anderen farbigen Leuchten. Beim zweiten Blick erkenne ich, dass es nicht wirklich Bildschirme sind, zumindest nicht so, wie wir sie kennen. Es ist vielmehr eine Art Hologramm aus einem Licht- und Farbenspiel, das ohne feste Form und dennoch mit fixen »Knöpfen« zu funktionieren scheint.

Krass, echt spacig! Habe ich das bis dahin nicht wirklich bemerkt, ist es jetzt umso deutlicher: Ich trete in eine andere Welt ein.

Willkommen, Willow, bei den Rebellen.

Das Bewusstsein für das, was das bedeutet, vermischt sich mit Bos Worten von vorhin. Ein erster Anflug des Realisierens kommt auf. Doch wie verrückt und abgedreht das alles ist, das kann ich nur erahnen.

Ich, Willow Parker, bin mit einem fremden Kerl in einer fremden Welt. Allein die Vorstellung, dass eine Spiegelwelt zur Erde existiert, verursacht mir Kopfschmerzen. Das dann auch noch bis ins kleinste Detail verstehen zu wollen, damit ist mein Gehirn schlichtweg überfordert. Würde ich in den nächsten Sekunden Omas liebliche Stimme hören, die meinen Namen ruft und mich aus meinem Träumen reißt, weil ich schleunigst zur Uni muss, wäre das nur eine logische Folge der Ereignisse.

Doch ich höre nichts. Aber das, was ich vor mir sehe, spricht eine echt abgefahrene und fremde Sprache.

So vom Anblick des Raumes gefesselt, der viel eher einer Kommandozentrale gleicht, bemerke ich den älteren Herrn zunächst nicht, der zwischen zwei Hologramm-Bildschirmen an der gigantischen Kontrollpanel-Wand durch eine schmale Öffnung tritt.

»Bo«, knurrt er und ich fahre erschrocken zusammen.

Er kommt auf uns zu und mir entgeht nicht, wie sein Blick von meinem Kopf über Bos Lederjacke bis hin zu meinen Sandaletten gleitet. Prüfend, kritisch und skeptisch. »Wo warst du so lange?«

»Es ging nicht schneller«, entgegnet Bo mit gesenkter Stimme. »Auf der anderen Seite kam es zu einem Zwischenfall, wenn du verstehst, was ich meine, Mett?«

»War abzusehen.« Der Alte nickt und stellt gleich die nächste Frage: »Wie viele Stunden?« Beim Aussprechen des Satzes werden seine Augen immer grösser, die hinter den dicken Brillengläsern ohnehin aussehen wie Fisch-Glupschaugen. Deswegen verwundert es mich nicht, dass mich sein Spiegelbild darin regelrecht anspringt.

Wie jetzt …?

Meine Theorie über Bo, die Spiegelwelt und sein fehlendes Spiegelbild verpufft bei diesem Anblick.

Ich blinzele und betrachte die Fischaugen samt Besitzer erneut. Selbst die Augenfarbe erinnert an einen Karpfen und sein silbergraues Haar steht ihm kreuz und quer vom Kopf, ganz so, als würde er ständig darin herumwühlen. Auch sonst ist sein Erscheinungsbild nicht gerade das, was man als Augenweide betiteln würde, mal ganz abgesehen von seinem mürrischen Gesichtsausdruck. Er trägt einen halblangen blaugrauen Mantel über einer zerschlissenen Hose.

»Wie lange?«, wiederholt er brüsk.

Bo zuckt die Schultern. »Acht, vielleicht zehn Stunden.«

»Das wird knapp.«

»Fuck!«, erhebt Bo seine Stimme. Offenbar hat er mit einer anderen Reaktion gerechnet. »Ich konnte den Unfall nicht verh…«

Beide Herren verstummen wie auf Kommando. Der schwere Stoff des Vorhangs bewegt sich und eine Frau tritt in die Lichtpfütze.

Dieses Gesicht…

Es löst etwas in mir aus. Nur was? Wie ein Widerhall in meinem Inneren. Positiv? Oder doch eher negativ? Ich weiß es nicht. Ach, ziemlich sicher erinnert es mich einfach nur an jemanden. Eine Schauspielerin? (Sams Tick lässt grüßen!)

Meine Güte, in diesem Moment fehlt mir meine Freundin mehr denn je. Hätte ich mich doch nur an unseren wöchentlichen Mädelsabend gehalten, dann … dann wäre Noah nicht mit mir ins Kino gefahren, gar nicht erst verunfallt und ich nicht in dieser misslichen Lage.

Ich seufze schwer. Klar, ich weiß selbst, dass es Quatsch ist, sich mit diesen *Was-wäre-wenn-*Gedanken zu quälen, denn leider bringen diese meist mit sich, dass sie nie mit einem zufriedenstellenden Ergebnis enden.

»Bo, endlich!«, sagt die Frau, dabei gilt ihr Blick irritierenderweise einzig mir. Er ist intensiv und mich durchzuckt der Verdacht, dass sie in mir lesen kann wie in einem offenen Buch. Ein unangenehmes Gefühl.

Sie ist wenig größer als ich. Vereinzelte Silbersträhnen schimmern in ihrem sonst goldenen kurzen Haar. Ich schätze sie auf Ende vierzig. Und auch wenn ihr Gesicht noch jugendlich frisch wirkt, so verraten die harten Züge um Mund und Augen doch, dass sie mitunter kein leichtes Dasein hatte. Gezeichnet vom Leben …

»Ich habe schon vor Tagen mit deiner Rückkehr gerechnet.« Die Autorität durchdringt sie vom Scheitel bis zu den Zehenspitzen und in jeder ihrer Bewegungen liegen Macht und herrische Energie.

Bo brummt irgendetwas Undefinierbares und mit einem Mal registriere ich, dass er mich energisch mit dem Ellbogen anstupst. Beim nächsten Atemzug begreife ich auch weswegen. Die Frau hält mir die Hand entgegen.

»Mein Name ist Zita«, sagt sie ruhig. Jetzt klingt ihre Stimme weich. So weich wie ihr Lächeln. »Zita Wild.«

»Und sie ist die Anführerin der Rebellen«, flüstert mir Bo voller Ehrfurcht ins Ohr. Er sagt es gerade laut genug, dass ich ihn verstehen kann, aber keiner der Herumstehenden, und bringt mich damit auf den neuesten Stand der Dinge.

Tja, hätte er mal im Vorfeld den Mund aufgemacht …

»Freut mich«, antworte ich und erwidere Zitas Händedruck. Auch ich kann nicht verhindern, dass sich eine gehörige Portion Respekt in meine Stimme schleicht, obwohl ich nicht mal eine leise Ahnung habe, für welche Ansichten ihre Rebellion überhaupt steht. »Ich bin Willow Parker.«

Noch während ich meinen Namen ausspreche, wird mir klar, dass es überflüssig war, denn Bo wurde ja bewusst darauf angesetzt, mich herzuholen. Natürlich frage ich mich, warum sie ausgerechnet mich herbeordern ließ. Ich hoffe, möglichst bald eine Antwort darauf zu erhalten und möchte meinen Gedanken eine Stimme geben, aber Zita kommt mir zuvor. Allerdings gelten ihre Worte nicht mir:

»Verdammt, warum hat das nur so lange gedauert?« Sie hat die Arme in die Seiten gestemmt. Der warme Farbton ihrer Stimme ist weggewischt und einem vorwurfsvollen Klang gewichen. Ihre Worte wirken energisch und erzürnt zugleich, und in diesem Moment zweifele ich nicht daran, dass sie alles erreicht, wofür sie einsteht und kämpft. »War vielleicht der Auftrag nicht klar genug oder zu undeutlich?«

»Nein, aber ...«

Zita lässt Bo nicht ausreden. »Jetzt ist das Schlimmste eingetroffen, in beiden Dimensionen, und ich weiß nicht, ob ich ihn noch retten kann.« Nach diesen Worten presst sie die Lippen fest aufeinander, bis sie nur noch eine schmale Linie bilden. »Ohne das Medikament.« Beim Aussprechen des Wortes »Medikament« zeichnet sie unsichtbare Gänsefüßchen in die Luft und bricht dann mitten im Satz ab. Sie atmet mehrfach ein und aus, ehe sie ruhig fortfährt. Dennoch ist es keine friedliche Ruhe und ich bemerke, wie ich unwillkürlich einen Schritt zurückweiche. »Ich bin enttäuscht.«

Bo senkt den Kopf. Er hält ihrem Blick nicht länger stand. Täusche ich mich oder wirkt er plötzlich deutlich kleiner?

»Was war denn los?«, fragt sie, nun wieder energischer. »Warum hat das so lange gedauert? Sag nur, du hast so lange gebraucht, um sie zu finden?«

Mit *sie* bin dann wohl ich gemeint.

»Nein, das war nicht das Problem.«

»Was dann? Herrgott noch mal, du wusstest doch, wie unheimlich wichtig das ist.« Wieder ihr zusammengepresster Mund. »Ich bin wirklich enttäuscht von dir.«

Mit jedem ihrer Worte sackt Bo noch mehr in sich zusammen. Dass er sich noch nicht mal verteidigt, überrascht mich. Zita muss eine echte Respektsperson für ihn sein. Zu vergleichen mit einem Elternteil oder Mentor oder so.

»Sehr enttäuscht«, wiederholt sie sich zum dritten Mal und ich finde, langsam reicht es. Dann wendet sie sich von uns ab.

Es fällt mir schwer, Zita einzuschätzen, und ich schwanke zwischen aufrichtiger Bewunderung, Skepsis, was das Vertrauen ihr gegenüber anbelangt, und einer gewissen Antipathie, denn etwas an ihr gefällt mir nicht.

Ein kurzer Blick zu Bo zeigt mir, dass ihre Reaktion ihn echt verletzt. Ich weiß nicht, warum ich das tue, aber die Worte purzeln schneller aus meinem Mund, als ich überlegen kann. »Ich bin das Problem.«

»Was?« Zita hält in der Bewegung inne und dreht sich langsam wieder um. »Was hast du gesagt?«

»Meinetwegen hat es so lange gedauert. Ich bin das Problem.« Was auch immer über mich gekommen ist … Aber es erscheint mir nicht richtig, dass Bo die ganze Enttäuschung dieser Frau ertragen muss, nur weil ich mich geweigert habe, mit ihm mitzugehen. Ja, *ich* habe Bo Schwierigkeiten bereitet. Eigentlich wollte er ja alles richtig machen. Doch durch dieses Gespräch habe ich noch etwas ganz anderes begriffen: Bo ist keiner, der einen in die Pfanne haut. Er hätte einfach sagen können, dass es einzig an mir lag. Hat er aber nicht getan.

»So, du bist das Problem?«, meint Zita. Meine ohnehin schon rissige Theorie darüber, dass hier keiner ein Augen-Spiegelbild besitzt, zerbröckelt ganz. Denn Zitas Spiegelbild scheint mich gleichermaßen kritisch aus ihren Augen anzustarren wie sie selbst. »Da frage ich mich –«

Bevor Zita den Satz beenden kann, erklingt hinter mir ein Klacken und zur selben Zeit leuchtet eine Kontrollleuchte oberhalb des Tors auf. »Mett, hast du alles im Blick?«, fragt sie sofort.

Sogleich lebt ein aufgeregtes Gemurmel auf, weitere Leute schwirren in den Raum und ich komme mir vor, als befinde ich mich mitten in einem Bienenstock. Nicht wegen der Anzahl an Menschen, es sind nur ein paar wenige, aber das emsige Treiben, die hektische Atmosphäre … An etlichen Orten blinken warnende Lichter auf und es fehlt nur noch, dass eine Sirene losheult. All das verdeutlicht, unter welcher Alarmbereitschaft hier alle leben müssen.

Mett, der ältere Herr, ist mit zwei großen Schritten bei seiner Hologramm-Bildschirm-Wand, berührt einen Knopf des Kontrollpanels und ein neues Hologramm ploppt auf. Es zeigt das Gesicht eines Mannes – mehr erkenne ich nicht aus dieser Distanz.

»Kein Eindringling«, erklärt Mett in Zitas Richtung. »Dex.«

»Gut. Lass ihn rein«, bestimmt Zita und all ihre Gesichtszüge entspannen sich auf einmal. »Bei Gelegenheit sollten wir ihn endlich in die Kartei aufnehmen, um ihm freien Zugang zu gewähren, das wird höchste Zeit«, fügt sie kopfnickend hinzu.

Ganz sicher bin ich mir nicht, aber ich glaube fast, ein Murren aus Metts Richtung zu vernehmen. Offenbar mag er den Mann vor dem Tor nicht besonders. Wobei: Wenn ich es mir recht überlege, strotzen die Leute hier ohnehin nicht gerade vor Sonnenschein-Strahle-Laune.

Kaum dass sich das Tor in Bewegung setzt, verstummt auch das Gemurmel und im Bienenstock kehrt Ruhe ein.

»Das Regiment hat von Bos Auftrag Wind bekommen«, sagt eine gehetzte Männerstimme. Sie gehört zu dem Mann, der eben noch als Hologramm zu sehen war und »Dex« genannt wurde. Außer Atem quetscht er sich durch den Spalt, noch ehe das Tor ganz offen ist. »Ich –«, will er fortfahren, aber er bleibt mit dem Bein im Spalt hängen. »– habe ein Ablenkungsmanöver arrangiert, damit Bo unbehelligt zurück-« Diesmal verstummt Dex, als Bo und ich in seinem Blickfeld erscheinen, dann erhellt sich sein Gesicht. »Meine fingierte Insidermeldung hat wohl funktioniert«, schließt er grinsend.

Alles klar: Offenbar haben wir es ihm zu verdanken, dass sich die Patrouille auf dem Dach zurückgezogen hat.

Dex gehört zu der Sorte Mensch, die einem auf Anhieb sympathisch ist. Er ist groß, sogar größer als Noah schätze ich, und trägt einen eleganten Anzug, mit dem er so gar nicht in die Umgebung und zu den anderen hier unten passen will. Sein bronzefarbenes Haar trägt er als gepflegten Kurzhaarschnitt mit Seitenscheitel und seine stilvollen Schuhe runden das adrette Gesamtbild perfekt ab.

»Das war nicht die übliche Patrouille.« Die Feststellung kommt von Mett und sein Kopf deutet auf ein paar Monitore. Mich beschleicht der Verdacht, dass auch er uns die ganze Zeit über im Auge behalten hat. »Ihr könnt denken, was ihr wollt, aber mir geschehen momentan zu viele Zwischenfälle. Allein der Angriff gegen Niven ist deutlich genug. Verflixt, das kann doch kein Zufall mehr sein. Das alles hier.« Metts Hände ballen sich zu Fäusten. »Die wissen über uns Bescheid.«

Schweigen, das von der hohen Felsdecke rieselt, und ich frage mich, wer mit *die* gemeint ist? Das Regime?

»Umso wertvoller ist Dex für uns«, wirft Zita ein und schenkt dem Mann ein Lächeln. Auch wenn es von Erschöpfung gezeichnet ist, kann ich das erste Mal so etwas wie Dankbarkeit darin ablesen. Der Blick, der zwischen den beiden ausgetauscht wird, dauert einen Herzschlag länger als üblich, ein flüchtiger Moment, der doch so viel offenbart. Ich verstehe: Die beiden gehören zusammen.

Dicht vor Zita bleibt Dex stehen und neigt sich vor. Seine Worte sind vermutlich weniger für meine Ohren bestimmt, aber ohne es zu wollen, bekomme ich sie mit. Ich kann jedes geflüsterte Wort verstehen. »Und Niven? Ist eine Veränderung eingetreten?«

Zita schüttelt den Kopf. In der Geste liegt Traurigkeit und auch ein Hauch Verzweiflung. »Wir konnten weder das Gegengift noch das *Medikament* beschaffen, jeder Versuch scheiterte.« Zita presst Augen und Mund zu. Ich werde den Eindruck nicht los, dass sie kurz ihre Kräfte sammeln muss, bevor sie die Stimme wieder erhebt. Sie schlägt die Augen auf und räuspert sich. Dabei streift mich ihr Blick. »Machen wir weiter, die Zeit drängt.«

Die Anführerin setzt sich in Bewegung und es scheint selbstredend, dass ihr alle im Laufschritt zu folgen haben.

»Mett, du gehst zurück auf deinen Posten«, entscheidet sie. »Bo und Willow, ihr begleitet mich.«

Ohne Widerworte begleiten wir Zita durch die Halle, schreiten zwischen den meterhohen Stoffbahnen hindurch, die bleischwer fallen, einem Kettenhemd gleich, und betreten den Bereich, der mir bisher verborgen blieb.

Ich ziehe die Luft ein. Das hätte ich nicht erwartet – okay, ich hatte keinen Plan, was sich hier hinten befindet, und dennoch betrachte ich staunend die Räumlichkeiten.

Ein halbes Dutzend Türen präsentieren sich mir in den unterschiedlichsten Farben und Formen und verleihen diesem Bereich einen ganz eigenen Charme. Sie sind im Halbkreis angeordnet und grenzen an den hübschen kleinen Steinboden aus Intarsien und Ornamenten. Es muss eine Art Foyer sein, in welchem wir im Augenblick stehen. Für eine intensivere Musterung bleibt keine Zeit.

Zielstrebig steuert Zita auf die zweite Tür von links zu. Als sie die Tür aufdrückt, entgeht mir nicht, dass ihre Hände beben.

Ein mulmiges Gefühl schleicht sich in meine Eingeweide, krabbelt die Magenwand hoch bis zu meinem Rachen und erschwert mir das Atmen. Es geht nicht nur mir so. Bei allen dieselben betretenen Gesichter und versteinerten Mienen.

Kein Licht schimmert im Zimmer, aber es scheint nicht besonders geräumig. Gerade Platz genug für einen Tisch an der Wand, daneben ein wackelig aussehender Stuhl. Ein Stück weiter entdecke ich eine Ablage für das übrige Zeugs, wie Klamotten und Bücher, und in der Mitte ein schmales Klappbett, das nicht wirklich vor Gemütlichkeit strotzt. Sofort ist klar, dass jemand darin liegen muss. Beim genaueren Betrachten sehe ich die dünne Wolldecke und wie sie sich über einen Körper wölbt.

Warum zieht sich mir bei jedem Schritt der Magen mehr und mehr zusammen?

»Es bleibt ihm nicht mehr viel Zeit«, wispert Zita atemlos. Sie richtet das Wort an Bo, der wie versteinert am Fußende des Bettes stehen geblieben ist. Auch er sieht nicht gut aus. Verkrampfter Kiefer, verbissener Mund und wässrige Augen.

»W-Wie viel Zeit ... bleibt ...«, stammelt er betroffen und seinem Verhalten entnehme ich, dass er den Menschen, der hier liegt, sehr gern haben muss.

Meine Schritte werden noch unsicherer.

Während Zita irgendwelche murmelnden Erklärungen von Gegenmittel, vergiftet und Geheimloge von sich gibt, zieht es mich näher und näher an das Kopfteil des Bettes.

Es ist ganz eigenartig: Wie ein unsichtbares Band, das mich magisch anzieht, doch gleichzeitig muss ich mich zwingen, weiterzugehen.

Mein Blick schweift von den Beinen, die sich unter der schäbigen Decke abzeichnen, weiter über die Arme und die Brust, die sich ruckartig hebt und senkt. Dann sehe ich den goldblonden Haarschopf. Es versetzt mir einen Stich, weil ich die Locken erkenne. Als ich es endlich wage, sein Gesicht zu betrachten, entweicht mir ein Aufschrei des Entsetzens.

»Nein«, hauche ich atemlos und presse zitternd die Hand auf den Mund. »W-Wie ist ...? Nein ... u-unmöglich!«

Ich bringe keinen vernünftigen Satz zustande.

»Nein ...«

Ich kenne den Menschen, der vor mir auf dem klapprigen Bett liegt. Noch immer mit einem Zittern in der Stimme hauche ich seinen Namen: »Noah.«

12.

So ist das eben, wenn die Seele mehr weiß als der Geist

»Noah«, hauche ich noch einmal und kann nicht glauben, was ich sehe.

Vor mir liegt Noah – und auch wieder nicht.

Mein Verstand weiß natürlich, dass es unmöglich *mein* Noah sein kann, aber trotzdem … Alles passt bis aufs letzte Härchen. Es muss Noah sein.

Noahs weicher Mund.

Noahs kantige Wangenknochen.

Noahs markantes Kinn.

Noahs gerade Nase.

Noahs blonde Locken.

Er ist ihm wie aus dem Gesicht geschnitten.

»Wie ist d-das möglich?«, stammele ich perplex und kann den Blick nicht von seinem schweißnassen Antlitz lösen. Dass es ihm nicht gut geht, erkenne ich sofort und es zerreißt mir beinahe das Herz.

Die ganzen verdrängten Emotionen sind mit Lichtgeschwindigkeit zurückgekehrt, schlagen mitten ins Herz. Am liebsten würde ich zu ihm hinstürzen. »Noah«, flüstere ich benommen.

»Das ist Niven«, höre ich jemanden murmeln. Die Stimme scheint meilenweit weg.

»Was? Nein ...« Das ist Noah. *Mein* Noah.

Ich begreife nicht, wie das möglich ist.

Der Anblick vermischt sich mit der Erinnerung an Noahs Unfall. O ja, dieser Noah sieht auch nicht gut aus. Fiebrig, völlig verschwitzt und seine Blässe ist durchbrochen von einer ungesunden Rötung. Immer wieder durchfährt sein Körper ein ruckartiges Zucken und wird von einem schmerzerfüllten Stöhnen begleitet. Leidet er an einer Fehlfunktion seiner Muskeln oder womöglich des Gehirns?

Alles in mir drängt mich, nach seiner Hand zu greifen, die ein bisschen unter der Decke hervorlugt. Einem Déjà-vu gleich. Ich möchte ihn berühren und ihm versprechen, dass alles gut wird. Dieses starke Gefühl der Vertrautheit übermannt mich. Aber ich sehe ihn doch in diesem Augenblick zum ersten Mal.

»Wann ist das mit Niven passiert?«, höre ich Bo raunen.

Wieder dieser Name. *Niven?* ... Das ist Noah!

Immer noch ruht mein Blick auf dem jungen Mann. Ist das tatsächlich so? Kenne ich ihn wirklich nicht? Vielleicht besteht irgendeine abstruse transzendente Verbindung zwischen dem Menschen hier, über die Dimension hinaus, zu meinem Noah?

Mit klopfendem Herzen strecke ich meine Finger aus, sehe selbst, wie stark sie zittern, und schaffe es nicht, das Zittern zu kontrollieren. Ich streife Noah-Niven über die feuchte Hand, doch in dem Moment stöhnt er auf und ich ziehe verunsichert meine zurück.

In mir herrscht der reinste Wirrwarr. Ein Gefühlstornado ohnegleichen. Gefühlschaos pur. Von Ungläubigkeit zu Faszination. Von Verwunderung zu Skepsis. Und von Angst zu Zweifel. All das wird beim nächsten Herzschlag von einem einzigen Gefühl überschattet: Es wird mir alles zu viel.

Ich höre nicht mehr, was ringsum gesprochen wird, starre nur auf das Gesicht, in dessen Anblick ich mich regelrecht verlieren könnte.

Kann es Zufall sein, dass sowohl Noah-Niven wie auch *mein* Noah um ihr Leben kämpfen? Was, wenn zwischen den beiden tatsächlich eine Verbindung über Zeit und Raum hinaus existiert? Eine, die stärker ist als alles, was wir kennen?

»O mein Gott!«, entfährt es mir. Mein Kopf schnellt zu Bo hinüber. »Bin ich deswegen hier?«, krächze ich zum Fußende des Bettes.

Bo presst die Lippen zusammen.

Heiße Tränen fallen aus meinen Wimpern. Tränen, die ich seit Stunden zurückhalten muss. Doch jetzt überrennen mich die verdrängten Emotionen ohne Gnade.

Angst um Noah. Verzweiflung, dass er womöglich nicht überlebt. Hilflosigkeit, nichts daran ändern zu können. Panik, dass das Schlimmste unterdessen eingetroffen sein könnte. Und auch Angst, dass mein Leben ohne Noah nie mehr dasselbe wäre.

Mit tränenüberströmtem Gesicht starre ich Bo an. »Sag schon, bin ich deswegen hier?« Meine Stimme versagt und ein Schluchzen entweicht mir.

Mein Herz klopft. Klopft heftig gegen die Rippen.

Dann nickt Bo.

Die Geste wirkt vorsichtig.

Ist er unsicher, ob ich seine Antwort ertragen kann?

»Und was …« Ich unterdrücke erfolgreich ein Schluchzen. »… Und was hat das nun mit Noah zu tun?« Dass es eine besondere Verbindung gibt, steht außer Frage. »Wie ist das möglich? Ich meine … Er und Noah? Wie …?«

Ich bin völlig überrumpelt von dem, was ich vor mir sehe, aber nicht weniger wegen des Gefühlschaos', das in mir tobt. Diese Mischung macht es mir unmöglich, logisch zu denken. Verstehen zu können, obschon ich es möchte. Doch in mir ist kein Platz frei, nicht einmal mehr für den Hauch von Verständnis. »Was hat das zu bedeuten?«

»Das alles ist ziemlich komplex.« Nicht Bo ergreift das Wort, die Erläuterung kommt von Dex. »Aber um es kurz zu machen: Nivens und Noahs Seelen sind miteinander verbunden.« Dex redet klar und in durchaus verständlichen Sätzen, doch was er von sich gibt, ergibt keinen Sinn und kann unmöglich wahr sein.

Dex scheint meinen Zweifel zu bemerken, denn er setzt zu einer weiteren Erklärung an: »Niven ist Noahs *Vella*-Ich und Noah ist Nivens Erden-Ich. Wir nennen es gemeinhin ›Seelenzwilling‹ der anderen Dimension.«

Es hilft nichts, ich kapiere es immer noch nicht. »Soll … Soll das heißen, die beiden sind verwandt?«

Dex kommt einen Schritt näher. Ich sehe ihn nicht, denn ich kann den Blick noch immer nicht von Noah, ähm, ich meine Niven lösen. Aber ich höre seine Bewegung, spüre dann den sanften Händedruck auf meiner Schulter.

»Nicht nur die Seelen von Niven und Noah sind über die Dimension hinaus miteinander verbunden. Das sind wir alle. Nur haben wir das geheime Wissen darüber längst verloren. Was unseren Seelen seit Hunderten von Jahren vertraut ist, bleibt unserem Geist verborgen. Und die Verbindung der Seelenzwillinge ist zwar unsichtbar, aber dennoch so stark, dass nicht einmal der Tod sie zu trennen vermag.«

Das mit dem Tod verdränge ich gekonnt. »Wie jetzt? Bedeutet das, jeder von uns hat einen Seelenzwilling?« Nur langsam wende ich mich von Niven ab und schaue in Dex' Rubinaugen. Sein Spiegelbild in den Augen tut gut. Für mich ein Stück Normalität. Auch sein Lächeln zeigt mir, dass trotz der ganzen Anomalie um mich herum alles gut ist. »Einen Menschen, der das Ebenbild von einem selbst ist?«

»Richtig.« Dex erscheint nun ganz in meinem Blickfeld und nickt. »Wie sich in jahrelanger Forschungsarbeit gezeigt hat, spiegelt sich jeder Vellaner und jeder Mensch wider, vermutlich alles, was eine Seele besitzt. Sodass in den Spiegelwelten ein Gleichgewicht herrscht.«

Puh! Die Vorstellung ist echt krass. Bedeutet das, dass hier irgendwo auch eine Willow herumschwirrt, die sich genau zu diesem Niven hingezogen fühlt, und die eine Freundin hat wie meine Sam?

»Krass!«, entweicht es mir, diesmal laut.

»Die Konstellationen der Familienzusammensetzung ist allerdings willkürlich, manchmal vielleicht ortsbezogen, aber nicht mal das ist zwingend gegeben«, spricht Dex das an, was mir eben noch durch den Kopf schwirrte. Oder habe ich das laut gesagt?

Ich weiß nicht, ob ich diese Vorstellung einfach nur unglaublich faszinierend oder doch eher total abartig und abschreckend finden soll. »Dann wissen in *Vella* alle darüber Bescheid?«

»Oh, nein«, winkt Dex ab. »Außer der Geheimloge nur eine Handvoll.«

»*Geheimloge?* Ihr habt tatsächlich eine Geheimloge?« Hinter meinem Rücken höre ich Zitas gemurmelte Worte, die sie an Niven richtet. Lausche dem Knarzen des Bettgestells und spüre Bos skeptischen Blick auf mir ruhen. Aber meine Aufmerksamkeit gilt einzig und allein Dex' Worten. Endlich einer, der meine Fragen beantwortet, auch wenn seine Antworten gleichzeitig etliche neue aufwerfen.

»Sie sind die Eingeweihten. Ach ja, und die Rebellen nicht zu vergessen«, fügt Dex augenzwinkernd hinzu.

»Klar«, erwidere ich nickend, denn mit denen unterhalte ich mich ja schließlich gerade.

»Auf der Erde dürfte es nicht anders sein«, wirft Bo dazwischen.

Aha, plötzlich will er mitreden? Und doch wird mir bei seiner Zwischenmeldung das erste Mal bewusst, was das bedeutet. »Wie jetzt, bei uns gibt es auch Menschen, die über diese ... diese ...« Ich suche fieberhaft nach einem geeigneten Wort für die ganze Geschichte. Nur will mir beim besten Willen nichts einfallen. »... diese Spiegelwelt-Story Bescheid wissen?«

»Nicht nur Bescheid wissen, eine Geheimloge, die involviert ist«, korrigiert mich Bo.

»Natürlich geschieht das alles im Verborgenen, wie bei uns«, fügt Dex hastig an. »Zwischen den Spiegelwelten findet auch seit Hunderten von Jahren ein reger Austausch statt.«

»Okay, okay. Noch einmal zum Mitschreiben«, versuche ich zu rekonstruieren. Im Raum steht ja immer noch diese Sache mit der unsichtbaren Verbindung und (was noch viel dramatischer ist), dass der Tod die Seelen nicht zu trennen vermag. »Das mit dem Seelenzwilling und der Verbindung über die Dimension hinaus: Bedeutet das etwa, dass es kein Zufall ist, dass es sowohl Niven wie auch Noah so schlecht geht?« Ich streife mir aufgewühlt durch die Haare und werde noch konkreter, auch wenn ich die Antwort darauf eigentlich bereits kenne. »Also besteht da irgendein Zusammenhang?«

Bo, immer noch am Fußende, nickt verhalten und beißt sich auf die Unterlippe.

»Das siehst du richtig«, sagt Dex. Auch seine Stimme wird merklich leiser.

»Puh!«, entweicht es mir und ich stöhne gleich noch einmal auf. Ich reibe mir übers Gesicht, weil sich klammheimlich ein unangenehmer Schmerz hinter der Stirn breit macht. »Das halte ich ja im Kopf nicht aus.«

»Verstehst du jetzt?« Die Frage kommt von Bo.

Ich starre ihn an. Mir ist klar, worauf er anspielt. Noahs Rettung. Aber nein, ich verstehe nicht. »Erkläre es mir.«

»Wenn einer der beiden nicht heil aus der Sache herauskommt, dann –« Bo redet nicht weiter.

Es ist auch nicht nötig.

Jetzt verstehe ich. Das ist die Sache mit dem Tod.

»Himmel!«, krächze ich das Wort heraus, weil allein die Vorstellung, dass Noah in diesem Augenblick den Kampf gegen den Tod verlieren könnte, mir die Luft abschnürt.

Zita bedenkt mich mit einem vorwurfsvollen Blick, denn mein Ausruf lässt Niven schmerzlich aufstöhnen. »Was passiert, wenn einer der beiden stirbt?«, wispere ich deutlich leiser, und obwohl ich abermals die Antwort zu kennen glaube, muss ich es aus Bos Mund hören.

Bo zerrt mich, in seiner üblichen groben Art, ein ganzes Stück vom Bett weg. »Wenn einer stirbt, stirbt auch der Seelenzwilling.«

Ich möchte schreien, möchte wild um mich schlagen, aber aus meinem geöffneten Mund kommt kein Laut heraus. Es fühlt sich an, als würde mir der Boden unter den Füßen weggezerrt.

Ganz im Gegensatz zu Bo scheint Dex ein Mann vieler Worte und holt zu einer ausschweifenden Erklärung aus, während er nähertritt.

Wie ich ihn so betrachte, ertappe ich mich bei dem Gedanken, was er wohl arbeitet? Doch ich kann mir nicht helfen, auch Dex' Stimme wirkt gebrochen:

»Nicht alles, was einem Vellaner hier widerfährt, hat Auswirkungen auf seinen Seelenzwilling und umgekehrt. Du bist völlig frei in deinem Geist. Es besteht keine Manipulation durch deinen Seelenzwilling. Die Verbindung ist einzig bei der Geburt und dem Tod spürbar. Anfang und Ende. Denn die Seelen sind unzertrennbar und über die Dimensionen hinaus miteinander verbunden.«

»Stirbt jemand auf Erden, stirbt sein Seelenzwilling hier?«, hauche ich entsetzt und realisiere kaum, wie sich meine Finger in Bos Unterarm krallen.

Bo und Dex nicken simultan.

»Sterben zu müssen, nur weil dein Seelenzwilling stirbt, das ... das ist nicht nur abartig, sondern absolut grausam!«

Auch Dex' Gesichtsausdruck verwandelt sich zusehends, als ich das Unheilvolle ausspreche.

Jetzt bin ich mir sicher, wie ich zu der ganzen Seelen-Spiegelwelt-Sache stehe. Zwar ist sie immer noch faszinierend, doch die Abartigkeit überwiegt bei Weitem. Und ganz langsam drängen sich zusätzliche Gedanken in mein Bewusstsein. In meinem Kopf explodieren die Fragen.

Was würde passieren, wenn sich die Seelenzwillinge begegnen würden? Beeinträchtigt das womöglich das Raum-Zeit-Kontinuum? Du meine Güte, ist es das, was ich in den Augen jedes Menschen sehe? Seinen Spiegelzwilling? Wenn ja, hat wirklich jeder einen?

Irgendwie geht das nicht auf. Warum hat Bo kein Spiegelbild? Und wo ist mein Spiegelzwilling? Ein Gedanke kristallisiert sich heraus. Erst ganz zaghaft, so zaghaft, dass ich ihn nicht greifen kann, und dennoch ist er da und wächst mit jedem Atemzug.

Bo knetet unentwegt seine Hände und lenkt letztlich das Gespräch in eine andere Richtung. »Um zu deiner ursprünglichen Frage zurückzukommen: Ja, wegen Niven bist du hier.«

Ich nicke – mehrfach und viel zu hastig – und komme mir in diesem Moment vor wie meine *Harry-Potter*-Wackelkopf-Figur, die auf meinem Nachttischchen steht.

Zita, die die ganze Zeit über schweigend bei Niven saß, ergreift das Wort: »Planänderung.« Ich habe nicht mal bemerkt, dass sie sich vom Bett erhoben und sich zu uns gesellt hat. Ihre Stimme hat wieder die Energie einer Rebellenanführerin, der man nichts abschlagen möchte. »Bevor ihr den eigentlichen Plan erledigen könnt, müsst ihr das Gegengift für Niven besorgen, sonst –« Zita schluckt und mit dieser Geste schluckt sie auch die Worte hinunter, die ihr die Tränen in die Augen treiben. »Sonst ist die ganze Operation ›Niven‹ hinfällig. Also Plan B: Besorgt das Gegengift.«

»Bei der Dealerin?«, will Bo von ihr wissen. Dabei verfinstern sich seine Türkisaugen zu einem düsteren Blau. Mir ist sofort klar, dass das nichts Gutes bedeuten kann. Nicht nur wegen des Wortes »Dealerin«, nein, da liegt etwas in Bos Gesicht. Ach, streng genommen geht es mich ja nichts an, was für Meinungsverschiedenheiten zwischen Zita und Bo bestehen. Auch wenn ich mir nicht sicher bin, ob Zita mich beim Plan B automatisch miteinschließt.

Zita nickt. »Wo sonst?«

»Dann müssen wir erst den Sonnenaufgang abwarten?«, fragt Bo. Sein Kopf deutet zum Bett hinüber und seine Klangfarbe kommt dem Fauchen einer Raubkatze nahe. »Und wann erledigen wir das wirklich Wichtige?«

»Bo!«, weist Zita ihn zurecht. »Ohne Gegengift wird es gar nicht so weit kommen.«

»Aber Zita, wenn wir nicht handeln —« Auch Bos erneute Intervention wird im Keim erstickt.

»Mir ist selbst klar, was das bedeutet. Weder Niven noch seinem Seelenzwilling bleibt viel Zeit. Aber das *Medikament* wird nicht grundlos unerreichbar aufbewahrt. Du weißt ebenso gut wie ich, dass außer mir keiner das sichere Versteck kennt. Nicht einmal Lord Lempki.«

»Wer ist Lord Lempki?«, flüstere ich Dex zu, um die beiden nicht zu unterbrechen.

»Die rechte Hand des Regenten und der Kopf der Geheimloge«, raunt er zurück und ich weiß nicht weshalb, aber es beschert mir eine Gänsehaut.

»Deine Vorsicht in allen Ehren«, empört sich Bo lautstark. Einmal mehr verstehe ich nicht, worauf er hinauswill. »Das Verabreichen des *Medikaments* hat bei —«

»Schweig!«, zischt Zita und schneidet ihm unwirsch das Wort ab. Dann presst sie die Lippen zusammen und hebt warnend die Hand in die Höhe. Es wird deutlich, dass sie verhindern möchte, dass Bo in Gegenwart von uns (na ja – eher von mir) zu viel ausplaudert. »Das Verabreichen bei der ersten *Testperson* war erfolgreich, ja«, redet sie weiter. »Aber diese *Testperson*, war auch nicht irgendjemand, vergiss das nicht.«

Wie sie das Wort »Testperson« ausspricht und es so merkwürdig betont, lässt mich stutzig werden. Irgendwas stinkt hier gewaltig.

»Ich riskiere nichts«, sagt Zita bestimmt. »Nicht bei meinem Sohn.«

»Verstehe«, raunt Bo. Ich sehe, wie er verkrampft die Lippen aufeinanderpresst und sich den nächsten Kommentar verkneift. Ganz im Gegensatz zu mir, scheint er wirklich zu verstehen.

»Was?«, frage ich verwundert. »Niven ist dein Sohn?«

Ich bekomme keine Antwort.

Doch so viel habe auch ich begriffen. Die Rebellen in *Vella* agieren im Verborgenen und das Regiment setzt alles daran, die Formation zu zerschlagen. Womöglich haben sie einen ersten Sieg bereits errungen. Darauf spielte Mett wohl vorhin an. Und er hat recht: Es kann kein Zufall sein, dass ausgerechnet dem Sohn der Rebellenanführerin etwas zugestoßen ist.

»Es ist jetzt nicht der richtige Augenblick, um die Sache auszudiskutieren«, drängt Zita Bo zum Schweigen. »Erst besorgst du das Gegengift, dann geht's weiter wie geplant.«

Verdammt! Es ist dieser Moment, in dem es mir wie Schuppen von den Augen fällt. Ich muss etwas tun. Denn Noahs Leben hängt nicht nur am seidenen Faden, es geht mit Nivens Rettung einher. Wenn keiner das Gegengift für Niven beschafft und er sterben sollte, kommt auch jegliche Hilfe für Noah zu spät.

»Ich bin dabei«, höre ich mich in diesem Augenblick mit entschlossener Stimme sagen.

»Hervorragend!«, entgegnet Zita und ein kleines, zufriedenes Lächeln erscheint auf ihrem Gesicht. Noch mehr überrascht mich die Tatsache, dass es mir anscheinend wichtig ist, von ihr Anerkennung zu erhalten. Weshalb? Ich kenne sie doch gar nicht.

»Kommt nicht infrage!«, protestiert Bo. Seine Reaktion überrascht mich allerdings gar nicht.

»Was ist nur mit dir los?« Zita mustert Bo erstaunt und langsam, aber sicher klingt sie echt genervt.

Bos Nasenflügel blähen sich verräterisch. »Das wird nicht funktionieren.«

»Überleg doch mal: Mit Willows Unterstützung haben wir eine reelle Chance, das Gegengift zu beschaffen. Gerade jetzt, wo das Regime mit verstärkten Patrouillen aufwartet. Denkst du vielleicht, der Kreis des

Forschungszentrums wird davon ausgeschlossen? Der einzige Kreis, in dem rund um die Uhr gearbeitet wird? Der Kreis, aus welchem heraus die Geheimloge agiert?« Sie lacht auf und wirft den Kopf in den Nacken. »Bei Sonnenaufgang brecht ihr auf. Geh und informiere Alexia.«

»Deine Entscheidung«, knurrt Bo mürrisch. »Willow kennt sich hier überhaupt nicht aus und die Situation wird, auch ohne sie, gefährlich genug. Ich habe weder Zeit noch Lust, den Aufpasser zu spielen.«

Boah! Das reicht! »Danke Mr Arrogant!«, werfe ich dazwischen. Pfft! Ich bin doch kein Baby mehr. »Ich bin durchaus fähig, auf mich selbst aufzupassen.«

Zum Glück sieht Zita es wie ich und lässt sich nicht davon abbringen. »Deswegen sollst du auch Verstärkung mitnehmen. Alexia wird Wache stehen, kennt alles, weiß genau, wie sie sich verhalten muss, wenn ihr auffliegt. Und wenn alle Stricke reißen, könnt ihr getrennt zurückkehren, um die Patrouille abzuhängen.«

Ähm ... Irgendwie kriege ich ganz plötzlich ein ungemütliches Grummeln in der Magengegend. Nicht direkt Bauchschmerzen, aber es ist nicht weniger unangenehm. Das Beschaffen des Gegengifts klingt doch nach einem heiklen Unterfangen.

»Was ist, wenn das Regime wieder vorgewarnt wird, hast du daran schon gedacht?« Bos gesenkte Stimme verliert nicht an Dringlichkeit. »Dann laufen wir der Patrouille direkt in die Arme.«

Eine kurze Weile ist es still. Zita betrachtet mich und ich werde den Eindruck nicht los, dass sie mir etwas sagen möchte. Ich überlege, ob ich fragen soll, aber ich schweige genau wie Zita.

Mit einem Seufzer richtet sie ihre Aufmerksamkeit wieder auf Bo: »Das Risiko müssen wir eingehen«, sagt sie matt und ausnahmsweise schafft sie es diesmal nicht, Bos kritischem Blick standzuhalten. »In den vergangenen Stunden ist Alexia zweimal gescheitert und Dex ebenfalls. In meiner Verzweiflung habe ich vorhin versucht, das Gegengift aus dem Forschungszentrum zu entwenden, und meine Tarnung wäre fast aufgeflogen. Genau wie Dex' doppeltes Spiel.«

Dex verzieht bestätigend seinen Mund.

»Das ist unsere letzte Chance«, schließt Zita. Der Glanz in ihren Augen verdeutlicht den Ernst der Lage. Sie nennt das Kind nicht beim Namen, aber wir wissen alle, was das bedeutet. Es ist die letzte Chance für Niven. Wenn dieser Versuch misslingt, reicht seine Kraft nicht aus, um einen weiteren Versuch zu überleben.

»Ich muss leider wieder los«, sagt Dex. »Ich halte euch so gut wie möglich den Rücken frei.« Er hebt die Hand zum Abschied und nickt kurz. Wieder frage ich mich, was für eine Position er besetzt, dass er uns auf diese Weise unterstützen kann.

»Gut. Gut«, murmelt Zita. »Dann legt euch für ein paar Stunden aufs Ohr, bevor ihr aufbrecht, damit ihr ausgeruht seid. Ich muss auch gleich los. Meinen Chip kontrollieren und bewegen, ehe jemand Verdacht schöpft. Und Dex?«, hält ihn Zita im selben Moment zurück. »Schickst du beim Hinausgehen bitte Jules zu Niven? Ich will nicht, dass er allein ist.«

In dem kleinen Zimmer kommt Bewegung auf: Dex verschwindet mit großen Schritten durch die Tür und aus dem Augenwinkel sehe ich, dass Bos Hand nach vorne schnellt und Zita am Arm zurückhält. »Ich habe kein gutes Gefühl bei der Sache«, interveniert er abermals im Flüstermodus. »Besser, ich ziehe mit Alexia allein los, das vereinfacht die ganze Operation deutlich.« Sein missbilligender Blick passt zu seinem herablassenden Ton.

Zita starrt ungerührt auf die Hand auf ihrem Arm, hebt langsam den Kopf, doch sie bleibt hart und sagt bemüht ruhig: »Gerade, weil wir nicht wissen, was uns erwartet, brauchen wir Willow. Ende der Diskussion!«

Mit diesen Worten zieht sie ihren Arm aus seiner Umklammerung und das Gespräch ist beendet.

Bo wirbelt schnaubend herum und stapft aus dem Zimmer.

»Bo?«, ruft ihm Zita hinterher. Ich denke schon, dass sie ihm noch ein paar aufmunternde Worte mit auf den Weg gibt, doch weit gefehlt. »Bitte Alexia bei der Gelegenheit um angemessene Kleidung für Willow. Und zwar die präparierte.«

Zita setzt sich auf die Bettkante und drückt ihrem Sohn einen sanften Kuss auf die feuchte Stirn. Ihre Hand verweilt an seiner Wange, so lange, wie sie auf eine Reaktion von Bo wartet.

Er verlässt wütend den Raum und ich weiß nicht recht, was ich nun tun soll. Hierbleiben? Ihm hinterhergehen?

Bo bleibt eine Antwort schuldig, dafür kann ich aus jedem seiner Schritte über den steinigen Boden den Zorn heraushören.

Toll! Ich fühle mich einfach großartig und so willkommen hier ... Wie war das gleich noch mal? War ich diejenige, die unbedingt hierherkommen wollte oder wurde ich praktisch dazu gezwungen?

»Geh lieber hinterher und kümmere dich um andere Klamotten, Willow. Mit diesem Kleid fällst du auf wie ein bunter Hund.« Zita erhebt sich, als eine ältere Frau den Raum betritt, deren silbernes Haar wie sanfte Wellen über ihre Schulter fällt. Die Alte schenkt mir einen eindringlichen Blick, dann drückt sie Zitas Hände, schaut ihr eine Weile stumm in die Augen, und nickt langsam.

Erst nachdem die Frau den Stuhl neben Nivens Bett platziert und sich darauf niedergelassen hat, schiebt mich Zita aus dem Zimmer. Ich bemerke, dass sie einen Augenblick am Türrahmen verharrt und ihren Sohn betrachtet. Ihr Mund zuckt verräterisch. Doch es ist nicht nur Trauer, auch Angst schimmert in ihren Augen.

»Ähm ...«, beginne ich, auch wenn ich sie nur ungern unterbreche. Aber ... »Wo finde ich Alexia?«

»Drei Türen weiter«, sagt Zita und ihr Gesicht wirkt im matten Schein des Vorraums erschöpft. Sie seufzt. »Du kannst dich bei ihr etwas ausruhen.«

Ich nicke, gehe bereits weiter, als mich ihre Worte noch einmal zurückhalten. »Und Willow?«

Ich werfe einen Blick über die Schulter. »Ja?«

»Vielleicht kannst du ja Bo zur Vernunft bringen.«

Wohl kaum!, denke ich. Doch mir bleibt keine Zeit, ihr zu antworten, denn sie verschwindet bereits durch den Vorhang in den vorderen Bereich des Raumes. Mit halbem Ohr bekomme ich mit, wie sie mit Mett über den Ablauf unserer Gegengift-Beschaffungs-Operation redet, dann nähere ich mich der besagten Tür. Einer Tür, die aussieht, als wäre sie einem Mädchenzimmer entwendet worden. Rosa Anstrich mit Glitzersternen, die in der matten Beleuchtung schimmern. Aber die tiefen Kratzspuren an der Tür erwecken den Eindruck, als wäre sie nicht freiwillig hier unten gelandet ...

Trotz der mädchenhaften Optik fällt es mir schwer, einfach einzutreten.

Sollte ich besser anklopfen?
Ich entscheide mich für eine Kombination aus beidem: Anklopfen und Eintreten.
Schon als ich den ersten Fuß über die Schwelle setze, weiß ich, dass es ein Fehler war. Aufgrund des Anblicks, der sich mir bietet. Eng umschlungen stehen die beiden in der hintersten Ecke des Raumes, der nicht viel geräumiger scheint als Nivens Zimmer. Ich will gar nicht erst wissen, bei *was* ich sie gestört habe ...
Alexias Ausstrahlung sagt alles. Nicht nur die Mimik schreit aus ihrem hübschen Gesicht: *Hau ab!* Nein, ihre Worte sind nicht weniger deutlich:
»Trampelst du überall ohne Erlaubnis rein?« Sie streicht sich ihre schwarzen Haarsträhnen aus der Stirn, während ihre linke Braue vorwurfsvoll in die Höhe wandert – eine beneidenswerte Geste, weil sie Überlegenheit und Coolness in einem versprüht. (Vor drei oder vier Jahren habe ich Stunden vor dem Spiegel verbracht, um meinen Brauen eben diese Geste aufzuzwängen. Leider blieb das Training erfolglos ...)
Bo löst sich aus Alexias Umarmung, schiebt sie ein Stück weg und stellt sich breitschultrig hin. Ein ähnlich vorwurfsvoller Ausdruck blitzt auch in seinem Gesicht auf.
»'Tschuldige, ich wollte euch nicht bei irgendwas unterbrechen«, sage ich etwas zu hastig. »Aber Zita hat mich geschickt. Ich soll dich wegen angemessener Klamotten und eines Schlafplatzes fragen.«
»Präparierte«, ergänzt Bo – was immer das heißt.
»Mensch, die hat vielleicht Nerven!«, brummt Alexia und stützt die Arme in die Seiten. Wie sie so neben Bo steht, entgeht es mir nicht, dass sie beinahe so groß ist wie er. Schlanke lange Beine, langes schwarzes Haar und ebenso dunkle Augen funkeln mich an. Ihr Brummeln wird begleitet von einem genervten Augenrollen. Es erschließt sich mir dabei nicht, ob es Zita oder vielleicht doch eher mir gilt.
Wenig begeistert geht sie ein paar Schritte und zieht eine Holzkiste unter ihrem Bett hervor. Ohne ein Wort zu sagen, wühlt sie darin rum und schmeißt mir schließlich ein zusammengeknülltes Bündel Stoff entgegen. »Das dürfte passen.«

»Okay, danke«, sage ich und will mich zum Schlafen zurückziehen – nur wohin?

»Auf was wartest du? Na los, zieh dich um«, blafft mich Alexia ungehalten an. »Du musst parat sein, wenn es losgeht. Hey, keine Zeit für falsch platziertes Schamgefühl.«

Gegen meinen Willen zuckt mein Blick zu Bo. »Ich weiß ja nicht, wie das Leben hier bei euch so abläuft, aber ich stehe nicht unbedingt auf Zuschauer beim Umkleiden.« (Du meine Güte, jetzt höre ich mich tatsächlich an wie die Prinzessin auf der Erbse!)

»Ich bin in meinem Zimmer«, sagt Bo zu Alexia, ohne mich nur eines Blickes zu würdigen. Auch ich schaue nicht hin. Dann ein Klacken – die Tür ist zu.

Alexia starrt mich unentwegt an.

Okay, das ist definitiv der falsche Zeitpunkt, um zimperlich zu sein. Hastig schlüpfe ich erst aus Bos, dann aus meiner Jacke. Danach schäle ich mich aus meinem Tüllkleid. Meine Güte, wie der Stoff aussieht! Unfassbar, was das Kleid alles mitmachen musste. Vom Glücksgewand über Erstes-Date-mit-Noah-Kleid hin zu der totalen Verwandlung zum Unglückskleid – und schlussendlich zum unpassendsten Kleid aller Zeiten in einer fremden Welt der Rebellen.

»Damit könntest du höchstens den Regenten beeindrucken«, sagt Alexia schnippisch. Wieder weiß ich nicht, ob sie auf meine Umzieh-Aktion oder mein Kleid anspielt. Erst als ich zu ihr hinüberschaue, verstehe ich, was sie wirklich meint: Ihre Augen betrachten meinen Hintern und das in einer Art und Weise, dass ich mir vorkomme, als hätte ich den fettesten Arsch der Welt. »Der steht auf üppige Kurven in ausgefallenen Klamotten und überhaupt auf den ganzen Schickimicki-Kram.«

»Gut zu wissen«, antworte ich, weil mir sonst nichts weiter einfällt, und nachdem ich in Alexias weiße Hose geschlüpft bin, stülpe ich mir auch gleich den hellen Pullover über den Kopf. Obwohl Alexia ein ganzes Stück größer ist als ich, sitzen die Klamotten erstaunlich gut.

»Passt«, kommentiert auch Alexia hinter meinem Rücken. Sie schreitet um mich herum und streckt mir eine kuschelige Decke unter die Nase, die sich alsbald als Poncho entpuppt. »Hier, den wirst du brauchen.«

Beim genaueren Betrachten von Alexia bemerke ich, dass in ihren schwarzen Haaren eisblaue Haarspitzen hervorblitzen, die sich mit jeder Bewegung wellenartig zu verändern scheinen.

Wow, das sieht vielleicht abgefahren aus!

Nachdem ich mir meine Jeansjacke und darüber den Poncho angezogen habe – Bos Lederjacke werde ich ihm nachher in die Hand drücken – streckt Alexia die Finger nach mir aus, doch ich verstehe nicht sofort, was das rosa Samtband in ihrer Hand bezwecken soll.

»Binde dir die Haare zusammen. Im Kreis des Forschungszentrums legen sie Wert auf ein gepflegtes Äußeres.«

Schweigend befolge ich ihren Rat und bin froh, weil sie mir beim Zubinden meiner Mähne behilflich ist.

»Fertig?«, frage ich.

»Beinahe«, korrigiert mich Alexia und schiebt mir ein paar hellblaue Turnschuhe vor die Füße.

»Damit läuft es sich deutlich leichter«, sagt sie salopp. Es gibt Mädels, die laufen in High-Heels einen Marathon, und es gibt Mädels wie mich, die barfuß im Stehen umknicken. So kann ich nicht anders, als ihr ein dankbares Lächeln zu schenken. »Danke«, wispere ich heiser. »Auch für deine Kleider und so.«

Sie verzieht ihren Mund. »Leg dich etwas hin.« Mit diesen Worten verlässt sie ihr Zimmer.

Auch wenn ich mir sicher bin, dass ich kein Auge zubekomme, bin ich froh, mich einfach für ein paar Augenblicke ausruhen zu können.

Meine Gedanken wandern für einen Moment zu Omi. Ich frage mich, was sie wohl gerade macht. Die Befürchtung, dass sie vor Sorgen halb wahnsinnig wird, wische ich geschwind beiseite, und ich hoffe inniglich, dass es ihr den Umständen entsprechend »gut« geht.

Langsam sinke ich auf Alexias Matratze. Noch bevor ich mich in der Wolldecke einkuscheln kann, fallen mir die Augen zu. Ich verliere mich in einem Traum von Noah, aus einer Zeit, in der alles noch gut war …

13.

Kein Kreis wie der andere.
Oder: penible Reinlichkeit, die Lady in Weiß und ein Motorrad mit Stollen

Die Tür springt auf und ich schrecke hoch.

Ich brauche zwei Atemzüge, um zu begreifen, wo ich mich befinde. Im Lager der Rebellen. Die Erkenntnis trifft mich wie ein Hieb in die Magengegend.

Bo steht im Türrahmen. »Startklar?«, fragt er matt.

Habe ich tatsächlich geschlafen?

Immer noch müde reibe ich mir über die Augen. Allem Anschein nach hat auch Bo die Zwischenzeit genutzt, um sich auszuruhen und die Kleider zu wechseln. Beige Hosen und eine dicke Daunenjacke in Hellblau umkleiden seine Statur, und obwohl es irgendwie befremdlich wirkt, muss ich mir doch eingestehen, dass die hellen Pastelltöne das

Funkeln seiner türkisfarbenen Augen noch besser zum Vorschein bringen.

Ich schwinge die Beine aus dem Bett, erhebe mich und gehe auf ihn zu. Nickend drücke ich ihm seine Lederjacke in die Arme. »Startklar.«

Nicht nur Zita, auch Alexia erwartet uns bereits im großen Bereich, aber in Zitas Augen schimmert ein besorgter Ausdruck. »Seid wachsam!«, raunt sie uns zu, als wir uns von ihr verabschieden.

»Keine Sorge«, sagt Alexia. »Bevor du dreimal Piep sagen kannst, sind wir zurück.«

Zita lächelt. »Viel Glück!«

Zitas Worte begleiten uns, als wir den ballsaalartigen Raum, die Zentrale der Rebellen, verlassen. Diesmal klettern wir nicht den Schornstein hinauf (Gott sei Dank!), dafür irren wir durch ein Labyrinth aus Treppen und verflucht engen Gängen. Mal geht es links, dann steil hinauf, dann wieder rechts und geradeaus und wieder links.

»Stufe!«

Keiner redet. Einzig Bos Anweisungen treiben mich durch die Gänge.

Das Herumirren nimmt kein Ende.

Rauf, runter.

Treppe, Gang.

Links, rechts.

Müsste ich den Weg je alleine hierher zurückfinden, weiß ich jetzt schon, dass ich (und mein nicht vorhandener Orientierungssinn) kläglich scheitern würde.

»Hier lang«, dirigiert uns Bo weiter durch den Irrgarten und ich werde den Eindruck nicht los, dass er es genießt.

Alexia bildet das Schlusslicht. Hin und wieder höre ich ihr Gemurmel, das leise zu mir nach vorne schwappt, doch bis es bei mir angekommen ist, hat es an Lautstärke eingebüßt und klingt wie ein schwammiges Nuscheln.

Als wir in den hundertsten Seitengang einbiegen, vernehme ich Nebengeräusche, die mich aufhorchen lassen.

Ein tiefes Brummen. Unweit von uns.

Eine Straßenbahn?

Womöglich auch nur eine Straße?

Tatsächlich treten wir wenig später aus einer Unterführung hinaus und befinden uns an einer dicht befahrenen Straße.

»Feierabendverkehr«, sagt Bo.

Ich blinzele irritiert.

Solche Fahrzeuge hätte ich irgendwie nicht erwartet. Rudimentäre Bauweise ist nur das erste Wort, das mir dazu einfällt. Nicht nur laut dröhnend, auch blankes rostiges Metall, keine Farbe, trotz der Dunkelheit nur spärliche Lichter und der Großteil fährt sogar ohne Dach über den Asphalt. Aber keine klassischen Cabrios, sondern ganz die *Mad-Max*-Manier.

»Was gibt's denn zu glotzen?« Diese charmante Anmache kommt ausnahmsweise nicht von Bo. Tja, gleich und gleich gesellt sich eben gern.

Bo stellt sich zwischen Alexia und mich. »Denk daran, wir betreten jetzt den vermutlich wichtigsten und somit meist überwachten Kreis des Regimes«, erklärt er gewichtig.

»Aha«, mache ich aufschlussreich. Wie soll ich an etwas denken, wenn ich gerade jetzt das erste Mal davon höre? »Um welchen Kreis handelt es sich denn?«, frage ich und fühle mich wie das Dummchen vom Dienst.

»Den Kreis des Forschungszentrums«, beantwortet Bo endlich mal eine meiner Fragen. »Wir müssen es hinbekommen, das Gegengift zu beschaffen. Egal wie. Also benehmt euch so unauffällig wie möglich.«

Wieso starrt Bo dabei mich an? So als würde er mit einer Vollidiotin sprechen.

»Klar?«, hakt er nun auch noch angriffslustig nach. »Denn sonst –«

»– sonst kommen wir keine zehn Meter weit.« Alexias eisblaue Haarspitzen schimmern in der Dämmerung. (Ja, die Sonne ist noch nicht über den Horizont geklettert.) Ich bekomme eben noch mit, wie sie die Augen verdreht – schon wieder. »Kapiert. *Mir* brauchst du das nicht zu verklickern.«

Wie nett!

Als ob ich was dafür könnte, dass ich mich das erste Mal hier in *Vella* befinde. Leider steht diese Reise nicht in den gängigen Reiseführern. Aber ich lasse mich nicht einschüchtern.

»Wie wäre es mit einem Crashkurs über Dos und Dont's?«, frage ich geradewegs, weil ja ohnehin klar ist, dass ich diejenige bin (nicht nur in Alexias Augen), die nicht weiß, wie man sich angemessen zu verhalten hat – also na ja, nicht, dass ich ein grundsätzliches Problem damit hätte, aber sicher hier in *Vella*.

»Hä?«, fragt Alexia verwundert.

»Na ja, Regeln? Ungeschriebene Gesetze und solchen Kram?«, erkläre ich, während wir uns zwischen etlichen Fahrzeugen auf die andere Straßenseite hindurchmanövrieren, deren Fahrer für mein Empfinden nicht gerade rücksichtsvoll agieren. Ist das hier der übliche Weg, um über eine Straße zu kommen?

»Kleide dich immer dem Kreis angemessen, in dem du dich befindest«, rattert Bo die Worte runter, als hätte er sie auswendig gelernt.

Ich verstehe – und auch wieder nicht. Denn woher soll ich wissen, wie man sich in den jeweiligen Kreisen zu kleiden hat?

»Nicht zu vergessen: Gewalt, Diebstahl und jede andere Straftat werden nicht geduldet. Wer gegen das Gesetz verstößt, wird auf Lebzeiten verfolgt und bestraft.«

»Richtig«, stimmt Bo Alexia kopfnickend zu. »Und da wäre natürlich noch die allerwichtigste Regel: Befolge immer das oberste Gesetz des Regenten.«

»Wie lautet denn das oberste Gesetz?«, möchte ich fragen, aber ein überdimensional lautes Horn lärmt direkt neben meinem Ohr und ich bin mir sicher, dass ich ab sofort halb taub sein werde. So entweicht mir stattdessen ein: »Fuck!« Ich bleibe augenblicklich stehen und presse die Hand auf das Ohr.

Ein gigantisches Gefährt braust hinter mir vorbei und ich schwöre, hätte ich mich nur ein paar Zentimeter bewegt, im falschen Moment eingeatmet oder auch nur geblinzelt, wäre ich unter die Räder gekommen. Ich bin heilfroh, als wir endlich die andere Straßenseite erreichen und reihe mich hinter Alexia ein, die einen schmalen Pfad betritt.

Er führt uns unter einer Brücke hindurch – denke ich zuerst, doch als wir näher kommen, entpuppt sich die »Brücke« als tunnelartiger Durchgang. Die Böschung, die vor uns liegt, steigt steil an und scheint die Funktion einer Stadtmauer zu besitzen.

»Wozu dient diese Böschung?«, wispere ich, während wir den Tunnel passieren. Dass die Steigung nicht von Natur aus existiert, erkenne ich an der unnatürlich geometrisch verlaufenden Kreisform.

»Der Schutzdamm umrundet den ganzen Kreis des Forschungszentrums«, murmelt Bo. Schwingt da Furcht mit oder etwas anderes in seinem Blick, mit dem er den Tunnel bemisst? »Jeder, der den Durchgang passiert, wird nach seinem Chip abgescannt.«

Unwillkürlich bleibe ich stehen. »Seinem Chip?«

»Weitergehen«, zischt Bo einer Schlange gleich. Sofort liegt seine Hand auf meinem Rücken und er schiebt mich ungestüm vorwärts. Erst als wir den Tunnel verlassen, fügt er noch an: »Deswegen trägst du die präparierten Klamotten.«

Jetzt erkenne ich, was vor uns liegt: der Kreis des Forschungszentrums.

»Und wie lautet nun das oberste Gesetz des Regenten?«, besinne ich mich auf die Frage, die ich schon vorhin loswerden wollte, und mein Blick wandert staunend über die fremdartige Umgebung.

»Das oberste Gesetz besagt, dass gemäß Paragraf 7 jeder Vellaner dieselben Rechte hat, solange er sich ans Gesetz hält.«

Erst denke ich, hier liegt überall Schnee, aber dem ist nicht so: Alles ist weiß. Die containerähnlichen Häuser, der Straßenbelag, selbst die Fenster schimmern milchig.

»Klingt ganz vernünftig«, entgegne ich, dabei gleitet mein Blick über die Wand des Gebäudes, das wir passieren. Ich kann nicht sagen, aus welchem Material es besteht. Metall vielleicht? Dünnes Blech? Oder doch eher Plastik? Ich strecke meine Finger aus, streife sacht über die weiße Oberfläche, die überraschend kühl ist.

Dahinter schirmt die steile Böschung immer noch alles ab – ich werde das Gefühl nicht los, dass sie die Funktion eines Schutzwalls besitzt.

»Wie man's nimmt«, brummt Bo und wechselt zum rechten Rand der Straße, auf deren Belag sich erste Sonnenstrahlen reflektieren.

»Der Regent legt vor allem auf einen Aspekt wert«, sagt Alexia und verzieht den Mund zu einer Schnute. »Den Chip.« Wut blitzt in ihren Augen, Bitterkeit auf ihrem Mund.

Wir nähern uns allmählich einem Teil dieses Kreises, der mehr Leben versprüht. Immer mehr Menschen beggenen uns, hin und wieder braust ein Auto vorbei – nur werden die motorbetriebenen Giganten rigoros von den Häusern ferngehalten und auf der Hauptachse von A nach B geführt. Auf den glatten Wänden der

Häuserblocks flackern überdimensionale Reklamen – Farbkleckse in diesem endlosen Weiß.

Seit geraumer Zeit schweige ich. Einerseits abwartend, ob vielleicht noch eine nähere Erklärung zu Alexias Bemerkung folgt, andererseits werde ich förmlich erschlagen von all den Eindrücken um mich herum. Dachte ich bisher, dass *Vella* eher etwas heruntergekommen ist, so strotzt dieser Kreis vor moderner Optik und penibler Sauberkeit.

»Was für besondere Regeln gelten denn für diesen Kreis?«, hake ich schließlich nach.

»Für dich?«, fragt Bo und ich muss ihn nicht ansehen, um zu wissen, mit was für einem arroganten Blick er mich bedenkt. »Rede mit keinem. Stelle keine Fragen. Beantworte keine. Und tue, was ich dir sage.«

»Alles klar«, sage ich und muss mir ein Grinsen verkneifen. Das kann doch nur ein schlechter Scherz sein. Ich glaube echt, mich verhört zu haben. »Hey, entwende mir doch gleich mein Gehirn, dann wirst du garantiert keine Probleme bekommen.«

Richtig, er wollte mich ja sowieso nicht dabeihaben.

Bo schnaubt. »Du hast gefragt und das war meine ehrliche Antwort.«

Die Häuser werden zusehends höher. Glasfronten dominieren die Gebäude. Geometrisch in Reih und Glied. Die Straße ist mittlerweile so breit wie ein ganzes Fußballfeld und ebenso verändert sich das äußere Erscheinungsbild der Leute. Kleideten sie am Rand des Kreises mehrheitlich Pastelltöne, so herrscht nun ein strahlendes Weiß vor. Ah, alles klar. Deswegen die hellen Klamotten von Alexia.

»Wohin müssen wir?«, erhebe ich die Stimme, denn wir nähern uns einer Kreuzung, und trotz ihrer eindrucksvollen Größe und dem beachtlichen Verkehrsfluss sind weder Ampeln noch verkehrsberuhigende Maßnahmen nötig.

Noch während ich das denke, pralle ich voller Wucht in Bos Rücken, weil er abrupt vor der Kreuzung stehenbleibt.

»Es läuft sich deutlich einfacher, wenn man die ungefähre Richtung kennt«, gebe ich ihm zu bedenken, dann sehe ich es. Ich habe mich getäuscht.

Über der Straße blinkt ein orangefarbenes Hologramm, vermutlich mit der Funktion einer Ampel. Ich nutze die Gunst der Stunde und spreche meine Gedanken laut aus: »Zudem wirkt mein Gang bestimmt viel natürlicher, wenn ich zielsicher drauffloslaufen kann. Und lass mich nicht lügen – dann verhalte ich mich garantiert auch unauffälliger, als wenn ich ständig hinter euch beiden her stolpere wie ein blindes Huhn. Deshalb –«

»Himmel noch mal!«, empört sich Alexia in einem erzwungenen Wisperton. »Gibt es irgendeinen Knopf, um dich abzustellen?«

Wieder Bos Schnauben – allmählich erreicht es das Level eines aggressiven Knurrens.

Das blinkende Hologramm erlischt.

Mit großen Schritten marschiert Bo über die Kreuzung.

»Was? Bisher habe ich doch kaum was gesagt«, verteidige ich mich, jetzt deutlich leiser, und husche hinterher. Tz. Die sollten mal Sam erleben, wenn sie so richtig in Fahrt kommt. Dagegen bin ich ein kleiner Vogelschiss.

»Jetzt wird mir klar, warum das Herbringen so lange gedauert hat«, murmelt Alexia zu Bo hinüber. Obwohl ich nur ihren Rücken vor mir habe, würde ich wetten, dass sie eben wieder entnervt die Augen verdreht. »Sie hat dich besinnungslos gequatscht.«

Bo bleibt stehen.

»Was um alles in *Vella* ist denn so schwer an der Aufgabe zu verstehen, sich unauffällig zu verhalten?«

»Gar nicht zu reden, ist bestimmt *total* unauffällig«, kontere ich.

Es ist dieser Moment, in dem mir die seltsame Ruhe auffällt. Nicht in Bezug auf den Motorenlärm, der surrt unaufhörlich in der Luft. Es sind die Menschen, die kaum ein Wort miteinander wechseln. Wirklich seltsam.

»Total«, wiederholt Alexia mein vorheriges Wort und ein schelmisches Grinsen umspielt ihren Mund. Fast könnte man nun den Eindruck erlangen, wir wären die besten Freundinnen.

»Frauen!«, knurrt Bo kopfschüttelnd und schreitet ohne ein weiteres Wort voraus.

Die Häuser, die links und rechts in den Dämmerhimmel ragen, haben große Ähnlichkeit mit Wolkenkratzern aus einer Weltstadt.

Eben ploppt eine Hologramm-Werbung an einer der Glasfronten auf und ich komme nicht umhin, sie zu bemerken, denn das bewegte Bild wird mit einer lieblichen Frauenstimme vertont:
»*Bist du gechippt?*
Mache noch heute eine Chip-Versicherung.
Nur wer gechippt ist, führt ein glückliches Leben.«

Puh! Das ist echt strange! Die Werbung verfehlt die Wirkung bei mir bei Weitem, ich finde sie mehr als abstoßend. Der Regent muss ein echter Kontrollfreak sein.
Nicht nur ich bin stehen geblieben, auch Bo erstarrt zu einer Salzsäule.
»Was hast du gese…« Auch Alexia verstummt.
»Die Patrouille.« Bo starrt die Gasse zwischen den Häusern hinunter.
Zum ersten Mal sehe ich die Wachleute bei Tageslicht. Nun verstehe ich die Regel mit der angemessenen Kleidung. Das Auftreten der Patrouille fällt sofort auf – ob das wirklich sinnvoll ist, sei mal dahingestellt. Aber vermutlich ist es wie mit allem: Jede Medaille hat zwei Seiten. Zum einen sticht die Patrouille mit ihren geradlinigen, roten Uniformen und schwarzen Kopfbedeckungen jedem ins Auge, denn selbst ihr Begleitwagen hat dieselbe Farbe. Alleine dieser Umstand, dass ihr Wagen neben all den anderen Metallkutschen farblich angepasst daherkommt, ist auffallend genug. Doch andererseits verändert allein ihre Präsenz die Atmosphäre. Es ist mehr als Respekt, mehr als Ehrfurcht. Ein Angstschleier liegt nun über dem ganzen Kreis, erdrückend und wirkungsvoll.
»Was nun?«, fragt Alexia. Der schelmische Ausdruck fällt von ihr ab. Mit einem Mal ist ihr Gesicht merkwürdig starr. Selbst die eisblauen Haarspitzen scheinen für einige Momente ihren Schimmer zu verlieren.
»Planänderung«, bestimmt Bo mit gesenkter Stimme. Sein Blick zuckt nervös zwischen den Häuserwänden hin und her, weiter über die große Kreuzung und zurück zu uns – besser gesagt zu Alexia. »Wir trennen uns.«
»Was? Nein!« Zu meinem eigenen Erstaunen kommt dieser Ausruf des Entsetzens nicht etwa von Alexia, sondern von mir. Jedoch schenkt

mir Bo einmal mehr keinerlei Beachtung. Wobei, so ganz stimmt das nicht, denn ich werde energisch zurück hinter die Ecke des Gebäudes geschoben, das wir soeben erst passiert haben.

Die Patrouille ist noch drei Blocks entfernt.

Ich sehe, wie sich die Uniformierten in Gruppen aufteilen, ausschwärmen, um die Gassen zwischen den Häusern abzulaufen.

»Alexia, du gehst zurück bis zur zweiten Querstraße und von dort aus über den Schutzdamm zum Hinterhof des Dealers«, bestimmt Bo und fasst sie liebevoll an den Schultern. Aber der Blick, mit dem er sie ansieht, steht im völligen Gegensatz dazu. Eindringlich und fordernd.

»Du weißt, von welchem Weg ich spreche?«

»Klar, der getarnte«, winkt Alexia ab.

»Es ist zwar ein Umweg, aber wenn ich die Patrouille in der Zwischenzeit mit einem Ablenkungsmanöver aufhalte, ist es der sicherste Weg.«

»Ähm, von was redet du?«, hake ich nach und werde schon wieder – *wissentlich* – überhört.

»Wenn alles glatt läuft, treffen wir uns wieder im Hinterhof, okay?«, schließt Bo seine Planänderung, die mir so gar nicht behagt.

Was hat er gesagt? *Ablenkungsmanöver?* Uuuh, das hört sich nicht gut an ...

Noch zwei Blocks trennen uns von den Argusaugen der Patrouille, die gerade mit einem Passanten beschäftigt zu sein scheint.

Was machen sie mit ihm?

Zwei der Uniformierten fummeln an seinen Klamotten herum und er lässt es willenlos mit sich geschehen.

Hinter uns ertönt abermals das liebliche Stimmchen der Werbung. *»Bist du gechippt? Mach noch heute ...«*

Ich höre nicht hin. Obwohl ich sicher bin, dass ich es gar nicht wissen möchte, frage ich Bo: »Was ist mit mir?«

»Du?« Bo hebt die Brauen. »Du kommst mit mir.«

Alexia macht den Mund auf, will widersprechen, aber Bo zerrt mich bereits weiter in die Gasse zwischen den zwei Häusern hinein. Die Bauten sind so gewaltig, dass ich ihr oberes Ende nur erahnen kann, das hoch hinaus in den Himmel ragt.

»Geh!«, zischt er nun Alexia zu und wedelt wild mit den Armen. »Verschwinde!«

Schneller, als ich blinzeln kann, ist sie aus meinem Blickfeld verschwunden und wenige Sekunden später verklingen auch ihre Schritte.

Vorsichtig spähe ich um die Ecke: Ja, Alexia ist weg.

Hastig schnellt mein Kopf auf die andere Seite.

Mist! Die Patrouille ist jeden Augenblick bei uns!

Jetzt bin ich mit Bo alleine. »Ablenkungsmanöver? Hinterhof? Dealer?« Ich gehe bei jedem Wort einen Schritt auf Bo zu. »Hab ich da was verpasst?«

Zuerst hält Bo abwehrend die Hände in die Luft, doch dann packt er mich am Poncho. »Das ist der falsche Augenblick für lange Erklärungen, wir haben nur diese eine Chance«, sagt er, zerrt mich zurück zwischen die Häuser und drückt mich ungestüm gegen die Wand. »Und du hast doch nicht ernsthaft geglaubt, dass wir als Unregistrierte einfach so in die heiligen Hallen des Forschungszentrums reinspazieren und das gewünschte Gegengift auf Bestellung abholen können?«

»*Unregistrierte*?« Auch das noch …

Die Patrouille – Ich kann sie bereits hören.

»Okay, okay«, sage ich hastig und die Schrittgeräusche der Uniformierten treiben meinen Puls in die Höhe. »Wie sieht das Ablenkungsmanöver aus?«

Bos Mund verzieht sich. »Es wird dir nicht gefallen, aber Abhauen geht nicht, das ist für die ein gefundenes Fressen.«

»Abhauen ist was für Feiglinge«, murmele ich einen Slogan, den ich irgendwo mal aufgeschnappt habe, dabei schlägt mein Herz so wild, dass ich befürchte, es zerbärste mir den Brustkorb. Im ersten Moment registriere ich nicht, dass er mir immer noch verschwiegen hat, wie sich seine Ablenkungstaktik genau gestaltet, denn ein anderer Gedanke formt sich in meinem Inneren: »Was, wenn es schiefgeht?«

»Für Zweifel ist jetzt keine Zeit.«

Die Patrouille hat uns nun beinahe erreicht.

Dass wir uns zu zweit in einem düsteren Hausgässchen aufhalten, wirft in meinem Hinterkopf allmählich ein zwiespältiges Gefühl auf. Müssten wir nicht so langsam auch zusehen, dass wir von hier wegkommen?

»Das riecht gewaltig nach Ärger«, sage ich schließlich gehetzt.
Bo geht nicht drauf ein. »Es hat sich nichts geändert. Die Frage lautet immer noch: Willst du Noah retten?«
»Ja«, hauche ich, ohne zu zögern.
»Dann hör mir jetzt genau zu, ich werde es nur einmal sagen.« Plötzlich spricht er mit einem leisen Knurren, vermutlich auch, weil das rhythmische Schrittgeräusch lauter wird. »Du wirst nicht dazwischenfunken und erst recht nicht den Moralapostel raushängen lassen, kapiert?«
Die Schritte sind jetzt ganz nah.
»Kapiert«, will ich hauchen, doch es bleibt mir im Rachen stecken, weil ein greller Lichtstrahl schräg hinter die Hausecke fällt. Es ist kein warmer Schimmer, wie die Beleuchtung in *Vella* bei Nacht. Nein, er ist ekelhaft grell und schmerzt in den Augen.
Schritte.
Viele schwere Schritte.
»O nein!«, krächze ich atemlos. »Wir sind aufgeflogen.«
Das Licht fällt auf Bos hellblaue Daunenjacke und strahlt vom glatten Stoff zurück. Instinktiv will ich in den hinteren Bereich der Gasse fliehen.
»Nein!«, raunt mir Bo ins Ohr. »Spiel mit!« Er sagt es nicht lieb und nett, vielmehr drohend und einschüchternd. Auf einmal kommt er mir ganz nah. »Vergiss nicht, das hier ist unsere einzige Chance!«
Aus dem Augenwinkel erkenne ich die schweren Stiefel der Patrouille, die um die Ecke biegen. Das Licht flackert bei jeder Bewegung. Flüchtig streift es mein Gesicht und ich presse geblendet die Augen zu.
Warum schaut Bo mich so komisch an?
Ohne Vorwarnung liege ich plötzlich in seinen Armen. Ich weiß nicht, wie mir geschieht. Spüre, dass er mich ungestüm an seine stählerne Brust zieht. »Küss mich so, wie du Blondlöckchen küssen würdest.«
»Vergiss es!« Im Reflex schubse ich ihn von mir weg.
»Wenn du überleben willst, spielst du verdammt noch mal mit«, raunt er mir die Warnung ins Ohr und zieht mich wieder so nah an sich heran, dass ich seine Wärme spüre. Seine Türkisaugen funkeln. Doch seine Worte klingen nicht länger wie eine Warnung, sie klingen wie …

Ich spreche meinen Gedanken leise aus: »Willst du mich herausfordern?«

»Vielleicht«, erwiderte er schulterzuckend und hält den Kopf schief. »Oder fürchtest du dich vor mir?«

Lächelnd verdrehe ich die Augen. Ich schlinge meine Arme um seinen Hals und sehe in seine Türkisaugen. Es ist unmöglich, mir vorzustellen, dass *er* Noah ist. Allein der Geruch seiner Haut ist viel herber.

Also ziehe ich seinen Kopf näher zu mir – keine Sekunde zu früh. Die Schritte der Uniformierten sind so laut, dass sie direkt hinter uns sein müssen.

Nicht zu den Uniformierten hinsehen, einfach weitermachen, befehle ich mir. Meine Lippen nähern sich seinem Mund und ich spüre, wie sein Atem über meine Haut kitzelt.

Plötzlich packt mich Bo und presst mich gegen die Hausmauer. Meine Finger krallen sich in sein kurzes Haar und ein Stöhnen dringt aus seiner Kehle. Bo fasst mich auf eine Weise an, wie Noah es nie getan hat. Noah ist immer zärtlich und sanft. Dafür hat er mich nie spüren lassen, dass er mich wirklich will – mit Haut und Haaren. Und auch wenn Bo das nur spielt, so fühlt es sich dennoch –

»Hey, ihr zwei«, spricht uns der Uniformierte an, der den Tross anführt und mich in meinen Gedanken unterbricht. »Was tut ihr da bei Tagesanbruch?«

»Verzeihung«, sagt Bo und zieht sich ein winziges Stück von mir zurück. Das Türkis in seinen Augen tanzt und er lächelt den Mann freundlich an. So viel Freundlichkeit hätte ich ihm echt nicht zugetraut. Schon eigenartig, wie sehr ein Lächeln ein Gesicht verändert. »Wir hatten nur eine Kleinigkeit zu besprechen.« Vor dem Wort *besprechen* legt er eine künstliche Pause ein, um die Wirkung zu verstärken.

Der Mann lacht auf.

»Was ist hier los?«, hallt eine entfernte Stimme zu uns herüber und instinktiv krallen sich meine Finger noch fester um Bos Hals. »Gibt's einen Vorfall?«

Der Uniformierte vor uns lacht noch immer süffisant. »Alles im grünen Bereich, nur zwei Turteltäubchen«, schreit er über die Schulter. An uns gewandt fügt er breit grinsend hinzu: »Lasst euch beim *Ausdiskutieren* nicht stören.«

Mein Herz pocht. Pocht bis zum Hals.

Bo grinst zurück, nickt gelassen mit dem Kopf. »Keine Sorge, wir müssen sowieso wieder weiter. Die Pflicht ruft.«

Ich staune, wie ruhig Bo in dieser Situation bleibt.

Seine Finger greifen in einer selbstverständlichen Geste nach meiner Hand. Sie ist schweißnass, aber ich bin unglaublich froh, dass ich mich in diesem Moment an ihm festhalten kann.

Bemüht gelassen schlendern wir an den Uniformierten vorbei, und ich hoffe inständig, dass keiner von ihnen mitbekommt, wie sehr meine Knie schlottern. Meine Beine fühlen sich weich wie Wackelpudding an.

Aus dem Augenwinkel sehe ich, dass weitere Wachmänner von der gegenüberliegenden Straßenseite zurückkommen und uns von drüben ins Visier nehmen.

Bleib ruhig, Willow!, befehle ich mir stumm. Bo drückt meine Hand noch fester. Als wir die letzten Uniformierten passieren, bin ich mir sicher, dass sie mein Herzklopfen hören müssen.

Aber alles geht gut.

Wir lassen erst die Uniformierten hinter uns, dann das Gebäude, erreichen das zweite. Doch erst als wir uns dem dritten Hochhaus nähern, wage ich einen Blick zurück.

Die Patrouille ist immer noch da. Nicht mehr an derselben Stelle, denn auch sie ist ein paar Blocks weitergezogen.

Endlich kann ich durchatmen.

»Wieder besser?«, fragt Bo. Er lässt meine Hand nicht los und ich traue mich nicht, sie zurückzuziehen.

»Ein bisschen«, antworte ich ehrlich.

»Wir sind gleich da«, sagt er immer noch sehr leise. »Und wenn wir Glück haben, hat Alexia das Geschäft bereits abgewickelt.«

Versucht er, mich aufzumuntern?

»Wo finden wir denn den Dealer? Ich meine, wie ist es möglich, wenn die Patrouille hier überall kontrolliert, dass er nicht entdeckt wird? Und warum hat es bisher keiner geschafft, das Gegengift zu besorgen?«, spreche ich meine Gedanken aus. Es hilft mir, die Aufregung zu bändigen.

»Es ist nicht ganz einfach. Und was für Geheimgänge die Dealerin benutzt, verrät sie nicht«, beginnt Bo zu erklären und behält dabei aufmerksam die Straße im Auge. Kurzerhand schiebt er mich um die nächste Hausecke und kommt mir wieder verdächtig nahe. Immer noch Tarnung?

»Im Kreis des Forschungszentrums patrouillieren die Wachen in sehr kurzen Abständen. Seit einigen Tagen eigentlich ununterbrochen. Ob unsere verborgene Rebellion aufgeflogen ist, der Regent von irgendwas Wind bekommen hat? Es wäre durchaus möglich. Dass ausgerechnet der Sohn der Anführerin angegriffen wurde, ist verdächtig genug. Aber eins steht fest: Wenn man zurzeit kein Ablenkungsmanöver aus dem Ärmel schütteln kann, hat man verloren. Das Einzige, was einem bleibt, ist der Rückzug und die Hoffnung, dass sie einen nicht im Visier haben.«

Ich weiß nicht, was mich mehr überrascht: Bos freiwillige Redseligkeit oder der Inhalt seiner Information. Okay, ich weiß natürlich, dass das Zweite die Nase vorne hat. Klingt nämlich verdächtig danach, dass dieser Regent ein ungemütlicher Zeitgenosse ist.

»Aber arbeitet Zita nicht direkt im Forschungszentrum? Wäre das nicht der einfachste Weg?«

»Auf den ersten Blick vielleicht. Aber genau das ist auch das Problem. Wie bei jedem, der unverzichtbar für die Geheimloge ist, wird jeder von Zitas Schritten mittels ihres Chips überwacht und –«

»Moment mal!«, falle ich ihm ungehalten ins Wort. Die Erwähnung der Geheimloge gefällt mir gar nicht, aber das mit dem Chip …? »Dann ist euer Versteck doch längst nicht mehr sicher?«

Langsam gehen wir weiter.

»Das würde zutreffen, wenn Mett nicht so ein schlauer Fuchs wäre«, sagt er und zwinkert mir zu. Die Geste wirkt beinahe freundschaftlich. Offenbar amüsiert ihn mein Entsetzen.

Wieder wirft er einen Blick über die Schultern.

Und wieder zieht er mich zwischen zwei Häusern in die schmale Gasse.

Da fällt mir die Frage ein, die ich vorhin schon stellen wollte. »Was passiert, wenn sie einen erwischen? Ich meine …«

Bo hält in der Bewegung inne, schaut mich an, und es ist mir, als husche ein Schatten über sein Gesicht. Er antwortet nicht. Besser gesagt, nicht auf meine Frage. Stattdessen sagt er: »Wenn mich nicht alles täuscht, müsste es hier hinten sein.«

Wir gelangen zur dunkelsten Ecke des Hinterhofs und eine kleine überdachte Nische tut sich auf. Auch hier ist alles weiß. Die Nische wird aus drei Gebäuden gebildet und dicht dahinter ragt der steile Schutzdamm in den Himmel, der nun ein blasses Blau trägt. Weiße Plastikkisten türmen sich kreuz und quer an der gleichfarbigen Wand des Hochhauses.

Vor lauter Weiß bemerke ich die Gestalt nicht sofort, die an der Hausmauer lehnt. Von Kopf bis Fuß in weißer Lederkluft und die Augen verborgen hinter einer Sonnenbrille, die das farbliche Gesamtbild der Frau abrundet. Obwohl ich mich allmählich an das befremdliche Erscheinungsbild der Vellaner gewöhnt habe, so toppt diese Person doch gerade alles. Ihre Haut scheint kränklich blass und ihr schneeweißes Haar ist zu unzähligen Zöpfen geflochten.

Ein Stück weiter hinten entdecke ich ein vierrädriges Motorrad. Dicke Reifen mit Stollen und auf dem Hinterrad ist ein Koffer mit bereits geöffneter Klappe montiert.

Wie ist sie mit diesem Gefährt unbemerkt hierhergelangt?

»Wir sind richtig«, murmelt Bo. Sein Atem kitzelt über meinen Nacken, weil er mir immer noch so nah ist.

Ich schaue mich verstohlen um. Von Alexia fehlt jede Spur und die Luft im Hinterhof ist von einer ungemütlichen Hektik durchtränkt. Wenn die Patrouille die Gasse zwischen den Häusern abgeht, sitzen wir hier hinten in der Falle.

Als ich das begreife, wird mir schlecht.

In einer nervösen Geste zieht die Lady in Weiß die Brille ein Stück die Nase runter. Sie sieht alles andere als vertrauenswürdig aus, bemerkt Bo das etwa nicht? Trotz ihres hellen Erscheinungsbilds strahlt sie etwas Düsteres, gar Schmieriges aus. Vielleicht liegt es auch an ihren rotglühenden Augen, die viel zu eng beieinanderliegen und eine echt abstoßende Wirkung auf mich ausüben.

»Rebellen-Fraktion?« Die Stimme der Frau klingt sonderbar schrill und heiser zugleich, und sie macht deutlich, dass zwischen zwei Patrouillengängen nicht viel Zeit bleibt.

»Korrekt«, sagt Bo nickend.

»Wo ist die Ware?«, will die Laborratte wissen, noch ehe wir neben ihrem Koffer (aka Medizinschränkchen und Dealerware) angelangt sind, dann rückt sie die Sonnenbrille zurecht.

Bo kramt in der Innentasche seiner Daunenjacke und bringt einen kleinen Stoffbeutel zum Vorschein. »Hier, alles dabei.«

Der Beutel wird ihm aus der Hand gerissen, noch bevor er ihn ganz herausgezogen hat. Hastig und viel zu nervös reißt ihn die Leder-Lady auf und wühlt sich durch eine Handvoll Edelsteine.

»Es ist alles da«, wiederholt Bo ruhig. Ich weiß nicht, an was es liegt, aber ich sehe seinem Gesicht an, dass er vor Ungeduld beinahe platzt.

Das Grinsen im Gesicht der Frau: voller Hinterlist und Tücke. Dann zuckt sie plötzlich zusammen.

Ich höre es auch.

Schritte. Sind da wirklich Schritte?

»Es kommt jemand«, sage ich warnend zu Bo, auch wenn ich inständig hoffe, dass es sich dabei um Alexia handelt. Mein Herz pocht vor lauter Panik, dass wir aufgeflogen sind.

Nicht nur mir ergeht es so. Ich bemerke den zuckenden Kopf der Dealerin, es folgt ein prüfendes Aufhorchen in die Nacht, dann endlich greift sie in die Box auf dem Motorrad. Eine kleine Ampulle in rötlich schimmerndem Glas. »Die halbe Dosis sollte reichen«, informiert sie Bo. »Intravenös.«

Erneut glaube ich, etwas zu hören.

Ein entferntes Echo dessen, was auf uns zukommt.

Die Tatsache, dass es sich von allen Seiten nähert, macht mir Angst. Das kann unmöglich Alexia sein.

»Her damit!«, sagt Bo hastig, streckt seine Hand nach der Ampulle aus und will sie ihr entwenden, als wirre Wortfetzen zu uns herübertreiben.

Gehetzt. Verängstigt. *Und schrill.*

»Haut ab!«

Ist das Alexia?

Sofort zieht die Frau die Ampulle zurück.

Die nahenden Schritte hallen durch die Nische.

Für einen pochenden Herzschlag verfängt sich Bos Blick mit meinem und schon schießt Alexia zwischen dem Gebäude und dem Schutzdamm hervor. Offensichtlich verbirgt sich dahinter tatsächlich ein kleiner Durchgang, der mit bloßem Auge nicht zu erkennen ist. Oder womöglich verlaufen sogar unterirdische Gänge den Schutzdamm entlang?

»Verschwindet!«, keucht sie. Sie sieht nicht gut aus. Schmutzig und abgekämpft. Ihre eisblauen Haarspitzen sind zu einem Taubengrau verwelkt, aber es bleibt keine Zeit, sie genauer zu betrachten.

Aus allen Richtungen stürmen Uniformierte auf uns zu. Zwei verfolgen Alexia, eine Horde taucht hinter der Hausecke auf und weitere seilen sich an der steilen Böschung ab.

Wir sind umzingelt.

Mein Herz steht still.

»Was sollen wir tun?«, flüstere ich in Bos Richtung.

Plötzlich will ich, dass Bo für mich mitentscheidet, denn ich kenne mich hier weder aus noch kann ich die Folgen abschätzen. Aber eines weiß ich sehr genau: Ich will hier in *Vella* nicht als Gefangene enden.

Bos Blick schießt von Alexia zu mir und wieder zurück. Mir ist, als könnte ich seine Gedanken rattern hören. Er muss sich entscheiden, denn er kann unmöglich uns beide vor den Klauen der Patrouille retten.

Höchstens, ich nehme ihm die Entscheidung ab …

Ohne zu überlegen stürme ich los.

»Hey, Will!«, ruft Bo überrumpelt. »Was soll der Scheiß?«

Was soll der Scheiß?! Ich rette dir und Alexia gerade den Hals!

Ich schaue nicht zurück, hoffe nur, dass sich Alexia durch mein Ablenkungsmanöver in Sicherheit bringen kann, und Bo … Ach, der kommt schon klar.

Mein Gedankenblitz besteht darin, mir das kostbare Gegengift der Leder-Lady zu schnappen und dann … dann … dann sehe ich weiter.

Zwei Männer steuern direkt auf mich zu, weitere haben die Dealerin im Visier, und im selben Moment höre ich Alexia aufschreien.

O verflucht, wurde sie etwa gefasst?

Ich drehe mich nicht um und das Überraschungsmoment arbeitet für mich. Ohne Gegenwehr entwende ich der Lady in Weiß die

Ampulle und lasse das Gegengift rasch unter dem Poncho verschwinden, um sie dann möglichst unauffällig in die Hosentasche zu stopfen.

Aber dann – nach nur einem winzigen Moment des Zögerns – spüre ich einen eisernen Griff an meinem Oberarm.

Großartig! Mein Fluchtplan hat ja hervorragend funktioniert ...

Die Karten sind neu gemischt.

»Lasst mich los! Verdammt!«, flucht Alexia, tritt und schlägt wie wild um sich, beißt und spuckt – doch sie hat keine Chance. Zwischen zwei Atemzügen finden sich Alexias und mein Blick. Angst pocht in ihren Pupillen – so wie in meinen. »Nehmt eure dreckigen Finger von mir weg!«, schreit sie ungehalten.

Wir sind gefangen.

Wo ist Bo?

»Na, wen haben wir denn da? Wenn das nicht unsere zwei Turteltäubchen sind?«

Ich erkenne den Mann von vorhin. In seinem Gesicht zeichnet sich Triumph und pure Überlegenheit ab. »Aha, ihr hattet also was *zu bereden*, ja? Dachtet ihr wirklich, ihr könntet uns so leicht austricksen?«

»Wir haben –«, will ich uns verteidigen, werde aber sogleich von einem weiteren Uniformierten schroff unterbrochen.

»Zu welchem Kreis gehört ihr?«

»Ich ... a-also ...«, stammle ich total überfordert.

Ich habe keinen Schimmer, was für Kreise ich zur Auswahl hätte, noch weniger ist mir klar, dass man hier zu einem Kreis gehören muss. Unsicher blicke ich auf, als ich realisiere, dass die Frage nicht an mich gerichtet war. Zwei Uniformierte haben Bo in die Mangel genommen.

Bo schweigt.

»Antworte!«, befiehlt der Mann abermals.

Bo presst die Lippen zusammen und verweigert den Befehl.

»Abscannen!«, donnert der Uniformierte. »Nicht nur die Turteltäubchen – alle vier!« Die Stimme klingt herrisch und einschüchternd und ich zucke unweigerlich zusammen.

Ein ekelhaftes Kreischen hallt durch den frühen Morgen. Es kommt von der Leder-Lady, die sich wie eine wildgewordene Furie aufführt, als eine der Wachen ein Gerät aus seiner Gürteltasche zieht. »Neeeeein!«

Sie strampelt, kratzt und zerrt dem Mann an den Haaren. Zwei weitere Männer eilen zur Unterstützung herbei, um sie zu überwältigen.

Im selben Moment spüre ich Bos Blick auf mir ruhen.

Fast unmerklich deutet er zum Motorrad hinüber.

Ausnahmsweise verstehe ich sofort. Ich senke leicht den Kopf, als Zeichen, dass ich einverstanden bin, und lasse ihn nicht mehr aus den Augen, doch das wäre gar nicht nötig gewesen.

»Jetzt!«, brüllt Bo in ohrenbetäubender Lautstärke und es klingt in etwa so energisch wie ein siegreiches: *Geronimo!* Gleichzeitig verpasst er dem Uniformierten einen Kinnhaken und ich reiße mich ebenfalls aus dem eisernen Griff. Leider gestaltet sich das deutlich schwieriger als erhofft. Diesmal ist das Überraschungsmoment nicht auf meiner Seite.

Ich bringe alle Kraft auf, die ich mobilisieren kann, winde mit größter Mühe meinen Arm aus der Umklammerung, lasse mich fallen und entschlüpfe dem Mann. Allerdings muss ich dafür Alexias Poncho opfern, den der Uniformierte immer noch in den Fingern hält, während der Motor des Motorrads schon aufheult.

Wieder ein hysterischer Schrei der Lady – ein Schrei, der sogar den Motorenlärm übertönt, weil sie realisiert, dass wir ihr Gefährt für unsere Flucht missbrauchen.

Bo braust mit ausgestrecktem Arm auf mich zu, meine Hand fasst nach seinem Unterarm und ich kralle mich an ihm fest, sodass er mir helfen kann, mich auf das Vehikel zu hieven.

Und nun, wie weiter?

Vor uns ragt der Schutzdamm empor.

Und direkt davor steht Alexia.

Links und rechts halten sie die Uniformierten fest im Griff. Instinktiv strecke ich den Arm nach ihr aus, will, dass sie sich losreißt und nach meiner Hand greift.

»Nein!«, knurrt Bo über die Schulter. Energisch, bedrohlich und böse. »Zu dritt überwinden wir den Schutzdamm niemals!«

Und ich? Ich schaffe es nicht, den Arm zurückzuziehen.

Wir donnern auf Alexia zu. Doch Bo zieht einen Schlenker und selbst wenn Alexia sich hätte befreien können, wäre meine Hand nicht in Reichweite gewesen.

Ich starre sie an.

Dieser Blick ...

Voller Panik.

Ein Bild, das ich nie mehr vergessen werde. Die aufgerissenen Augen. Starr vor Angst und Enttäuschung. Ich lese darin die panische Ungewissheit, was jetzt bloß mit ihr geschehen wird.

Nein, ich habe mich getäuscht: Es ist keine Ungewissheit, es ist das *sichere* Wissen, was ihr weiteres Schicksal anbelangt.

So heftig der Fahrtwind auch durch mein Haar peitscht, er vermag das grässliche Schuldgefühl, das sich mit Alexias Blick in mein Innerstes brennt, nicht hinfortzuwehen.

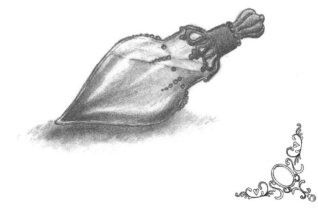

Heulende Motoren und nagende Zweifel

Das Heulen des Motorrads dröhnt durch den helllichten Tag. Ich halte die Augen fest zusammengepresst, vergrabe mein Gesicht in Bos Daunenjacke und versuche blindlings, das Gewicht zu verlagern, wenn Bo eine Kurve ansteuert.

Meine Finger sind eiskalt vom Fahrtwind und ich schlottere am ganzen Körper, weil ich den warmen Poncho hergeben musste.

Wie es Bo über die steile Böschung geschafft hat, ist mir nach wie vor ein Rätsel, aber er hat es irgendwie hinbekommen. Natürlich hat uns die Patrouille nicht einfach so davonkommen lassen, das wäre doch zu schön gewesen.

»Schnappt sie euch!«, hatte der Uniformierte über unsere Köpfe hinweg gebrüllt.

Augenblicklich hatte die Patrouille die Verfolgung aufgenommen. Doch die Tatsache, dass sie zuerst Alexia wie auch die Lady in Weiß in Gewahrsam nehmen und sicher in ihrem Gefährt verstauen mussten, hat uns ungewollt einen beachtlichen Vorsprung verschafft.

Trotzdem sind wir nicht in Sicherheit – *noch nicht*. Mir scheint, wir wurden zur Fahndung ausgeschrieben, denn immer wieder schießen Fahrzeuge mit dröhnendem Geheul unerwartet von links und rechts aus irgendwelchen Seitengassen auf uns zu und Bo wird zu riskanten Wendemanövern gezwungen.

So wie jetzt.

Erschrocken reiße ich die Augen auf.

Hinter uns sind zwei rote Wagen und Bo rauscht über einen holprigen Weg, um sie abzuhängen. Den Kreis der Forschung haben wir längst hinter uns gelassen, und in welchem wir uns aktuell befinden, kann ich ohnehin nur erraten. Kreis des Wohngebiets vielleicht? Doch die Gebäude sind klein, geradezu mickrig, und gleichen eher Schuppen und Garagen als einer Siedlung mit hübschen Eigentumswohnungen. Dennoch vermute ich, dass wir durch eine Art Wohnviertel brausen, denn die herumliegenden Gegenstände, auf die ich hin und wieder einen Blick erhasche, erinnern an Kinderspielzeug und den alltäglichen Krimskrams.

Wir haben die Verfolger noch nicht abgehängt und plötzlich, wie aus dem Nichts, schießt eine Horde Motorräder aus der Seitenstraße auf uns zu und schneidet uns provokativ den Weg ab. Die Fahrer sind keine Uniformierten, zumindest sind sie nicht gekleidet wie sie. Schwarzer Helm, das Visier getönt, schwarze Lederkluft mit gelben Streifen.

»Fuck!«, flucht Bo. »Die *Kobras!*«

»*Kobras?*«, keuche ich. Das klingt hässlich, *richtig hässlich!*

Wie vom Donner gerührt bringt Bo die Maschine zum Stillstand, reißt sie dann um hundertachtzig Grad herum und braust den Weg hinunter, den wir eben erst gekommen sind – direkt auf unsere Verfolger zu.

Das nimmt kein gutes Ende!

Nach wenigen Metern biegt Bo scharf nach rechts ab und rast zwischen zwei Schuppen hindurch. Die Motorräder folgen uns mit bedrohlichem Knattern. Es muss ein Wunder geschehen, damit wir die *Kobras* abhängen. Sie verstehen es, mit ihren Maschinen über die Holperwege zu flitzen. Jetzt kommen sie schon von allen Seiten.

»Wir sind umzingelt«, wimmere ich, der Verzweiflung nahe.

Bo hat es versucht, aber die Flucht wird in den nächsten Minuten ein Ende finden. Ich kämpfe gegen das blöde Kopfkino an, das mich mit Horrorvisionen beschenkt.
Aus die Maus!
Bo schüttelt energisch den Kopf. Wider Erwarten dreht er den Gashahn voll auf und donnert den steinigen Weg hinunter, direkt auf ein *Kobra*-Motorrad zu. Dann erst begreife ich: Er steuert eine Holztreppe an, die seitlich an einer Schuppenwand angebaut ist.
Langsam sollte ich mich daran gewöhnt haben, dass Bo immer genau das tut, was ich am wenigsten erwarte. Mir bleibt nichts anderes übrig, als mich an ihm festzuklammern und zu kreischen.
»O mein Gott! O mein Gott! O mein Gott!«, schreie ich aus Leibeskräften. »Ich will nicht sterben!«
Bo nutzt das Hindernis als Rampe. Wir fliegen in hohem Bogen über das Dach des Gebäudes und sausen, ohne an Geschwindigkeit einzubüßen, auf den dahinterliegenden Schuppen zu.
Eine Sekunde verstreicht, noch eine und noch eine, in der wir uns im freien Fall befinden. Meine klammen Finger krallen sich in Bos Daunenjacke, ich halte den Atem an und spüre, wie mein Magen zu schweben beginnt. Wir schießen auf das Schuppendach zu.
Ich flehe sehnlichst, dass der Kerl, an dem ich mich festkralle, weiß, was er tut, und die Gegend so gut kennt, dass wir nicht zum neuen Straßenbelag mutieren. Nicht weniger sehnlich hoffe ich, dass Bo abschätzen kann, wie viel er dem Gefährt unter unseren Hintern wirklich abverlangen kann. Wenn nicht, wird es uns das Fahrgestell sicherlich innerhalb weniger Augenblicke krachend und scheppernd mitteilen.
»Halt dich fest!«, ruft Bo über die Schulter.
Meine Muskeln sind zum Zerreißen gespannt.
Aber dann ...
O nein! Das wird eng! Wir verlieren rapide an Höhe und kollidieren jeden Moment mit der Holzwand des Schuppens. Vor lauter Panik kneife ich die Augen zu.
Bitte, lass uns irgendwie heil hier rauskommen ...
Wenige Augenblicke später ertönt ein lauter Knall, dazu spüre ich einen heftigen Ruck, so heftig, dass die Daunenpolsterung von Bos

Jacke nicht ausreicht, um den Aufprall abzufedern. Ich öffne blinzelnd die Augen. Überall fliegen Holzsplitter umher und das Motorrad beginnt zu wackeln. Es kippt zur Seite und es fehlt nicht viel, nur eine falsche Bewegung, und die Maschine überschlägt sich. Krachend trifft der Tank auf dem Betonboden auf.

Funken sprühen.

»Runter!«, befiehlt Bo und springt vom Motorrad. »Los! Wir müssen schleunigst von hier verschwinden!«, drängt er mich zur Eile, streckt mir beide Hände hin und zerrt mich in seine Arme. Einen Wimpernschlag später hantiert er bereits am Tor des Schuppens herum. Ein kräftiger Boxhieb, darauf folgt ein metallisches Ächzen, dann höre ich wieder Bo. »Raus hier!«

Ich quetsche mich durch den Türspalt, spähe hinaus und erschrecke mich ein wenig, als sich mir eine Hand entgegenstreckt. Es ist nur Bos. So zögere ich keine Sekunde und ergreife sie. Mit der zweiten, freien Hand fingert er an einem Minigerät herum, das verdammt viel Ähnlichkeit mit einem Handy hat, nur ist es ohne Gehäuse, also quasi »unsichtbar«. Laserähnliche Lichter deuten die Form an – so wie die Bildschirme im Versteck der Rebellen.

»Was ist das?«, frage ich interessiert.

»Nichts für dich«, murrt Bo in seiner üblichen charmanten Art und hetzt im nächsten Moment schon mit mir die Gasse hinunter.

Heulende Motoren. Mist! Ich hatte so gehofft, dass wir die *Kobras* mit unserem wilden Sprungmanöver abgehängt hätten.

Doch sie kommen näher.

»Zwei Querstraßen weiter gibt es einen sicheren Unterschlupf«, erklärt Bo. Immerhin erfahre ich, wie unser weiterer »Plan« aussieht.

Kaum gesagt, hechtet er nach rechts.

Wir quetschen uns zwischen zwei Hütten hindurch (Alexias Hose bekommt eine unfreiwillige neue Dreck-und-Staub-Färbung!) und Bo muss mich die letzten Zentimeter regelrecht hinauszerren, weil der Spalt so schmal ist, dass sich mein Hintern darin verkeilt. Dann deutet er mit dem Hologramm-Handy auf ein Haus, das sich ein Stück die Straße hoch befindet. Sekunden später machen wir uns auf den Weg dorthin.

Wieder Motorengeräusche.

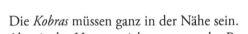

Die *Kobras* müssen ganz in der Nähe sein.

Als wir das Haus erreichen, umrundet Bo es sofort und beginnt, an der hinteren Mauer ein Gebüsch beiseite zu drücken. »Hilf mir!«, fordert er mich auf.

Vor dem Haus dröhnen bereits die Motoren der Maschinen. Staub wirbelt auf. Alles ist mir lieber, als in den Fängen der Patrouille zu landen – obwohl ich keine Ahnung habe, was danach passiert. Alexias Blick war Aussage genug.

Entschlossen zerre ich die Äste beiseite und bin erleichtert, als ich das Loch in der Wand entdecke. Der Rebell hatte recht.

Bo steigt als Erster ein. Ich höre den dumpfen Aufschlag.

»Lass dich fallen«, treibt seine Stimme zu mir nach oben.

Ich klettere in die Öffnung und kann nicht erkennen, wie tief es nach unten geht. Meine Füße ertasten nichts als Leere.

»Ich fang dich auf«, verspricht er. Und ich glaube ihm.

Ich lasse einfach los. Ich kann nicht mal sagen, warum ich das tue, aber ich weiß, dass ich ihm vertrauen kann.

Mein Herz klopft, angepeitscht von Adrenalin, und beim nächsten Herzschlag fühle ich Bos Arme, die sich um meine Beine schlingen. Er lässt mich erst wieder los, als ich mit beiden Füßen sicher auf dem Boden stehe.

Vornübergebeugt stütze ich meine Hände auf den Knien ab und versuche, meinen Atem wieder unter Kontrolle zu bringen.

Einatmen. Ausatmen. Wieder einatmen und ausatmen.

»Sei leise«, formen Bos Lippen die stummen Worte, während seine Finger nach draußen deuten.

Ja, ich höre sie auch – die *Kobras*, die das Gelände nach uns absuchen. Obwohl Bo sein Stimmorgan nicht benutzt, schafft er es dennoch, mich zu verärgern. Es ist ja nicht so, dass ich absichtlich wie ein Rhinozeros keuche – ehrlich! Gott sei Dank verschwindet das Hecheln recht schnell und meine Atmung klingt wieder halbwegs normal.

Mühevoll richte ich mich auf, schaue mich um und mache ein paar Schritte.

Wir befinden uns in einem fensterlosen Keller oder in einer Werkstatt. Auf jeden Fall ist es kein Wohnraum. Die Decke ist dennoch so hoch, dass ich sie nicht ertasten kann.

Kühle Winterluft zieht zwischen dem Gemäuer hindurch und so ohne Poncho ist es verdammt kalt.

Werkzeuge hängen an der Wand, in der Ecke stehen allerhand Geräte, sogar an der Decke sind lange Utensilien befestigt und an der gegenüberliegenden Wand entdecke ich eine schwere Holztruhe.

Draußen dreht derweil einer das Gas bis zum Anschlag und der Motor heult giftig auf.

Auf leisen Sohlen mache ich ein paar Schritte und kreuze gerade Bo, der ebenfalls unruhig durch den Keller tigert, da höre ich ihn durch die Stille wispern: »Wir warten, bis die Patrouille abgezogen ist.«

Kurz schaue ich ihn an.

Sein Gesicht und auch die Körperhaltung verraten es: Er ist erschöpft und … noch etwas. Trauer vielleicht? Trauer, weil es so schlecht um Niven steht? Trauer, weil die Uniformierten Alexia geschnappt haben? Trauer, weil alles schiefläuft?

Ich bin mir nicht ganz sicher. Womöglich ist es auch ein Hauch Aggressivität, weil er den Babysitter für mich spielen muss.

Ich nicke wortlos, überlege, was ich sagen soll.

Aber was sagt man jemandem, der gerade seine Freundin an den Feind verloren hat? Dass alles gut wird? Dass Alexia schon nichts passieren wird? Das sind doch alles nur hohle Phrasen, Floskeln ohne tiefere Bedeutung.

Ich selbst kann Alexias Blick nicht vergessen.

Wie schlimm muss dieser Moment für ihn gewesen sein, in dem er sich entscheiden musste. Entscheiden musste, wen er rettet. Alexia oder mich. Und ehrlich gesagt kann ich nicht wirklich verstehen, weshalb er mich gerettet hat. Vermutlich aus dem einfachen Grund, weil ich näher bei ihm stand und das unersetzliche Gegengift in der Hand hielt. (Instinktiv taste ich danach – puh, es ist unversehrt!) So muss es sein.

Verstohlen mustere ich seine Mimik. Die Züge um seinen Mund wirken hart – noch härter als sonst. Gerade reibt er sich seufzend über die Stirn und setzt zu einem weiteren unruhigen Gang durch den Keller an.

Ich gehe auf ihn zu.

Es ist keine logisch durchdachte, auch keine geplante Handlung, aber ich habe das Gefühl, dass es in diesem Moment richtig ist: Vorsichtig nehme ich seine Hand in meine und drücke sie sanft.

Ein mattes Lächeln huscht über sein Gesicht, nur kurz entspannen sich seine versteinerten Mundwinkel, doch dann entzieht er mir seine Hand schroff und geht auf die Holztruhe zu. »Hast du die Ampulle noch?«

In der Ferne dröhnen Motoren. Ob die immer noch nach uns suchen? Möglich wäre es.

»Ja«, flüstere ich, ziehe das Fläschchen vorsichtig aus der Hosentasche und überreiche es ihm.

»Immerhin«, sagt Bo aus zusammengepressten Zähnen. Er verstaut das Gegengift sicher in der Innentasche seiner gepolsterten Jacke, räuspert sich einige Male und senkt den Blick. »Dann ist der Verlust um Alexia ...« Er beendet den Satz nicht.

Es ist auch nicht nötig.

Ich nicke.

Dann ist der Verlust um Alexia nicht ein *Total*verlust.

Erneutes Schweigen. Eines dieser ungemütlichen Sorte. Bedrückend und beklemmend zugleich.

Jeder scheint gefangen in seiner eigenen düsteren Gedankenwelt. Ich kämpfe gegen Schuldgefühle an und die Angst, zu spät zu kommen. Zu spät für Alexia. Auch für Niven. Und vor allem für Noah.

Bos düsteres Gedankenkonstrukt bleibt mir verborgen, aber wenn ich raten müsste, schätze ich, sind auch bei ihm die Schuldgefühle an vorderster Front.

Immer noch diese Stille. Ich halte sie nicht mehr aus.

Endlose Sekunden werden zu Minuten.

Bo lehnt mit dem Hintern an einem Balken, stützt die Hände darauf ab und starrt Löcher in die Luft. Er regt sich nicht, einzig seine Nasenflügel blähen sich hin und wieder verräterisch auf, doch er unterdrückt ein mürrisches Knurren.

Nach einer neuerlichen Weile des Schweigens macht Bo dem ein Ende. »Ich glaube, sie sind weg.«

Ich lausche, gehe ein paar Schritte auf die Luke zu. »Wollen wir weiter?«, frage ich mit gesenkter Stimme.

»Von hier aus ist es nicht mehr allzu weit.« Bo gibt sich einen Ruck und stößt sich energisch vom Balken ab. Staub wirbelt auf und ich bin überrascht, dass ich es in diesem fensterlosen Raum überhaupt bemerke.

»Aber wir müssen verdammt auf der Hut sein, denn wenn Lord Lempki bereits die *Kobras* auf uns hetzt, ist er in Alarmbereitschaft. Und das bedeutet, er wird auch seine Überwachungsdrohnen einsetzen.«

»Dieser Lord Lempki ist mir jetzt schon unsympathisch«, sage ich mehr zu mir als zu Bo.

Er lacht auf. »Da sind wir endlich mal einer Meinung«, erwidert er, während er auf das Loch zugeht. »Ich helfe dir hoch und du kletterst vorsichtig raus. Wenn du draußen bist, komme ich hinterher.« Allerdings betont er die Worte so merkwürdig, als wäre es eine Frage – und auch wieder nicht.

Ich belasse es bei einem Nicken.

Bo kommt auf mich zu. Sein Türkis schimmert, als er mich mit seinen starken Armen umfasst und nach oben hievt. »Noch etwas höher«, rufe ich über die Schulter und werde sogleich nach oben befördert. Endlich kriege ich die Kante der Öffnung zu fassen und kraxele umständlich hinaus.

Keine fünf Sekunden später steht Bo neben mir.

Wie macht er das nur, dass er so unglaublich flink ist?

Die Sonne steht hoch am Himmelszelt und treibt mir Tränen in die Augen. Es erscheint mir wie eine Ewigkeit, seit ich sie das letzte Mal gesehen habe.

»Zu dumm, dass unsere Gesichter nun bei der Patrouille bekannt sind. Wir müssen noch vorsichtiger sein als sonst. Also geh dicht hinter mir, okay?« Als ich nicht gleich antworte, hakt Bo nach. »Okay, alles klar?«

Irgendwie komme ich mir vor, als stecke ich in einer Déjà-vu-Schleife. Wieder müssen wir zum Versteck der Rebellen. Wieder friere ich. Wieder bestimmt der arrogante Bo, wo's langgeht.

»Alles klar«, sage ich, schlinge meine Arme um den Oberkörper und unterdrücke das Zähneklappern.

Bo schiebt sich an der Hausmauer entlang und späht um die Ecke. »Die Luft ist rein.«

Klar, er sagt die Luft ist rein, aber wieso verdammt pocht mir dann das Herz bis zum Hals?

Langsam entfernen wir uns vom sicheren Unterschlupf, doch als irgendwo eine Tür zufällt, zucke ich zusammen. Ja, die Angst sitzt mir tief in den Knochen und das Gefühl lässt sich nicht mit einer einzigen Handbewegung wegwischen wie eine Staubschicht auf der Haut.

Die geduckte Haltung und der schleichende Gang von Bo wirken meinem unterschwelligen Angstgefühl auch nicht wirklich entgegen. Er bewegt sich leise und flink, und ich habe Mühe, hinterherzukommen. Dennoch gebe ich mein Bestes, damit ich ihm dicht auf den Fersen bleibe. Springe über Randsteine, wenn Bo es tut. Presse mich in den Schatten der Hausmauer, wenn Bo mit der Wand verschmilzt, oder gehe in eine geduckte Haltung über, wenn Bo tief über den Boden huscht. Ich fühle mich wie sein weiblicher Schatten.

Die Gegend um uns herum wird zusehends karger. Da entdecke ich unweit vor uns ein überdimensionales Bild, das einsam im Wind flattert, denn es ziert eine Flagge, die hoch hinauf in den Himmel ragt. Sie zeigt drei Gesichter, die unterschiedlicher nicht sein könnten. Das Ganze wirkt seltsam deplatziert.

»Wer ist das?«, höre ich mich auch schon hauchen, werde aber augenblicklich von Bo weitergezerrt.

»Wer wohl?«, antwortet er grimmig und doch folgt eine knappe Erklärung: »In der Mitte unser Regent, links seine Gattin Lady Graystone und auf der anderen Seite Lord Lempki, die ›rechte Hand‹ des Regenten.«

Unweigerlich bleibe ich abermals stehen und starre in den Himmel, der ganz langsam von Wolken überzogen wird. Ein malerisch schöner Anblick, aber das nehme ich nur am Rande wahr, denn meine Aufmerksamkeit gilt der Flagge mit den drei Köpfen.

»Okaaaay«, sage ich gedehnt, mehr nicht, obwohl sich meine Gedanken überschlagen.

Es ist merkwürdig, wenn Namen plötzlich ein Gesicht bekommen, weil man erst dann realisiert, dass man sich die betreffende Person – in diesem Fall den Regenten – ganz anders vorgestellt hat. Sie verlieren ihre fantastische Erhabenheit und werden zu normalen Sterblichen.

Wie anders der Regent in meiner Vorstellung aussah, kann ich nur schwer erklären, aber definitiv nicht so wie das, was ich jetzt vor mir sehe. Ich komme nicht gegen den inneren Zwang an, Vergleiche zu ziehen, denn er erinnert mich optisch stark an *Dirk Bach (Gott habe ihn selig!).* Untersetzte Statur (sofern man das am Gesicht und an dem erkennbaren Teil des Oberkörpers abschätzen kann), rote Backen, Doppelkinn und Halbglatze, die selbst seine kronenähnliche Kopfbedeckung nicht zu kaschieren vermag. Offen gestanden bietet auch der saphirblaue Brokatmantel mit Goldornamenten nicht genügend Ablenkung. Seine Gattin wirkt neben ihm beinahe schlicht, wäre da nicht ihr saphirblaues Haar, in welchem silberne Diamanten funkeln. Überhaupt ist alles voller Gold und Juwelen, ob auf dem edlen Kostüm des Regenten oder in den hochgesteckten Haaren der Ehefrau. Dazu der mit Diamanten besetzte Schmuck an Lord Lempkis Hand, die er in Denkerpose am Kinn positioniert. An Reichtum und luxuriösem Leben mangelt es dem Regenten und seiner engsten Gefolgschaft offenbar nicht.

Damit erlange ich gleichzeitig eine erste Ahnung bezüglich dem, was hier in *Vella* noch zu existieren scheint. Zumindest in den Kreisen, von denen ich noch immer keinen blassen Schimmer habe, und die ich wohl nie betreten werde. *Vella* scheint eine Welt der Extreme. Fehlt nur noch die weiße Kutsche mit dem Gespann aus acht Schimmeln und ein marmornes Märchenschloss.

Was allerdings das optische Erscheinungsbild der ›rechten Hand‹ anbelangt ... Der gute Lord fällt etwas aus dem Rahmen. Ihn kleidet ein klassischer Anzug im Silber-Changeant-Look, dazu rabenschwarzes, glatt frisiertes Haar und ein schmal rasierter Spitzbart. Und doch wirkt der Ausdruck in seinen Kupferaugen listig.

Bo muss mich von diesem Anblick richtiggehend losreißen, so gebannt bin ich von dieser Flagge und dem Blick in diese fremde, mir verborgene Welt.

Eine Märchenwelt?

Oder ist es eher eine Welt voll hohlem Schein, falschem Glamour und protzigem Gehabe?

»Komm endlich!« Bo klingt dezent verärgert und zerrt mich ohne Rücksicht weiter. »Es ist schon spät.«

Ein letzter Blick zur Flagge.

In diesem Moment bemerke ich erst wieder die Kälte. Still und leise fallen Schneeflocken vom Himmel, kitzeln auf der Nase und zerschmelzen auf meiner Haut.

Fröstelnd rubbele ich mit den Händen über die Oberarme, doch nicht nur die Kälte, auch das zwiespältige Gefühl bleibt mir erhalten.

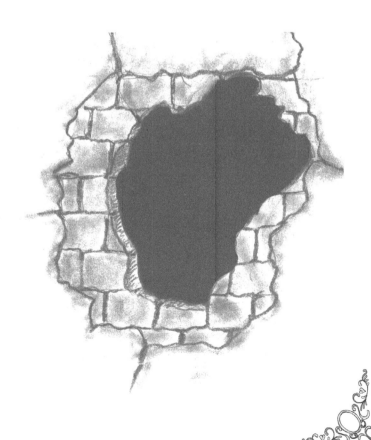

15.

Gedanken, so leise wie Schneeflocken fallen

Die zarten Schneesterne rieseln auf mein Gesicht.

Die Vorstellung, dass in meiner Welt indes hochsommerliche Temperaturen herrschen, erscheint mir in diesem Moment absurd.

Ich bin müde. Die wenigen Stunden, die ich geschlafen habe, waren eindeutig zu wenig. Die Erschöpfung stiehlt sich mit der Kälte in meine Knochen.

Bo kneift die Augen zusammen. Wortlos streift er sich die Daunenjacke vom Körper und bettet sie mir um die Schultern.

»Danke«, wispere ich.

Ein winziges Lächeln. Dabei kommt er noch einen halben Schritt näher.

Erst bin ich verwirrt, aber dann …

Bo streckt seine Hand nach mir aus, fasst jedoch in die Innentasche seiner Jacke und zum Vorschein kommt seine Sonnenbrille. Ohne einen Kommentar geht er weiter. Während er die Umgebung mit Argusaugen beobachtet, schiebt er sich seine Sonnenbrille auf die Nase.

Ihm ist nicht nach Reden zumute und ich kann es verstehen. Fühle ich doch selbst diese Schwere im Herzen.

Notgedrungen übernehme ich wieder besagte Schattenfunktion. Wir überqueren eine Straße, biegen in eine Abzweigung ein, die eher einem Trampelpfad gleicht, bis wir schließlich eine kleine Hütte erreichen. Die Tür ist verwittert und als wir eintreten, riecht es ziemlich muffig. Hastig eilen wir zu einer Treppe, die – wie ich bald merke – zu unterirdischen Gängen führt.

Es dauert jedoch eine ganze Weile, bis mir bewusst wird, dass wir, bis auf die kleine Hütte, dasselbe Labyrinth benutzen wie beim Weg hinaus. Als mir das klar wird, halten wir auch schon vor dem getarnten Eingangstor mit Augenscanner. Diesmal setzt sich das Tor in Bewegung, noch ehe wir es ganz erreicht haben.

»Hat alles geklappt?«, ruft Zita, die offenbar immer noch im Rebellenlager ist (schläft die Frau jemals?) und eilt uns entgegen. Schlagartig bleibt sie stehen. »Wo … Wo ist Alexia?«

Bo schweigt.

Auch ich habe keine Ahnung, was ich sagen soll, schaue von Bo zu Zita und wieder zurück. Dann mache ich den Mund auf, aber es kommt kein Laut heraus. Nicht nur meine Stimme versagt, auch meine Knie drohen jede Sekunde unter mir wegzuknicken.

Betreten blicke ich abermals zu Bo. Es ist das erste Mal, seit wir durch das Portal getreten sind, dass sein Gesicht auch in dieser Dimension die transparente Blässe von Pergamentpapier angenommen hat.

»So redet doch!«, befiehlt Zita nun eindringlich und kommt noch einen halben Schritt näher. Ihre Hand schnellt zu Bos Arm und sie schüttelt ihn vor lauter Aufregung. »Was ist los? Ist etwas mit Alexia passiert?«

»Sie haben sie erwischt«, murmelt Bo.

»Bei der Schwärze der Nacht, nein!«, haucht Zita entsetzt. Ihre Hand fällt von Bos Arm und sie geht rücklings von ihm weg, so weit, bis sie mit dem Körper an der Wand des Korridors anstößt. »O bitte, sag mir, dass das nicht wahr ist!«

Sie schwankt und droht umzukippen.

Ich gehe auf Zita zu, stütze sie am Unterarm und starre sie an, immer noch unfähig, etwas zu sagen, mustere das Spiegelbild in ihren Augen. Es ist da, wie es schon vorher da war.

Rasch krame ich mit der freien Hand die Ampulle aus Bos Jacke. »Hier.« Mehr bringe ich nicht über die Lippen.

Zita Gesicht erhellt sich, wenn auch nur ein bisschen. Sie fasst nach meiner Hand und die Berührung dauert viel länger als nötig. Mich überkommt der Eindruck, dass ich dieselben Schuldgefühle auch in ihren Augen aufblitzen sehe. Es ist bloß ein Schleier, der sich über das Spiegelbild der Pupille legt, und als sie blinzelt, ist er verschwunden.

»Danke«, sagt sie heiser.

Sie geht voran ins Lager der Rebellen und als sie erneut das Wort ergreift, spricht sie in alter Strenge. »Berichtet mir, was vorgefallen ist.«

Bevor ich eintrete, schlüpfe ich aus der Daunenjacke und drücke sie Bo gegen die Brust. Als ich an ihm vorbeimöchte, hält er mich zurück. »Du wirst sie später noch brauchen«, sagt er matt. Mit diesen Worten lässt er mich stehen. Hätte ich nicht geistesgegenwärtig nach dem Stoff gegriffen, wäre die Jacke zu Boden gefallen.

Dann geht alles Schlag auf Schlag. Kaum dass wir das Versteck betreten, wird Mett beauftragt, alles, aber auch wirklich alles im Blick zu behalten. Und während Bo stichwortartig zusammenfasst, was vorgefallen ist, und die Handhabung des Gegengifts erklärt, sucht Zita alles für die Injektion für ihren Sohn zusammen.

Wir lassen den schweren Stoffvorhang hinter uns und steuern schnurstracks auf Nivens Zimmer zu. Es ist noch so düster wie bei meiner Ankunft, doch diesmal überkommt mich der Eindruck, dass Niven auf unsere Anwesenheit reagiert. Zumindest ist er dieses Mal recht unruhig und wirft sich stöhnend von einer Seite auf die andere. Sein Langarmshirt ist schweißdurchtränkt, die Haare kleben ihm strähnig im Gesicht und überall auf seiner Haut perlen die Schweißtropfen ab.

Aus dem Augenwinkel sehe ich, dass sich Bo krampfhaft am Bettgestell festklammert, und ich frage mich, wie nahe sich die beiden stehen. Freunde? Bester Kumpel auf der Welt? Oder besteht sogar eine brüderliche Beziehung?

Mit fachmännischem Handgriff bereitet Zita die Injektion für Niven vor und setzt sich auf die Bettkante. »Hat euch jemand gesehen? Vielleicht verfolgt? Irgendwelche Drohnen?«

»Nein«, antwortet Bo und schafft es nicht, ihrem forschen Blick standzuhalten. »Ich glaube nicht.«

»Du *glaubst*?« Zitas Stimme gewinnt an Lautstärke und mit kranker Faszination beobachte ich, wie sie Niven das Shirt am Arm hochkrempelt und nach einer Ader sucht. Dabei hat sie zu tun, seinen Arm stillzuhalten. »Du glaubst? Bei unseren Aktionen musst du dir verdammt sicher sein. Mit Glauben alleine bist du hier an der falschen Adresse.«

Wieder regt sich etwas in meiner Brust, ein Gefühl, dass eigentlich gar nicht in einen Satz mit diesem Kerl gehört. Denn er ist arrogant und – zumindest fast andauernd – mürrisch, überheblich und spielt zu gern den Boss. Aber ich kann das Gefühl nicht leugnen. Ich habe Mitleid mit ihm.

Zita lässt nicht locker. »Interpretiere ich deine Worte richtig? Es wäre also durchaus möglich, dass euch jemand aufgelauert und verfolgt hat?«

Bo antwortet nicht.

»Mir ist auch klar, dass es ein verdammt heikles Unterfangen ist, sich mit der Dealerin zu treffen, vor allem im Kreis des Forschungszentrums. Aber dieses Aufgebot an Uniformierten …«, ergreift Zita erneut das Wort und scheint sich zu besinnen, für wen wir dieses Risiko eingegangen sind. Sie schüttelt gedankenverloren den Kopf, während sie Niven gleichzeitig das Gegengift injiziert. »Und du sagst, sogar die *Kobras* sind aufgetaucht? Das erscheint mir verdächtig. Äußerst verdächtig!«

»Das sehe ich genauso«, entgegnet Bo und verschränkt die Arme vor der Brust. Eigentlich wirkt die Geste eher angriffslustig und das verwirrt mich, denn für Zitas harte Worte wirkt er erstaunlich ruhig. Ist er tatsächlich so abgebrüht oder ist die Ruhe mühsam erzwungen? »Deswegen wird es Zeit, der Tatsache ins Auge zu blicken.«

Eine Pause tritt ein.

Ich frage mich, worauf er anspielt.

Zita fixiert Bo mit starrem Blick, ihre Finger umklammern die Spritze. Sie macht den Mund auf und wieder zu. Ganz im Gegensatz zu Bo scheint sie es nicht gewohnt zu sein, dass man so mit ihr umspringt. »Welche Tatsache? Du stellst doch nicht etwa infrage, wofür wir kämpfen?«

»Nein, es geht nicht darum. Gegen die bösen Machenschaften der Geheimloge muss etwas getan werden, das steht außer Frage.« Bo schüttelt energisch den Kopf. »Ich rede von etwas anderem. Eigentlich weißt du es schon lange, warum sonst hast du Willow herbeordert?«
»Was willst du damit andeuten?« Zita scheint verunsichert.
Das möchte ich auch gern wissen!
Bos Andeutung hallt knurrend durch das kleine Zimmer. »Mett hat Recht mit seiner Behauptung.«
Das kann kein Zufall mehr sein …
Zitas Interpretation entnehme ich, dass Mett ihr gegenüber noch deutlicher wurde.
»Ein Maulwurf?«, fragt sie und erhebt die Stimme gegen Bo. Dass sie diese Behauptung arg anzweifelt, verrät ihr Gesichtsausdruck.
»So ist es. So *muss* es einfach sein. Jemand spielt falsch«, sagt Bo und beißt sich auf die Unterlippe, als fürchte er sich vor Zitas Reaktion.
Doch da kommt keine. Vermutlich, weil Niven, ruhiger nun, ein leises Wimmern von sich gibt und sie sich zu ihm dreht.
»Es gibt keine andere logische Erklärung, als dass irgendwer von uns Informationen weitergibt«, schließt Bo.
Obwohl es ihm sichtlich schwergefallen ist, diesen Verdacht auszusprechen, überkommt mich doch der Eindruck, dass er froh ist, diese schwere Last, die ihn vermutlich seit geraumer Zeit begleitet, endlich loszuwerden.
»Das kann und will ich einfach nicht glauben!« Zita reibt sich mit den Händen übers Gesicht und mir entgeht nicht, dass sie zittern. »Keiner von uns wäre fähig, die anderen ans Messer zu liefern. *Keiner.*«
Bei ihren Worten muss ich unweigerlich an Alexia denken und an die Frage, was womöglich bereits mit ihr geschehen ist. Mir zieht sich das Herz zusammen.
»Ans Messer liefern? Bedeutet das etwa … Alexia wird getötet?«, frage ich entsetzt.
Niven gibt ein lautes Stöhnen von sich und es wirkt in dieser Sekunde einfach nur unheimlich. Als hätte sein Unterbewusstsein die Frage beantwortet.
Augenblicklich beugt sich Zita über ihren Sohn. »Ich habe dir das Gegengift verabreicht, Niven. Du wirst wieder gesund«, raunt sie ihm

mit beruhigender Stimme zu. »Alles wird wieder gut, versprochen.« Dann schweift ihr Blick zurück zu Bo. In ihren Augen liegt die unbeantwortete Frage, die sie nur schwer zu äußern vermag. »Wer?«

»Ich habe keine Ahnung«, antwortet Bo und seine Schultern sacken in einer resignierenden Geste zusammen. »Wenn es keiner von uns hier im Zimmer war, bleiben nicht mehr viele übrig.«

»Was ist mit Mett?«, frage ich flüsternd und kassiere zwei wütende Blicke. »Ich meine ja nur, weil ...«

Ja, warum eigentlich? Weil er etwas gewöhnungsbedürftig aussieht? Mit seinen Klamotten? Den Fischaugen hinter der Brille? Weil er mir nicht mit Begeisterung begegnet? Das sind alles keine Gründe und noch weniger überzeugende Argumente.

»Lieber würde Mett sterben, als uns so etwas anzutun«, faucht Bo. »Der Regent und Lord Lempki sind für das Schicksal seiner Frau verantwortlich, und seither schwört er Rache.«

Reden sie von der Frau, die auf Niven aufgepasst hat? »Jules?«, frage ich unsicher.

Zita nickt.

Ich wage nicht nachzufragen, was sie ihr angetan haben. Noch weniger, weswegen es dazu kam. Die Stimmung ist ohnehin mehr als gedrückt.

Täusche ich mich oder ist Bo ein Stück vor mir zurückgewichen?

Ich ergreife erneut das Wort: »Dann bleiben nur noch ...«, und breche abermals ab. Ich schaffe es nicht, Alexia anzuschwärzen.

»... Dex, Jules oder Alexia«, beendet Bo meinen Satz trocken. »Oder einer von uns.«

Die Stille, die uns umgibt und gefangen hält, ist so bitterkalt wie der Winterwind, der draußen um die Hausecken fegt.

Meine Gedanken verselbstständigen sich: Wenn *Vella* das Äquivalent zur Erde ist, muss diese Welt auch hinsichtlich Größe und Bevölkerung der unseren entsprechen. Das bringt mich zu folgendem Gedankengang: »Gibt es nicht noch mehr von euch? Mehr Rebellen in *Vella*?«, frage ich in die Stille hinein.

»Doch, viele«, antwortet Zita. Ihre Stimme wirkt verändert. »Aber selbst wir Rebellen geben einander nur unter gewissen Bedingungen den genauen Standort des Lagers oder geheime Vorhaben bekannt.

Nicht, weil wir uns nicht vertrauen, vielmehr ist es die Skepsis gegenüber der Technik. Man weiß nie, wer noch mithört, einen überwacht oder Nachrichten abfängt. Doch es geht hier um mehr. Es geht um Insiderinformationen. Dass Niven vergiftet wurde, war ein Warnschuss. Auch das Aufgebot der Patrouille, als Bo dich herbrachte, war für diesen Kreis mehr als ungewöhnlich. Und nun auch noch das Auftauchen der *Kobras?* Das ist die Spezialeinheit, die nur eingesetzt wird, wenn die Geheimloge sie dazu beauftragt. All das sind Dinge, die ...« Zita schüttelt den Kopf, als wollte sie die bittere Wahrheit nicht zulassen.

»Wäre es nicht möglich, dass euch jemand eine Wanze untergejubelt hat?«, frage ich schulterzuckend.

»Eine *was?*« Zita schaut mich verwirrt an.

»Diese kleinen Dinger, die es ermöglichen, jemanden abzuhören«, erkläre ich.

»Unmöglich!« Die Antwort kommt von Bo. »Eure Technik funktioniert bei uns nicht.«

»Zudem würde Metts Sicherheitssystem sofort registrieren, wenn ein Fremdkörper platziert wurde. Ob im Raum oder an einer Person«, ergänzt Zita.

Es sei denn, denke ich, *es sei denn, Mett ist derjenige, der falsch spielt.* Aber diese zweiflerischen Gedanken spreche ich nicht aus. Nicht ein zweites Mal.

Zita zieht scharf die Luft ein und schließt die Augen. »Du weißt, Bo, was das bedeutet?«

Bo nickt und seine einsilbige Antwort ist nicht mal mehr ein Raunen. »Ja.«

»Was?«, frage ich, denn ich kann das Unheil förmlich riechen, wie es über den Boden auf uns zu kriecht. Hinterhältig und unsichtbar. »Was bedeutet es?«

Mit beiden Händen reibt sich Zita übers Gesicht, stöhnt auf, und innerhalb eines Sekundenbruchteils verändert sich ihr Gesichtsausdruck. Ihre Worte sind leise und gleichzeitig so scharf wie eine Messerklinge. »Wenn Bos Verdacht zutrifft, wenn das wirklich wahr ist, dass jemand ein doppeltes Spiel mit uns spielt, dann sind wir hier im Lager nicht mehr sicher.«

Sie schaut mich nicht an, während sie spricht. Liebevoll streicht sie mit einem Lappen über Nivens Stirn, die schon deutlich besser aussieht. Das Gegengift scheint Wirkung zu zeigen – immerhin etwas.

Zitas Worte werden von erneutem Schweigen abgelöst.

Ekelhaftem Schweigen.

Wieso sagt denn keiner mehr was?

»Dann müsst ihr hier schleunigst verschwinden!«, sage ich schrill, weil ich diese verdammte Stille nicht mehr aushalte.

»Willow hat recht.« Dieser Zuspruch kommt ausgerechnet von Bo. Ich glaube, mich verhört zu haben.

Die Anführerin hebt ihren Blick. Sie lächelt. Ein Lächeln voller Resignation und Verzweiflung. »Ja. Es ist die einzige Möglichkeit. Wir brauchen ein neues Versteck«, sagt sie nickend und auch wenn sie lächelt, so spüre ich dennoch, wie schwer ihr diese Entscheidung fällt.

»Einverstanden«, entgegnet Bo sofort. Er wirkt nicht überrascht, im Gegenteil: eher erleichtert. »Am besten gleich heute noch.«

Niven wird wieder zusehends unruhiger auf seinem Klappbett. Die Bewegungen scheinen unkontrolliert und sind mit Zuckungen zu vergleichen. Trotzdem wirkt es nicht mehr so, als befände er sich im Fieberwahn, sondern als möchte er uns etwas mitteilen und sei noch nicht dazu imstande.

Bekommt er mit, über was wir sprechen?

»Ich informiere gleich Mett und Jules über die Planänderung«, definiert Zita laut die nächsten Schritte ihrer Strategie. »Zuerst packen Jules und ich die wichtigsten Habseligkeiten zusammen und anschließend helfe ich Mett bei der Deinstallation des Kontrollpanels.«

»Und was ist mit uns?«, fragt Bo. Er meint nicht etwa ihn und mich, er meint Niven und sich, denn er deutet mit einer unmissverständlichen Geste zum Bett hinüber.

»Ihr macht weiter wie geplant«, sagt Zita mit fester Stimme. »Mit dem ursprünglichen Plan. Das ist jetzt das Wichtigste.«

»Nein, das kannst du nicht verlangen«, protestiert Bo und kann gar nicht mehr aufhören, den Kopf zu schütteln.

Er stößt sich hastig vom Bett ab und geht einen Schritt auf Zita zu. »Hast du eine Ahnung, was das –«

Zita schneidet ihm das Wort ab. »Genau deswegen ist Willow doch hier. Das weißt du ebenso gut wie ich.«

»Würde mich vielleicht endlich jemand einweihen?«, frage ich dazwischen – und werde wieder wissentlich überhört.

Wie ich das hasse!

»Die Lage hat sich verändert. Was, wenn etwas schiefläuft?« Bo wirkt unruhig und büßt einen Hauch seiner Arroganz ein. »Die Chance, dass genau dieser Plan vereitelt wird, ist wahrscheinlicher als alles andere.«

»Es ist riskant, ich weiß. Aber es geht nicht anders. Nur so kann ich Niven vor der Geheimloge in Sicherheit bringen«, meint Zita und schaut Bo tief in die Augen. »Keine Angst: Wer immer der Maulwurf ist, kennt nur die ursprüngliche Strategie, richtig? Was, wenn wir diese verändern? So kann keiner davon wissen. Das Sicherste ist, wenn ihr nicht das übliche Portal benutzt.«

»Es gibt noch weitere Portale?«, frage ich überrascht. Hatte Bo nicht erwähnt, dass alle Spiegel, die das Krone-Zeichen tragen, die »Spiegler« in die andere Dimension bringen? »Und verstehe ich das richtig: Wir bringen Niven irgendwo hin?«

Bo reibt sich über die kantige Nase und blickt aus schweren Lidern hervor. Doch nicht wegen dem, was ich gesagt habe. Das spüre ich einfach und sein Einwand verdeutlicht es: »Wenn die Geheimloge von dem Aufstand der Rebellen Wind bekommen hat, ist kein Portal mehr sicher.«

»Das stimmt. Für diejenigen, die registriert sind. Doch es gibt noch ein weiteres Portal. Eines, von dessen Existenz keiner mehr weiß.«

Damit hat sie Bo auf ihrer Seite. Seine Augen wirken mit einem Mal wach, die Miene deutlich gelöster. »Wo finde ich das Portal?«

»Hier, ich habe es dir aufgeschrieben. Nur zur Sicherheit.« Zita zieht einen Umschlag aus der Hosentasche und streckt ihm das Kuvert hin.

Ich weiß ehrlich gesagt nicht, was ich davon halten soll, dass sie darauf vorbereitet zu sein scheint. Es gefällt mir nicht …

»Du musst noch vorsichtiger sein als sonst. Wenn ihr unbemerkt hier rauskommt, dann schafft ihr es. Mit Willow wirst du es schaffen«, sagt Zita so überzeugend, dass sogar *ich* ihr glaube, auch wenn ich keinen blassen Schimmer habe, von was die beiden eigentlich reden. Dass das Portal mich nach Hause bringt, davon gehe ich mal stark aus, und dass ich dann endlich zu Noah kann, das kann ich nur hoffen.

»Was ist mit Alexia?«, frage ich leise.

»Um sie kümmern wir uns spätestens, wenn Bo wieder hier ist.« Zita versucht sich an einem Lächeln.

In diesem Moment ahne ich, dass ich nicht mehr hierher zurückkehren werde, nachdem mein Part erfüllt ist. Dann ist mein Leben wieder ganz normal. Nun ja, so normal es eben möglich ist, wenn man Willow Parker heißt.

Den leisen Stich in meinem Herzen ignoriere ich.

Vielleicht lassen sie mich dann alles vergessen?

Aber will ich das? Will ich vergessen, dass zwischen Himmel und Erde mehr existiert, als wir greifen und *be*greifen können?

Mein Blick wandert von Bo, der seine Lippen fest aufeinanderpresst, zu Zita, die noch immer auf der Bettkante sitzt. Sie beugt sich nun über ihren Sohn und drückt ihn fest an sich. Mir entgeht nicht, dass ihr Tränen aus den Augen rinnen, als sie ihm ein paar Worte ins Ohr wispert: »Du musst stark sein, Niven. Versprich mir das.«

Hat er eben seine Hände bewegt, um Zita zu umarmen? Tatsächlich!

Zwar kenne ich Niven kaum, aber es tut gerade so unendlich gut, zu sehen, wie er sich allmählich erholt. Nicht zuletzt deswegen, weil in mir die Hoffnung aufsteigt, dass sich Noahs Gesundheitszustand gerade gleichermaßen bessert. Es erscheint mir durchaus möglich, schließlich ist er sein Seelenzwilling.

»Vertraue auf Bo, so wie ich auch«, murmelt sie ihm zu. Mit diesen Worten löst sich Zita von ihrem Sohn.

Zum ersten Mal wird mir bewusst, wie sehr die Anführerin Bo vertrauen muss, dass sie ihm ihren Sohn und damit sein Leben anvertraut.

Noch kann ich mir lediglich aus den Gesprächsfetzen »zusammenreimen«, was Zitas Plan mit mir zu tun hat. Ein weiteres Puzzleteilchen kommt mit ihren nächsten Worten hinzu:

»Bo, versprich mir, dass du alles tust, was in deiner Macht steht, um Willow sicher nach Hause zu bringen und Nivens Leben zu beschützen.«

Bo nickt verhalten. Ich sehe, dass er mühsam schluckt, immer und immer wieder, doch er bringt kein Wort heraus.

»Willow«, richtet Zita das Wort nun an mich. »Danke, dass du hergekommen bist. Ich werde dir nie vergessen, was du für Niven und mich getan hast.« Bei diesen Worten erhebt sie sich, kommt auf mich zu und drückt mich an sich.

Ziemlich überrumpelt erwidere ich die Umarmung.

Jetzt weint sie bitterlich und auch ich spüre einen Kloß im Hals. Dann schiebt sie mich ein Stück von sich weg, wischt sich mit der Hand übers Gesicht und lächelt mich gequält an. »Ich muss dich um einen letzten großen Gefallen bitten. Denn deswegen bist du hier.«

»O-Okay«, stammele ich vor lauter Anspannung. Und endlich erfahre ich, was meine Bestimmung ist:

»Nimm Niven mit, nur so lange, bis hier alles geregelt ist. Du musst dir keine Sorgen machen, dass du seinetwegen Schwierigkeiten bekommst, es sieht ihn sowieso keiner –«

»– außer mir«, ergänze ich Zitas Satz und verziehe meinen Mund. (Puh, das kann ja heiter werden …)

Dass sie mich extra herbeordern ließ, um Niven auf die andere Seite zu holen, wirft neue Fragen in mir auf: Warum konnte Bo das nicht selbst erledigen? Und woher, zum Henker, wusste Zita, wer ich bin? Dass ausgerechnet ich so anormal und als Einzige dazu fähig bin, einen Kerl von der Spiegelwelt wahrzunehmen?

»Bei dir ist er in Sicherheit.« Zitas bittender Ausdruck berührt mich zutiefst. »Ich schicke Bo in regelmäßigen Abständen vorbei, um zu sehen, wie es euch geht. Bist du dabei?«

»Natürlich«, entgegnet ich, ohne zu zögern. Was hätte ich auch sonst sagen sollen?

Nun redet Zita wieder mit Bo: »Mit Willows Spiegler-Kräften solltet ihr es schaffen, Niven durchs Portal zu bringen.«

»Und was, wenn nicht?«, murmelt Bo.

Ich hingegen hinterfrage gerade, was denn bitteschön *Spiegler-Kräfte* sind?

»Vertrau mir.« Zita legt Bo mütterlich die Hand an die Wange und lächelt ihn an. Es ist ein flüchtiger Moment, in dem ich mich frage, ob Bo tatsächlich zu ihrer Familie gehört. Der Moment wird unterbrochen, als Niven versucht, sich aufzurichten.

»Ihr müsst los, solange noch alle schlafen und die Nacht noch nicht angebrochen ist. In wenigen Minuten sollte Niven halbwegs reisebereit sein. In der Zwischenzeit bereite ich hier alles für den Aufbruch vor, danach muss ich meine Tarnung aufrechterhalten. Der Regent hat zum Winterball geladen und Dex und ich werden erwartet.«

»Hältst du das wirklich für eine gute Idee?« Bo sieht nicht glücklich aus bei dieser Vorstellung, dass Zita sich angesichts der momentanen Lage unters Volk mischt.

»Keine Sorge!«, beruhigt ihn Zita. »So kann ich nicht nur den Schein wahren, sondern auch Lord Lempki und die Geheimloge im Auge behalten.«

Das klingt nach einem guten Plan.

»Und so ganz nebenbei werde ich alles versuchen, um Alexia aus den Fängen der Patrouille zu retten.«

Bo kratzt sich am Hinterkopf. Er wirkt, als suchte er nach den richtigen Worten, aber finde sie nicht.

»Zeit, sich zu trennen«, sagt Zita.

Bo schlingt die Arme um sie und die zierliche Frau verschwindet beinahe darin. »Sei vorsichtig, Zita, hörst du?«, raunt er ihr ins Ohr.

»Das werde ich sein«, lächelt sie. Ihre Augen sind voller Trauer und Zuversicht zugleich. »Versprochen.«

Bevor sie endgültig das Zimmer verlässt, um Mett und Jules über den Aufbruch zu informieren, fasst sie uns beide an den Händen. »Passt gut auf euch auf, Kinder.«

Und wie sie es sagt, weiß ich, dass es ein Abschied für immer ist.

16.

Unterschätze niemals deinen Gegner – egal, wie winzig er ist

Ich habe jegliches Zeitgefühl verloren. Ist heute immer noch Freitag oder bereits Samstag? Ich weiß es nicht.

Diese Tag-Nacht-Geschichte und die Nachtaktivität der Vellaner, all das verwirrt meine innere Uhr komplett.

Vielleicht bin ich auch einfach nur todmüde. Außerdem ist mir halb schlecht vor Hunger. Keine Ahnung, wie lange ich schon ohne Essen und Trinken auf den Beinen bin.

Ich bin allein mit Niven im Zimmer. Warte darauf, dass er fit genug ist, um mit uns zum geheimen Portal zu gehen.

Ob das wirklich funktioniert? Ich kann nur hoffen, dass Zitas Plan aufgeht.

»Gib Niven noch fünf Minuten, damit er wieder etwas bei Kräften ist«, hat Bo vorhin gemeint und den Raum verlassen. Das war vor mindestens zehn Minuten. *Mindestens!*

Niven öffnet ab und an die Augen und döst wieder weg.

Ich gehe im Zimmer auf und ab. Mein Mund ist trocken, in der Kehle macht sich ein kratziges Gefühl breit. Ich lecke über meine Lippen. Selbst sie sind spröde und rissig. Dass ich wegen des Wassermangels (und Kaffeeentzugs!) nicht unter höllischen Kopfschmerzen leide, hat Seltenheitswert.

Weitere Minuten verstreichen, bis die Tür endlich auffliegt. Es ist Bo, wieder mit den Klamotten unserer ersten Begegnung bekleidet: Flatcap, schwarze Stoffhose, Lederjacke. Fehlt nur noch die Sonnenbrille. Und doch wirkt er in diesem Moment ganz anders. *Verändert*. Er ist zwar immer noch der arrogante Kotzbrocken (Okay, diese Facette wird er vermutlich für ewig beibehalten!), aber da ist mehr. So viel mehr, das ich jetzt verstehen kann.

Trauer. Wegen Alexia.

Wut. Auf das Regime.

Unsicherheit. Wie sein Leben weitergeht.

Was hält er in der Hand? Oh, ich glaub's nicht!

Er kommt auf mich zu. »Trink!« Mit diesem Wort streckt er mir eine rötliche Glasflasche entgegen.

Gierig (und ohne ein Wort des Dankes sowie ohne überhaupt zu wissen, was sich in der Flasche befindet) entreiße ich ihm das Gefäß und schütte den gesamten Inhalt die vertrocknete Kehle hinunter.

»Uäääh«, stoße ich kurz darauf einen Laut des Entsetzens aus. Kein Wasser und erst recht kein Kaffee. Das »Getränk« hat vielmehr die Konsistenz eines exotischen Smoothies, der meine Geschmacksnerven gerade um eine völlig neue Note erweitert. Man stelle sich ein Tagesmenü vor, das zu einem trinkbaren Brei gemixt wurde. Es ist echt widerlich!

»Was ist das? Zermanschtes Frühstück?«

Jetzt sehe ich auch, dass die Flasche gar nicht rot ist, sondern dass der Inhalt ihr diese Färbung verpasst hat.

»Das war dringend nötig«, sagt Bo und sein Mundwinkel verzieht sich. Schenkt mir der arrogante Kerl gerade tatsächlich ein Lächeln?

»Wie jetzt?«, hake ich nach, obwohl ich weiß, wie es gemeint war, aber ich kann mir die kleine Stichelei nicht verkneifen. »Es war nötig, dass du mich angewidert erschaudern siehst? Gib es zu:

Du hast mir mit voller Absicht das ekelhafteste Gebräu herausgesucht?«

Bo lacht. Kein herablassendes, gereiztes Lachen. Es ist eines, das tief aus seiner Brust kommt. »Du wirst es nie erfahren«, kontert er und lässt seine Brauen tanzen.

Ohne es zu wollen, wischt er damit das Schmunzeln aus meinem Gesicht.

Es stimmt: Ich werde es nie erfahren. Das Abenteuer *Vella* wird in wenigen Augenblicken vorbei sein. Das »Abenteuer« Bo hingegen wird mir, dank seiner Kontrollbesuche, noch ein wenig erhalten bleiben. Aber alles andere wird zukünftig nur noch eine fahle Erinnerung sein. Ein flüchtiger Nachhall, ohne Bedeutung.

Nochmals zehn Minuten dauert es, bis Niven aufstehen kann. Im Vergleich zu seinem Zustand noch vor zwei Stunden, grenzt das an ein Wunder. Weitere fünfzehn Minuten verstreichen, bis wir das Lager der Rebellen schließlich verlassen.

Hatte ich vorher noch den Eindruck, dass Bo mir gegenüber etwas offener wirkt, so zeigt er mir jetzt wieder die kalte Schulter.

Die Stimmung bei allen ist gedrückt. Auch wenn sich keiner traut, es laut auszusprechen, so schwingt die stumme Botschaft in den Gesichtern mit. Keiner weiß, ob es zu einem Wiedersehen kommt. Und wenn doch: ob es ein glückliches sein wird.

Ich kann nur erahnen, wie schwer dieser Schritt für Niven und Bo sein muss. Alles zurückzulassen.

Mir fällt Bos Blick auf, den er über die Schulter wirft, während wir das Rebellenlager verlassen. Eine Weile verharrt er, Niven stützend, bis das Einrasten des Tors ihn aus seiner Starre löst. Dann geht der Weg durch den Irrgarten aus niedrigen Gängen abermals los.

Niven ist noch viel zu geschwächt für große Sprünge und so brauchen wir mehr als eine Ewigkeit für ein paar wenige Meter.

»Bald kommen wir oben an«, verspricht Bo. Seine Anweisung gilt nicht mir. Tatsächlich taucht wenige Meter weiter eine schmale Treppe auf. Mit vereinten Kräften schaffen wir Niven die Stufen hoch und befinden uns bald in einem kleinen Gebäude. Es ist dieselbe kleine Hütte, welche wir bei unserer Rückkehr aus dem Kreis des Forschungszentrums schon betreten haben.

Dann schreiten wir hinaus in die Winterluft. Eine eisige Brise weht uns entgehen und ich bin froh um Bos Daunenjacke. Er hat recht behalten.

Noch blitzt die Sonne zwischen einer Wolkenwand hindurch, aber lange wird es nicht mehr dauern, bis die Dämmerung einsetzt.

Ich habe keine Ahnung, wo sich das Geheimportal befindet. Alles, was ich begreife, ist: Diesmal gehen wir in die entgegengesetzte Richtung. Weg von dem Kreis des Wohnviertels, dem Kreis der Forschung und wie die anderen Kreise alle heißen mögen. Unser Weg führt uns direkt ins Getto – so zumindest sieht es hier aus. Ein verwahrlostes Gebiet, die häuserähnlichen Bauten sind samt und sonders verfallen: Fenster eingeschlagen, Dächer kaputt, dazu Türen, die schräg in der Angel hängen. So was wie eine brauchbare Straße scheint hier nicht zu existieren – oder nicht mehr.

Wir laufen über Dreck, verdorrte Blätter und Abfall.

Über allem schwebt eine Atmosphäre, die mich schaudern lässt.

Und dieser Geruch ... Darauf möchte ich lieber nicht näher eingehen.

Bo stützt immer noch Niven, damit er nicht allzu viel Kraft aufbringen muss, um vorwärtszukommen. Er ist noch nicht in der Verfassung, allein aufrecht zu stehen, geschweige denn zu gehen.

Niven hat weder ein Wort noch einen Laut von sich gegeben, seit wir Zita verlassen haben. Ach, was sage ich denn da: Außer Bos Kommentare in Form von Richtungsanweisungen haben wir alle keinen Ton gesagt. Womöglich ist es den beiden auch schlichtweg zu anstrengend. Insgeheim vermute ich in Bos Fall jedoch viel eher, dass etwas anderes dafür verantwortlich ist. Nämlich eine Sie und ihr Name beginnt mit dem ersten Buchstaben des Alphabets.

Natürlich kann ich mich in Bos Lage hineinversetzen. Irgendwie ergeht es ihm verdammt ähnlich wie mir. Beide sind wir durch die Schicksalsgöttin von den Menschen unseres Herzens getrennt worden. Beide bangen wir um ihr Leben.

Es muss echt hart für ihn sein. Nicht bloß das Drama um Alexia. Jetzt muss er auch noch alles hinter sich lassen. Ja, auch der Abschied von seinem Zuhause lässt ihm das Herz vermutlich schwer werden. Wie lange dieses Versteck wohl seine Zuflucht war?

Wir machen Halt bei einer »Grünanlage« mit einer zerfallenen Bank. Erst beim erneuten Betrachten der verdorrten Vegetation (und einem Schuss meiner blühenden Fantasie) erkenne ich, dass es einst eine hübsch angelegte Parkanlage gewesen sein muss. Was ist mit dieser Gegend nur passiert?

Bo setzt Niven vorsichtig auf das morsche Holz der Bank, atmet die Winterluft ein und streckt die Arme in die Höhe.

Ob ich etwas sagen soll?

»Alexia geht es bestimmt gut«, flüstert mein Mundwerk mit Eigenleben, bevor ich intervenieren kann.

»Ach, was du nichts sagst«, blafft Bo mich an. Er klingt wütend. Ist er etwa böse auf mich? Vielleicht gibt er mir die Schuld für alles. Wahrscheinlich sogar, weil er sich zwischen Alexia und mir entscheiden musste.

»Ich meine nur –«

»Klar«, fällt er mir barsch ins Wort, während er Niven wieder hochzieht und dessen Arm mit festem Griff um seine Schulter legt. »Du *meinst* unglaublich viel, aber *weißt* unglaublich wenig.«

Boah, der Kerl treibt mich echt zur Weißglut!

Nicht aufregen, Willow, bald bist du den Typen los! Zumindest für eine geraume Zeit. Da ist ja noch die Sache mit dem Aufpasser und den Kontrollbesuchen…

Ich schlucke den Zorn und das feine Ziepen in der Brust herunter. »Ich wollte dir nur –«

»Was?« Sein einsilbiges, aggressives Zischen unterbricht mich. »Mir *nur* gut zureden? Mir *nur* Mut machen? Oder mich etwa aufmuntern? Pah!« Bo lacht bitter auf. Es ist ein raues, fast bedrohliches Lachen, bei dem sich mir die feinen Härchen im Nacken aufstellen. Seine Antwort klingt überheblicher und arroganter als alles, was er bisher vom Stapel gelassen hat: »Hast du auch nur den Hauch einer Ahnung, was mit denen passiert, die von der Patrouille gefangen genommen werden?«

Mir wird klar, dass er nicht auf mich wütend ist. Na ja, zu einem gewissen Teil schon, aber in erster Linie ist er wütend auf sich selbst. Und doch… Der Zorn seiner Worte verunsichert mich.

»Ge… Getötet?«, frage ich stotternd und meine Stimme klingt erbärmlich und leise, weil ich befürchte, allein das Aussprechen dieser Möglichkeit könnte die Horrorvorstellung wahr werden lassen.

Im Schneckentempo schaffen wir Schritt für Schritt. Meter um Meter. Bo nutzt die Zeit, um alles im Blick zu behalten. Auch mich.

Erstaunt es mich, dass ich keine Antwort bekomme? Nein.

Erstaunt es mich, dass sein Knurren laut wird? Auch das nicht.

Aber dieser Blick, mit dem er mich ansieht. Der berührt mich. Ich kann es nicht anders beschreiben. Berührt etwas in mir, ganz tief drinnen, sodass ich nicht wegschauen kann. *Shit!*

Wir nähern uns einem kleinen Steinhäuschen, nicht grösser als mein Zimmer bei Oma. Über der Tür hängt ein verstaubtes Metallschild, das lose an einer Kette herunterbaumelt. Die Oberfläche, einst vermutlich weiß, ist verrostet und Löcher haben sich durch die Buchstaben gefressen, aber ich glaube dennoch, einen Schriftzug entziffern zu können.

Zanzi-Bar.

»Eine Bar?«, frage ich irritiert.

Ich kann mir beim besten Willen nicht vorstellen, dass wir hier richtig sind, aber Bo lehnt Niven behutsam an die Wand und schreitet zur Tür.

»Ja, eine Bar.« Er hantiert an der Verriegelung herum. »Und zu deiner Frage von vorhin: Nein, nicht getötet. Der Tod wäre eine Wohltat«, spricht er mit einem heiseren Lachen in der Stimme weiter und rüttelt energisch am Riegel hin und her. »Sie werden zu willenlosen Zombies.«

Mir läuft ein Schauer über den Rücken.

Das Lachen ist vollkommen aus seiner Stimme gewichen, als er fortfährt: »Fremdgesteuert, ohne eigenen Willen. Sie essen, wenn es ihnen gesagt wird. Schlafen, wenn es ihnen gesagt wird. Sie gehen sogar aufs Klo, wenn es ihnen gesagt wird. So etwas wie eigene Gedanken, Wünsche oder Bedürfnisse existieren nicht mehr. Ihre Haare werden farblos, die Haut merkwürdig fahl und selbst die Augen belegt ein milchiger Schleier. Sie leben im Kreis der Vergessenen, denn genau das sind sie: *Vergessene.*«

»Wie ungeheuer grausam«, entgegne ich krächzend.

»Manchmal, wenn Zita schnell genug von einem Fall erfährt, rettet sie jemanden. So wie ...« Bo beißt sich auf die Lippe. Es wird deutlich, dass er mir eigentlich gar nicht so viel verraten wollte.

»Wie dich?«, frage ich und bereue es sofort, weil sich Bos Gesicht schlagartig verfinstert.

Er braucht ein paar Sekunden, um zu reagieren. Dann schüttelt er den Kopf. »So wie Jules und Alexia.«

Alles in mir zieht sich zusammen. Ich will mir nicht mal ausmalen, was die Patrouille mit den Menschen anstellt, damit sie zu willenlosen Zombies mutieren. Aber ein Teil von mir möchte Bo gern danach fragen, doch er hat sich bereits von mir abgewandt. Die Frage-Antwort-Runde ist vorbei.

Alles Rütteln an der Tür bringt nichts, sie sitzt fest. Das Rad der Zeit, Dreck und Staub haben ganze Arbeit geleistet.

Doch Bo lebt eher nach dem Motto: *Wo ein Wille ist, ist auch ein Weg.* Er geht zwei Schritte zurück, um Anlauf zu nehmen, und hechtet voller Wucht gegen die Tür, die ächzend und polternd aufschwingt.

Eine abgestandene und abscheuliche Woge strömt uns entgegen und kitzelt unangenehm in der Nase. Instinktiv wedele ich mir Luft zu und gleichzeitig den Staub aus dem Gesicht.

»Ladies first.« Bo deutet hinein und hilft Niven erneut auf die Beine.

»Ganz der Gentleman«, antworte ich und muss mich echt zwingen, die Bar als Erste zu betreten.

Ich hätte es nicht für möglich gehalten, aber beim Eintreten steigt der abscheuliche Geruch noch um mindestens ein Level an und gehört nun eindeutig in die Kategorie »Gestank, der verboten gehört«. Meine Güte, liegen hier überall tote Viecher rum, die verwesen?

»Liegt hier eine Leiche im Keller?«, sagt Bo und bleibt im Türrahmen stehen. Dass er dasselbe denkt wie ich, überrascht mich.

Unschlüssig bleibe ich stehen, weil ich keinen Plan habe, wo ich nach dem Portal suchen muss. Eine dicke Schicht Staub liegt auf den Holzdielen und eine dürftige Möblierung erinnert daran, was diese Räumlichkeit einst war.

In der hinteren Ecke stehen ein Tisch und zwei Stühle, die garantiert bei der nächsten Berührung auseinanderfallen. Zerknüllte Papiere sind quer über den Boden verteilt (Igitt! Darunter liegt bestimmt eine tote Ratte!), auf der anderen Seite entdecke ich die

Überreste der Theke, dahinter ein Regal und ein paar zerbrochene Flaschen.

Bo steht noch immer im Türrahmen und nimmt kritisch die heruntergekommene Bar unter die Lupe, dann tritt er mit Niven ein.

Eine Weile wandeln wir schweigend durch die Bar, schauen hinter die Theke, unter den Tisch, schieben die Stühle beiseite (und yeah, sie stehen noch), nur die Papierfetzen fasse ich nicht an.

Ein Gedanke manifestiert sich hinter meiner Stirn und lässt mir keine Ruhe. »Was passiert mit ihrem Seelenzwilling, wenn ... du weißt schon?«

»Dem Erden-Ich?«

Ich nicke.

»Darüber wird geschwiegen, sogar in der Geheimloge. Allerdings kursieren die absurdesten Gerüchte von unwillkürlichen psychischen Erkrankungen zu Wahnvorstellungen bis hin zu Wachkomapatienten. Einige behaupten, der Seelenzwilling könnte es kompensieren. Völliger Blödsinn, wenn du mich fragst.«

Die Vorstellung ist heftig. Ich wage noch eine Frage und hebe eine kaputte Flasche vom Boden auf. »Woran glaubst denn du?«

»Ganz ehrlich?« Bo wartet mein Nicken nicht ab. »Dass der Seelenzwilling über kurz oder lang darauf reagiert. Vermutlich spielen diese Menschen in eurer Welt verrückt und werden mit Medikamenten ruhiggestellt. Was auch immer ...« Bo redet in einem gleichgültigen Tonfall. Aber irgendetwas an seiner Stimme verrät mir, dass ihn dieses Thema alles andere als kalt lässt.

Immer noch mit Niven an seiner Seite stampft er nun mit dem Schuh fest auf den Boden. Ein dumpfes Hallen ertönt, Staub wirbelt auf und noch mehr, weil er eifrig über den Holzboden schart. »Die Bar ist unterkellert.«

Ohne Vorwarnung hievt mir Bo Niven in die Arme. Total überrumpelt, breche ich um ein Haar unter der Last zusammen. Zu meiner Erleichterung stelle ich fest, dass Niven schon ziemlich sicher auf eigenen Füßen stehen kann.

»Wonach suchst du?«, frage ich, weil Bo nun auf allen Vieren über den Boden kriecht und energisch mit den Händen den Dreck wegwischt.

»Nach einer Falltür«, murmelt er und steuert auf die nächste Ecke des Raumes zu. Wieder sein Rumgewusel, dann geht ein metallisches Klackern durch die Bar. Aha! Er ist fündig geworden.

Flink springt Bo auf die Füße, stellt sich breitbeinig hin und zerrt aus Leibeskräften an dem Metallring. Ich bemerke, wie ihm am Hals eine kräftige Ader hervortritt und seinem Tattoo eine merkwürdige Wölbung verpasst, und gleichzeitig bewundere ich ihn für seinen Tatendrang. Unter seinen gespreizten Beinen tut sich ein schwarzes Loch auf.

»Schauen wir uns mal im Keller um.«

Wenig später ist Bo an meiner Seite und nimmt mir Niven wieder ab.

Mit klopfendem Herzen schaue ich den beiden zu, wie sie durch die dunkle Öffnung im Boden verschwinden.

Ich weiß nicht, was es ist, aber ein merkwürdiges Gefühl nistet sich in meiner Brust ein. Eines, das mich zögern lässt. Wieder einmal.

Etwas stimmt hier nicht. Nicht nur, weil dieses schwarze Loch absolut unheimlich wirkt, nein. Da ist noch mehr. Nur was?

»Worauf wartest du?«, dringt Bos Stimme durch das Loch zu mir hinauf.

Ich atme den Moder und die Verwesung und folge den beiden mit einem tiefen Seufzer.

Meine Finger krallen sich um die Kante der Falltür, während ich mit meinen Schuhen den Treppenabsatz ertaste. Die Stufen sind steil und schmal, zudem von ungewöhnlicher und unregelmäßiger Höhe. Ich muss mich höllisch konzentrieren, um nicht abzurutschen.

Ist die Treppe direkt in den Felsen gemeißelt? So zumindest fühlt es sich an.

Seltsamerweise scheint es mit jedem Schritt in die Tiefe heller zu werden, was vermutlich dem perlmuttweißen Anstrich der Wände zu verdanken ist. Trotzdem nimmt das unbehagliche Gefühl zu.

Vielleicht wird es besser, wenn ich weiter mit Bo rede? Tja, da er gerade so bereitwillig Informationen herausrückt, den mürrischen und fast vorwurfsvollen Unterton mal außer Acht gelassen, muss ich das schließlich ausnutzen:

»Was ich nicht kapiere: Was ist eigentlich der Sinn und Zweck der Geheimloge?«

»Es ist besser, wenn du nichts darüber weißt.«

Nebst Bos charmanter Antwort dringt Nivens Keuchen zu mir herauf und sämtliche meiner Nackenhärchen stellen sich auf.

Reden, Willow, du musst reden, um dich abzulenken, befehle ich mir selbst. »Denkst du nicht, nach all dem, was wir zusammen erlebt haben, hätte ich ein paar Antworten verdient?«

Einmal mehr besteht Bos Reaktion aus einem tiefen Grollen.

»Hey, was hast du zu verlieren? In wenigen Minuten bist du mich ohnehin erst mal los«, entgegne ich unbeeindruckt und klettere weiter. Noch eine Stufe und noch eine, dabei gleiten meine Fingerkuppen über die Perlmuttwand, weil sie das Einzige ist, woran ich mich festhalten kann.

Bo ist bereits unten angekommen.

»Vordergründig existiert die Geheimloge, um die Kommunikation und Zusammenarbeit zwischen den Spiegelwelten zu meistern und die geheimen Forschungsarbeiten zu unterstützen«, bringt er unter einem Ächzen hervor.

Was tut er da? Ich sehe es nicht mehr, denn er ist mittlerweile aus meinem Blickfeld entschwunden.

»Wie du bereits erfahren hast, wissen weder die Vellaner noch ihr Erdenbewohner von der Existenz der jeweils anderen Dimension, und das ist auch gut so. Damit das Wissen verborgen bleibt, wurde vor vielen Jahrhunderten die Geheimloge gegründet, von Menschen, die auf irgendeine Art mit der Spiegelwelt in Berührung kamen. Spiegler, Wissenschaftler, Forscher, Theoretiker oder solche, die durch ihren ausgeprägten Charakter und wachen Geist dazu prädestiniert sind.«

Bos Stimme wird mit jedem meiner Schritte in die Tiefe lauter. Ich kann ihn immer noch nicht sehen. Offensichtlich ist er dabei, Niven eine Sitzmöglichkeit zu schaffen, denn seine Worte werden von Poltern und Klappern begleitet.

»Okay, die Aufgabe der Geheimloge besteht also darin, das Wissen über die Existenz der *anderen Seite* geheim zu halten?«

Uff, auch ich habe nun das Ende der Treppe erreicht.

»Vordergründig, ja«, wiederholt sich Bo und schiebt eine schwere Holzkiste seitlich neben den Treppenabsatz, wie ich nun erkennen kann.

Mein Blick tastet die Perlmuttwände ab. Wir befinden uns in einem Lagerraum. Allerhand alte Kisten und Kartons stapeln sich in den Ecken. Ein Teil davon ist achtlos aufgerissen, andere völlig zerdrückt. An den Wänden sind Regale angebracht. Hin und wieder stehen offene Einmachgläser und gewaltsam aufgebrochene Dosen herum.

Ich drehe mich einmal um meine eigene Achse und stelle Bo die nächste Frage. »*Vordergründig?*«

»Das Hauptanliegen der Loge besteht darin, durchschlagende Erfolge in der Medizin hervorzubringen. Gegen unheilbare Krankheiten, bei euch sind das Krebs, Multiple Sklerose, Aids und was auch immer. Bei uns sind die Krankheiten ähnlich, heißen aber anders. Also wird in Zusammenarbeit ein Heilmittel entwickelt, weil in der Kombination unserer und eurer DNA der Schlüssel dafür liegt. Wie denkst du, wurde damals im Mittelalter das Heilmittel gegen den Schwarzen Tod entdeckt?« Bo hilft Niven, auf der Kiste Platz zu nehmen.

»Gegen die Pest?«

Bo nickt, dabei schweift sein Blick so beschäftigt durch den Raum, als würde er jeden Zentimeter mit einem Röntgenblick abscannen. »In manchen Bereichen seid ihr uns weit voraus, in anderen sind wir euch überlegen. Die Allianz beider Welten bietet also ungeahnte Möglichkeiten. Nicht nur im medizinischen Bereich.«

Ein schmerzerfülltes Aufstöhnen kommt aus Nivens Richtung und Bo kauert sich sofort besorgt zu ihm hinunter. »Geht's?«

Niven versucht sich an einem Lächeln. Sein Blick wandert von Bo zu mir, dabei nickt er langsam mit dem Kopf.

In diesem Moment wird es mir das erste Mal bewusst. Es ist da: das flackernde Spiegelbild in Nivens Augen. Aber es ist nicht *irgendein* Spiegelbild, nein. Es zeigt mir Noahs Gesicht.

Ja, die Reflexionen der Seelenzwillinge konnte ich bei jedem hier in *Vella* entdecken. Bei Zita, Mett, auch bei Alexia, so wie bei Dex. Warum also bei Bo nicht? Warum trägt ausgerechnet Bo kein Spiegelbild in seinen Augen? (Geschweige denn ich …)

Mit dieser Frage im Kopf starre ich ihn an, weil er gerade einen Höllenlärm fabriziert, und stelle dennoch eine andere: »Wenn ich das richtig verstanden habe, dann läuft diese Allianz über die Geheimloge, die in beiden Welten existiert?«

»So ist es.« Bo hebt eine Kiste nach der anderen an. Endlich kapiere ich, dass er wie ein Verrückter nach dem Geheimportal sucht.

Sogleich beginne ich, das Gerümpel unterhalb der Treppe in Augenschein zu nehmen, wühle mich durch alte Gläser und Verpackungsmaterial.

»Aber das klingt doch alles –«

»– echt hervorragend und ganz fantastisch?«, fällt mir Bo ins Wort und beendet sinngemäß meinen Satz. Ich beobachte, wie er sich an den Regalen zu schaffen macht, während er fortfährt. »Genau das dachte Zita auch. Unheilbare Krankheiten aus der Welt schaffen, die Technologie maximieren und idealisieren. Nicht zuletzt wegen dieser Ideale hat sie schließlich angefangen, in der Forschung zu arbeiten. Erst blieb ihr das Wissen um die Geheimloge verwehrt, denn nur Auserwählte werden in dieses Wissen eingeweiht. Doch das änderte sich eines Tages, als sie schwanger wurde mit –«

»– Niven?«, frage ich atemlos nach. »Dann gibt es einen Grund, weswegen die Geheimloge hinter ihm her ist?«

Bo schweigt, zerrt nun das ganze Regal energisch beiseite. Gläser kippen um, Dosen fallen herunter.

Er geht mit einer solchen Entschlossenheit ans Werk, das es nur einen Schluss zulässt.

»Hast du das Objekt der Begierde gefunden?«

Bos Blick zuckt über seine Schulter und gleitet von meinem Kopf über meine Brust nach unten. »Schon möglich«, sagt er mit einem schiefen Grinsen. »Hilf mir mal.«

Ich ignoriere seine zweideutige Bemerkung, hechte zu ihm hinüber und spähe hinter das Regal. Da erblicke ich eine silberne Ecke, die hinter dem Holzbalken des Regals hervorblitzt. »Ich sehe etwas, da hinten an der Wand«, rufe ich aufgeregt.

»Na endlich!«, stöhnt Bo und deutet mir an, dass ich die andere Seite des Regals mitanpacken soll.

Mit vereinten Kräften schieben wir das Gestell aus dem Weg und zum Vorschein kommt ein ovaler Spiegel, der – mit einem zerschlissenen Lumpen notdürftig abgedeckt – auf dem Boden steht. Das Spiegelglas ist so groß, dass es beinahe die halbe Wand und auch den Platz hinter dem zweiten Regal beansprucht.

»Ist das der richtige Spiegel?« Vorsichtig gehe ich näher heran und hebe den Lumpen an. »Ist es das Portal?«

Bo stellt sich nicht so zögerlich an wie ich. Entschlossen fasst er den alten Fetzen Stoff und reißt ihn mit einem einzigen Ruck runter.

Es ist ein sonderbarer Moment, als ich mir selbst aus dem Spiegel entgegenblicke. Ja, ich bin noch dieselbe Willow wie vor wenigen Tagen, und doch werde ich nie mehr dieselbe sein.

Wie Bo so neben mir steht, der Blick immer noch finster, kann ich es deutlich spüren: Auch zwischen uns hat sich etwas verändert. Die Skepsis ihm gegenüber ist (zu einem gewissen Teil) gewichen, so wie seine mir gegenüber auch. Denke ich ...

Er ist sicher kein Mensch, der einem Fremden schnell Vertrauen schenkt. Allein die Umstände, dass er ein Rebell ist und nicht in einem behüteten Familienumfeld aufgewachsen – so zumindest meine Vermutung –, werden ihm das erschweren. Aber in den vergangenen Stunden, Tagen (die echt das Potenzial eines ganzen Monats besitzen), hat sich unser *Du-bist-ein-arroganter-Arsch*-Status weiterentwickelt. Zu was genau, kann ich nicht sagen ...

Vielleicht treffen diese Worte es am besten: Du bist ein arroganter Kotzbrocken mit einem Herz aus Gold. Oder so ähnlich.

Der Status würde dann lauten: »Kompliziert, aber mit dem Potenzial, Freunde zu werden.« Wie auch immer.

Seine Türkisaugen mustern mich durch den Spiegel. Ich kann nicht verhindern, dass ich ihm ein Lächeln schenke.

Denn eines ist auf jeden Fall klar: Wir geben gerade ein echt schräges Paar ab.

Als ob er meine Gedanken erraten hätte, schüttelt Bo seinen Kopf. Ruhig streckt er seine Hand aus und streift, gehenden Schrittes, über den Spiegel.

Das gewaltige Glas scheint alt, vielleicht nicht direkt antik, dazu ist es zu runtergekommen und zerkratzt. Aber dennoch ist es hübsch anzusehen mit seinem Schnörkelrahmen und den Blumenranken. Ein echtes Vintage-Liebhaberstück.

Einige Ornamente sind abgebrochen und bei genauerem Hinsehen glaube ich plötzlich, in den Schnörkeln irgendwelche Schädel oder gar Totenköpfe zu entdecken.

Bo zieht den Spiegel ächzend hinter dem zweiten Regal hervor und untersucht ihn genauer. Mir ist klar, dass er das Krone-Zeichen sucht.

Was, wenn es kein Portal ist? Doch meine Bedenken sind unbegründet.

»Passt«, sagt er und nickt zufrieden. Als er sich zu mir umdreht, wandern seine Brauen erwartungsvoll in die Höhe. »Bist du so weit?«

Ich kann nicht wirklich sagen, an was es liegt. Vielleicht, weil es Bo plötzlich so eilig hat. Oder weil es jetzt ernst wird, sodass mein ungutes Bauchgefühl mit Lichtgeschwindigkeit zurückgekehrt ist.

»Moment mal«, interveniere ich. »Wer verspricht uns, dass dieser Raum auch tatsächlich auf der *anderen Seite* existiert? Was, wenn sich dort nur Erde und Steine befinden, dann ...« Ich schaue ihn eindringlich an. »Was geschieht dann mit uns?« Die Vorstellung, mich in einem Felsen zu materialisieren, gefällt mir gar nicht.

»Wenn hier ein Raum ist, existiert auch einer auf der *anderen Seite*.«

Die Worte aus seinem Mund klingen so einfach und logisch. Aber ist es das? Ist es wirklich so einfach?

Ich will ihm glauben, ehrlich, aber ich komme nicht gegen den Restzweifel an, der sich in meinem Inneren festtackert.

Gleichzeitig wünsche ich mir nichts sehnlicher, als endlich wieder nach Hause zu kommen.

Ich will zurück zu Oma. Sam. Und Noah.

»Okay, wenn du dir ganz sicher bist, dass wir wohlbehalten auf der *anderen Seite* ankommen ...«, ergreife ich das Wort und mir entgeht nicht, wie meine Stimme schwankt. »... dann bin ich so weit.«

»Ja. Ich bin mir sicher.«

Ich atme einmal tief durch, dann nicke ich.

»Öffnest du das Portal?« Bo ist bereits zu Niven geeilt und hilft ihm auf die Beine.

Warum diese plötzliche Hektik?

»Das Krone-Zeichen befindet sich unter dem linken Schädel«, informiert mich Bo und schließt mit Niven zu mir auf.

»Ich weiß nicht ...«, sage ich und betrachte das Symbol. Der Anblick ist absolut grotesk. Die Krone, so edel und schön, der Schädel, hässlich und abschreckend. »Kann ich das Portal wirklich öffnen?«

»Davon gehe ich mal stark aus«, entgegnet Bo und da ist er schon wieder, der überhebliche Unterton in seiner Stimme.

»Okaaaay«, sage ich gedehnt. »Du schaffst das, Willow!« Ich murmele mir selbst zu, so leise, dass mich Bo nicht hören kann.

Mir ist plötzlich klar, was mich so zögern lässt. Die Erinnerung an die höllischen Schmerzen beim Übertritt ist zurück.

Ich beobachte mich selbst, wie sich meine Hand ausstreckt und zögerlich dem hässlichen Schädel-Ornament und der darunterliegenden Krone nähert. Ein leichtes Beben hat sich in meine Finger geschlichen. Mein Puls rast wie verrückt und peitscht das Blut durch meine Adern. Ich werde gleich wieder in tausend Stücke zerrissen werden.

»Augen zu und durch!«, murmele ich abermals und gerade als ich im Begriff bin, das Krone-Zeichen zu berühren, irritiert mich ein merkwürdiges Summen im Hintergrund. Ganz leise, kaum wahrnehmbar und doch surrt es in einer Frequenz, die mir im Gehörgang schmerzt.

Unwillkürlich ziehe ich meine Hand zurück.

»Was ist los?«, mault Bo und seine Augen funkeln mich über den Spiegel finster an. »Mach endlich! Wir müssen hier weg.«

»Etwas stimmt hier nicht«, flüstere ich und drehe mich langsam um. Mein Blick fliegt nervös durch den Lagerraum. Verdammt, wo kommt es her? »Hörst du es denn nicht?«

»Was? Was hörst du denn?«

Ich ignoriere seinen aggressiven und vorwurfsvollen, wenn nicht gar zweiflerischen Klang in der Stimme, der mir das Gefühl vermittelt, dass er denkt, ich höre irgendwelche Flöhe husten. Aber das ist es nicht …

»Ich kann es nicht richtig sagen. Es klingt wie ein Hochfrequenz-Surren. Vielleicht in etwa so wie –«

In diesem Moment flitzt ein kleines Metallteil an mir vorbei. Es ist winzig klein, kaum grösser als eine Mücke. Mehr kann ich nicht erkennen, denn es fliegt viel zu schnell vorüber, und ich habe keine Chance, es genauer unter die Lupe zu nehmen.

»– wie ein Insekt?«, vollendet Bo fragend meine Beschreibung.

Ich nicke.

Die aufgerissenen Augen von Bo sind Antwort genug, und ich begreife im selben Augenblick, als Bo »In Deckung!« schreit, was es bedeutet. »Das Teil sprengt gleich alles in die Luft!«

Instinktiv hechte ich an Bos und Nivens Seite und wir hasten in Richtung Treppe. Die Zeit, hochzusteigen, reicht nicht mehr aus, so viel ist klar. Bo denkt offenbar dasselbe, wie mir seine nächsten Worte zeigen. »Unter die Treppe, schnell!«

Umständlich hieven wir zuerst Niven, dann uns selbst unter die steilen Felsstufen und kauern zwischen Verpackungsmaterial und Glasflaschen tief auf dem Boden. Geistesgegenwärtig zieht Bo die schwere Holzkiste, die eben noch Nivens Sitzgelegenheit war, als Schutzmauer vor unsere Gesichter. Er ist noch nicht ganz fertig, als auch schon ein markerschütternder Knall durch die Luft dröhnt.

KAWUMM!

Überall fliegen Spiegelsplitter, zersprengte Regale, Steinbrocken und Glassplitter umher.

Wie Wurfgeschosse schießen sie auf uns zu.

Ich weiß nicht, was danach geschieht, denn ich werde voller Wucht nach hinten geschleudert und schlage hart mit Kopf gegen die steinerne Mauer. Ein heftiger Schmerz durchsticht meinen Schädel ...

... und dann umgibt mich Dunkelheit.

Schwärzer als die Nacht.

17.

Tausend zornige Spiegelsplitter

Ich blinzele.

Mit einem Stöhnen schlage ich endgültig die Augenlider auf – sie wiegen bleischwer.

Was ist hier los?

Ich ringe nach Luft – warum fällt mir das Atmen so verdammt schwer?

Mühevoll stemme ich mich auf die Ellbogen.

Ein gleißender Schmerz durchzuckt meinen Körper. Sticht von der Schädeldecke bis zur Fußsohle und zwingt mich zurück auf den Boden.

Abermals presse ich die Augen zu. Mein Kopf droht beim nächsten Herzschlag zu explodieren, doch ich befehle mir, die Augen wieder aufzuschlagen, will nicht, dass die höllischen Schmerzen meinen Verstand vernebeln.

Ich ringe keuchend nach Luft und mir wird klar, dass ich mich tief unter der Erde im Lagerraum einer zerrütteten Bar befinde. In einer

Welt, die nicht die meine ist. Aber ich erinnere mich nicht sofort, weswegen ich auf dem Boden liege. Röchelnd wie ein verreckendes Vieh.

Mein Schädel dröhnt.

Ein ungesundes Summen pulsiert in meinen Ohren.

Der Verstand übernimmt die Kontrolle.

Ich stütze mich mit den Händen auf dem Boden ab, meine Fingernägel kratzen über Schutt, und ich muss mich darauf konzentrieren, nicht wieder zum Liegen zu kommen. Eine unsichtbare Last zerquetscht meinen Brustkorb und wiegt zentnerschwer. Sie presst mir die Luft aus den Lungen.

Habe ich gerade etwas gehört?

Nein. Nein.

Schlagartig wird mir bewusst, dass ich überhaupt nichts höre. Nicht mehr. Keinen Laut. Nicht mal die Geräusche, die meine eigenen Bewegungen erzeugen. Da ist nur ein greller Pfeifton in meinen Ohren.

In diesem Augenblick interessiert es mich auch nicht. Ich will nur wieder durchatmen können. Meine Brust fühlt sich viel zu eng an, als raubte sie meiner Lunge den Platz.

Ich kämpfe mich auf alle Viere.

Staubnebel schwebt ruhig um mich herum. Unter meinen Knien spüre ich scharfe Kanten und schmecke einen undefinierbaren, ekelhaften Geschmack im Gaumen.

Ein sanfter Luftzug, der mich berührt.

Dann eine Vibration, die über den Boden kriecht und unter meinen Fingern bebt.

Ich höre immer noch keinen Laut, dazu ist das Summen in meinen Ohren zu heftig. Aber meine feinen Nackenhärchen stehen senkrecht – wie unter Strom, aufgeladen bis in die Spitzen. Irgendetwas ist auf den Boden gefallen.

Schlagartig setzt die Gedankenflut ein.

Meine Muskeln verkrampfen sich. Zurück ist das unheilvolle Wissen um das Spiegelportal, Niven und Bo.

Um die Explosion!

War ich bewusstlos?

O mein Gott! Bo?!

Und wo ist Niven?

Umständlich rappele ich mich hoch, entdecke Niven direkt neben mir und bin unendlich erleichtert, als ich erkenne, dass er blinzelt, als ich ihn berühre. Auch bewegen sich seine Lippen und formen die Worte: »Alles gut«.

Er lebt!

Aber wo ist Bo?

Keuchend krabbele ich über Scherben und Steine, nähere mich dem Fuß der Treppe und sehe einen breiten Rücken. Er liegt halb von mir abgewandt, halb über der untersten Stufe. Die Haare kleben ihm strähnig im Nacken.

»Bo?«, rufe ich ihn beim Namen.

Keine Reaktion.

Himmel! Atmet er noch?

»Bo, kannst du mich hören?«, frage ich ihn, auch wenn ich meine eigenen Worte nur leise wahrnehmen kann. Immerhin lässt das Rauschen in den Ohren allmählich nach.

Ich strecke meine Hand aus, berühre seinen Rücken. Dann endlich ein Lebenszeichen, wenn auch nur ein schwaches Zucken.

Mit letzter Kraft ziehe ich ihn vom Treppenabsatz zu mir herüber und drehe ihn auf den Rücken.

Ich rieche den Staub und den modrigen Geruch. Sehe tausend Spiegelsplitter um uns herum, in denen sich mein eigener Zorn reflektiert. Aber da ist noch etwas: Der undefinierbare, metallische Geschmack im Gaumen wird stärker.

Jetzt sehe ich, woher der Geruch rührt.

Kein Staub. Und auch kein Moder.

Das ist Blut. Bos Blut!

Noahs Unfall flimmert in mir auf, vermischt sich mit dem Anblick, der sich direkt vor meinen Augen befindet.

Ich kann gar nicht hinsehen.

Bo muss sich bei der Detonation die Stirn aufgeschlagen haben. Hoffentlich ist es nicht so schlimm, wie es auf den ersten Blick aussieht. O verdammt! Eine Scherbe steckt millimetertief in seiner Stirn, direkt über seinem linken Auge. Blut rinnt aus der Wunde, sickert als Rinnsal über sein Augenlid und verliert sich in seinen blauschwarzen Haarsträhnen. Das sieht übel aus!

»Bo?«, raune ich ihm ins Ohr.

Mein Gehör geht wieder seiner ursprünglichen Funktion nach. Doch ich registriere es nur am Rande, denn der Splitter in Bos Stirn bereitet mir Bauchschmerzen.

»Du blutest«, wispere ich.

Er reagiert nicht.

Mit einem mulmigen Gefühl wische ich mit dem Jackenärmel über seine Stirn. Der helle Stoff seiner Daunenjacke saugt das Blut auf und verschlimmert den Eindruck nur noch zusätzlich. Es ist definitiv mehr als nur eine Schramme.

Die Scherbe muss raus.

Ich taste mit den Fingern nach dem Splitter, presse die Augen zu und ziehe sie entschlossen heraus. *Geschafft!*

Hastig drücke ich abermals mit dem Ärmel auf die Wunde, weil das Blut noch heftiger fließt, als ich bemerke, dass Bo blinzelnd die Augen aufschlägt.

»Bo?«, sage ich leise. »Ist alles okay?«

Er schaut mich mit einem eigenartigen Blick an, scheint Zeit zu brauchen, um zu verstehen. Zu verstehen, wo er ist. Zu verstehen, was passiert ist. Und vor allem, um zu realisieren, dass alles schiefgelaufen ist.

Hastig stemmt er sich hoch und reißt die Augen weit auf. »Wo ist Niven?« Seine Stimme keucht mehr, als dass sie klingt.

»Er liegt immer noch unter der Treppe, aber es geht ihm den Umständen entsprechend gut«, beruhige ich ihn.

»Okay, denn wir müssen von hier verschwinden«, entscheidet er und ich staune, wie schnell er wieder klar denken kann. Mit einem Ruck versucht er aufzustehen, aber es gelingt ihm nicht.

»Hey, nicht so hastig!«, zwinge ich ihn zur Ruhe, weil ich echt befürchte, dass er sofort wieder in Ohnmacht fällt. »Mit zwei angeschlagenen Kerlen komme ich hier nie mehr raus.«

»Keine Sorge«, sagt er mit heiserer Stimme, hockt sich aufrecht hin, und presst die Hand gegen die Stirn. »Mich wirst du nicht so schnell los.«

»Tatsächlich? Wie kannst du dir da so sicher sein?«, frage ich skeptisch. Denn ja: Bisher hat noch nichts reibungslos funktioniert und bisher ist nichts ohne irgendwelche gefährlichen Zwischenfälle abgelaufen. »Wo du auftauchst, bricht doch das blanke Chaos aus.«

Er lächelt angeschlagen. »Aber ich habe versprochen, dich zurückzubringen.« Sein Lächeln vertieft sich. Es ist ein ehrliches und freundliches Lächeln – ungewohnt, ja, aber es tut mehr als gut in der momentanen Situation. »Und ich halte meine Versprechen. *Immer.*«

Seine Worte lösen etwas in mir aus. Sie berühren etwas in mir, das ich bis dahin noch nie gespürt habe. Wirbeln meine Gefühle auf.

Wo Bo auftaucht, bricht Chaos aus – ja, das trifft auch auf meine Gefühle zu.

Plötzlich bin ich den Tränen nahe. Verlegen wische ich mir übers Gesicht, weiß nicht, was ich darauf erwidern soll, also schweige ich.

»Hm, sogar ein ganz schönes Chaos«, meint Bo passend zu meinen Gedanken. Erst als ich wieder zu ihm hinüberschaue, verstehe ich, dass er von dem Chaos rund um uns herum spricht und nicht etwa von dem, das in mir tobt.

»Das kannst du laut sagen«, murmele ich und lasse meinen Blick über den Schutt schweifen. Automatisch verharre ich beim alten Vintage-Spiegel, von dem nur noch die untere Hälfte des Schnörkelrahmens und wenige Spiegelsplitter, die darin feststecken, übriggeblieben sind.

»Das war eine verdammte Überwachungsdrohne«, flucht Bo und löst die Hand von der Stirn. Die Wunde blutet immer noch, aber schon deutlich weniger.

Zwischen zwei Herzschlägen trifft mich die Erkenntnis wie ein Blitz. Ich erkenne, was es wirklich bedeutet: Wenn jemand die Macht besitzt, all die Portale zu überwachen und sie zu zerstören, sogar die unregistrierten, dann sitze ich in dieser Dimension womöglich für immer fest.

Panik schleicht sich in mein Innerstes. Mit verängstigtem Blick schaue ich zurück zu Bo und bin verwirrt. Er betrachtet mich eingehend, mit einem verschmitzten Lächeln auf den Lippen.

»Was ist?«, frage ich stutzig.

»Willow Parker, darf ich Sie zum Tanzen ausführen?«

»Ha!« Gegen meinen Willen muss ich schmunzeln. Ich ahne bereits, auf was er anspielt. »Denken Sie etwa an das, was ich befürchte?«

»Wenn es etwas mit dem Regenten, eleganten Kostümen und einem gewissen Winterball zu tun hat?« Bo legt eine künstliche Pause ein. »Dann befürchtest du richtig.«

Ich seufze und weiß nicht, was ich schlimmer finde: dass ich hier in *Vella* gefangen bin oder die Aussicht, mit dem unberechenbaren Bo einen weiteren Tag verbringen zu müssen, ausgerechnet beim Winterball.

Als ich nichts weiter entgegne, fügt Bo noch an: »Wenn du wieder nach Hause willst, hast du keine andere Wahl.«

Ich presse die Lippen zusammen. Mir ist sehr wohl bewusst, dass ich keine andere Wahl habe, aber deswegen muss ich noch lange nicht begeistert darüber sein ...

Ich seufze schon wieder. »Wie weiter?«

»Zurück zum Rebellenlager«, bestimmt Bo. Er scheint sich seiner Sache sicher zu sein – okay, er ist schließlich auch in dieser Welt zu Hause. »Hoffen wir, dass noch irgendjemand dort anzutreffen ist.«

»Hoffen wir«, wiederhole ich seine Worte. Sie klingen herablassender, als ich es wollte.

Ich gehe ächzend in die Hocke und klammere mich an den Steinstufen fest, weil ich vornüber zu fallen drohe. In meinem Kopf dreht sich alles.

Auch die Treppe ist unter der Detonation zerbröckelt und das, was übrig geblieben ist, gleicht eher einem unbegehbaren Felsen.

Bo geht mit Niven voran. Ich folge dicht hinter ihnen und bin froh, als ich die Klettertour geschafft habe. Irgendwie bin ich immer noch nicht ganz auf der Höhe, als wir die Bar wenig später verlassen.

Unser Tross bietet sicher ein merkwürdiges Bild: Unsere Klamotten sind nicht nur dreckig und stinkig, nein, auch zerschlissen und blutverschmiert. Dazu unsere Gesichter: reglos und stumm.

Niven, zu schwach, um zu reden.

Bo, angeschlagen und verletzt.

Und ich ... Ich bin viel zu durcheinander von all den Ereignissen der letzten Tage.

Während wir den Rückzug antreten, sind wir alle noch mehr auf der Hut als vorhin. Wir schauen zweimal hinter jede Ecke, suchen ebenso intensiv den Himmel nach kleinen Flugkörpern ab, horchen in die Stille der dämmrigen Nacht hinein. So arbeiten wir uns von Ort zu Ort.

In meinem Kopf fahren die Bilder Karussell und machen Halt beim Winterball. Ich stehe nicht wirklich auf solche Partys. Unweigerlich muss ich an etwas denken: Wenn das unauffällige Auftreten im Kreis der Forschung schon so heikel war, wie wird das dann erst beim Winterball vonstattengehen?

Puh! Wenn ich an die Flagge mit den abgebildeten prunkvollen Köpfen des Regimes zurückdenke, schwant mir Übles.

Diesmal erkenne ich die kleine Hütte schon aus einiger Entfernung. Aber erst, nachdem wir in den Untergrund abtauchen, das Gang-Labyrinth hinter uns gelassen haben und das Tor zum Lager der Rebellen erreichen, spreche ich die Frage laut aus: »Wo findet der Winterball statt?«

Bo hält in der Bewegung inne. »Im inneren Kreis.«

»Uh, das klingt ganz nach meinem Geschmack«, entgegne ich sarkastisch. »Bestimmt ein Kreis mit tausend Benimmregeln und ungeschriebenen Gesetzen?«

Bo betätigt den Augenscanner.

Nichts passiert.

Einen kurzen Augenblick befürchte ich, dass wir zu spät dran sind. Warum regt sich denn nichts? Das Tor bewegt sich keinen Millimeter.

Doch dann …

Klack! Das erlösende Geräusch klingt in diesem Moment wie Musik in meinen Ohren.

Langsam richtet sich Bo auf und schaut mir direkt in die Augen, dabei wandert die eine Braue lässig hoch. »Es ist der Kreis mit der Wurzel aller Regeln.«

»Großartig!«, seufze ich aus tiefstem Herzen. »Wenn das mal gut geht.«

»Wird schon schiefgehen«, grinst Bo. Langsam, aber sicher bin ich davon überzeugt, dass der Rebell, der vor mir steht, auf eben diesen Nervenkitzel abfährt.

Er macht abermals den Mund auf. »Und vergiss nie: Ich behalte dich im Auge.«

»Ist das eine Drohung?«, frage ich halb scherzend, aber auch zu einem gewissen Teil ernst gemeint.

Plötzlich wird mir noch eine Sache bewusst. Eine, die mir nicht gefällt ...

Innerhalb eines Wimpernschlags wird der mysteriöse Bo zu einem mächtigen und unverzichtbaren Menschen in meinem Leben. Wenn er mir nicht mehr hilft, bin ich gefangen in einer fremden Welt, verloren für alle Zeit.

Mein Leben liegt in den Händen dieses einen Rebellen.

»Nein, Will«, lächelt er, bevor wir das Rebellenlager betreten. »Das ist ein Versprechen.«

Epilog

*Von allerlei Gefühlen,
die sich nicht abschalten lassen.
Ein paar Gedanken von Bo*

Dieser Auftrag geht mir tierisch auf den Senkel. Nicht, weil ich mich davor fürchte zu scheitern, das ist nicht der Grund. Es ist wegen *ihr*. Willow Parker.

Nun ja, nicht direkt wegen ihr … Doch, schon. Ach, es ist kompliziert! Und ich hasse es, wenn es kompliziert wird!

Ich schnaube mürrisch. Noch so eine Sache, die mit ihr zusammenhängt. Sie raubt mir echt den letzten Nerv, weil sie nie tut, was man ihr sagt, ständig dazwischenquatscht und stets alles besser weiß.

Immer noch in meine Daunenjacke gekuschelt, sitzt sie auf dem Kistenstapel neben dem Kontrollpanel, hat die Beine angezogen und starrt stur geradeaus.

Sie hat mein Leben komplett auf den Kopf gestellt. Seit ich ihr das erste Mal begegnet bin, wusste ich es. Sie ist ... *anders*. Sie gehört zu der Sorte Mädchen, die einfach nur den Raum betritt und schon bricht das Chaos aus. Einerseits, weil sie selbst die Meisterin des Chaos' ist, andererseits, weil sie einem so richtig den Kopf verdreht mit ihrem selbstbewussten und angstfreien Auftreten – nur ist sie sich dessen überhaupt nicht bewusst, weil ihr viel zu oft ihre eigenen Probleme im Weg stehen.

Ich hasse diesen Auftrag auch, weil ich mehr weiß. Mehr weiß als Willow. (Zu viel, wenn es nach meinem Geschmack geht!) Ja, Willow ist einzigartig. Im wahrsten Sinne des Wortes.

Auch wenn sie das womöglich nie erfahren wird, strahlt sie eben dieses Besondere mit jedem Blick und jeder Faser ihres Körpers aus. So wie jetzt. Mit Alexias biedersten Klamotten, ja, selbst damit sieht sie nicht aus wie ein Mädel, das pünktlich zur Uni erscheint, immer nett zu den Professoren und freundlich zu den Mitstudenten ist. Sie hat ihren eigenen Kopf.

Ich betrachte ihr Gesicht.

Wie schafft sie es bloß, so ruhig zu bleiben? Sie ist gefangen in meiner Dimension, einem Ort, der ihr fremd ist und voller Menschen, zu denen sie kein Vertrauen hat. Das hat sie mich oft genug spüren lassen.

Wenn sie wüsste ...

Nein! Ich darf es ihr nicht sagen. Ich gab mein Wort darauf. Und wie bereits vor wenigen Augenblicken erwähnt: Ich halte meine Versprechen. *Immer*. Eher sterbe ich, als etwas zu verraten ...

Okay, das klingt für meine Verhältnisse jetzt etwas melodramatisch. Angesichts dieser Erkenntnis verzieht sich mein Mundwinkel zu einem schiefen Grinsen.

»Was lachst du?«, fragt Willow prompt.

Das ist auch so etwas, das ich nicht ausstehen kann. Sie kann einfach nie die Klappe halten. Sagt andauernd, was ihr gerade durch den Kopf schießt, und das in den unmöglichsten Momenten.

»Geht dich nichts an«, entgegne ich, dabei klingt meine Stimme viel härter, als ich es eigentlich wollte.

Ich verschränke die Arme vor der Brust und lehne meine Schultern an die Kontrollpanel-Wand, die schon so gut wie leergeräumt ist. Irgendwo habe ich mal gelesen, dass diese Geste eine Abwehrhaltung demonstriert. Hm, könnte hinkommen. Abwehrhaltung gegen diesen Laber-Modus oder überhaupt gegen Willow in Person.

»Wenn es in dieser Scheißsituation, in der wir uns befinden, tatsächlich etwas zu lachen gibt, ist das Grund genug, um mich daran teilhaben zu lassen.« Willow schaut mich erwartungsvoll an.

Alter! Die redet einen echt in Grund und Boden.

Ihr Blick und wie sie ihr Kinn auf ihrem Handrücken abstützt – alles an ihr steht auf Herausforderung. Das hat mir das kleine Ablenkungsmanöver im Kreis des Forschungszentrums nur mehr bestätigt. Das ist etwas, das uns beide verbindet. Vermutlich das Einzige überhaupt …

Ich schnaube, weil mir sonst nichts dazu einfallen will.

»Das ist so typisch«, giftet sie mich an. »Erst machst du irgendwelche kryptischen Andeutungen und dann …« Sie fuchtelt wild vor meinem Gesicht herum. »… dann schweigst du.«

»Ich musste nur an was denken«, sage ich versucht gelassen und hoffe, dass die Sache damit erledigt ist – und es ist ja nicht mal gelogen.

Mit einer schnellen Bewegung stoße ich mich wieder von der Wand ab. Ihre Augen wandern langsam an mir auf und ab, wie die sanfte Berührung eines Kätzchens, das um die Beine schleicht. »Das ist alles.«

»Ich glaube dir kein Wort.«

Was soll ich darauf erwidern?

Da ist immer noch ihr Blick, der so viel erahnen lässt – oder ist es nur die hoffnungsvolle Interpretation eines verwirrten Rebellen?

Ich umrunde sie und bleibe dicht hinter ihr stehen – noch so eine Sache, die ich selbst an mir hasse.

Woher rührt dieses dringende Bedürfnis, sie beschützen zu wollen?

»Mett wird jeden Moment zurück sein«, sage ich stattdessen.

Willow hebt das Kinn an – mehr nicht.

Eine schlichte Geste und doch kann ich ihrer Mimik entnehmen, dass sie Mett immer noch nicht vertraut. Er mag ein mürrischer Brummbär sein, ein Brummbär mit Geniepotenzial, aber ein Verräter? *Niemals!*

Wo ich so über Mett nachdenke, fällt mir etwas ein.

Mit wenigen Schritten verschwinde ich hinter dem Kontrollpanel. Zwischen dem Felsen und dem Panel ist ein schmaler Spalt. In genau diesem verstaut Mett die Notfall- Utensilien. Hoffentlich hat er sie nicht schon weggepackt.

»Was suchst du denn?«, will Willow wissen.

Ich taste hinein – *Glück gehabt!*

»Das hier«, beantworte ich die Frage von Miss Neugier und halte ihr das kleine Ding unter die Nase, die wie ich finde, ihrem Gesicht das gewisse Etwas verleiht. »Für dich, zur Verteidigung«, erkläre ich.

Als ich ihre gekräuselte Stirn bemerke, füge ich noch an: »Für den Notfall.«

»Sagtest du nicht, ich werde dich nicht so schnell los?« Ihre Stimme stockt.

Ich stehe dicht vor ihr, so nah, dass ich ihren leicht verschwitzten Geruch der vergangenen Stunden riechen und ihre Lilaaugen bewundern kann. Der erste Mensch, der kein Spiegelbild in den Augen trägt. So befremdlich und vertraut zugleich.

»Nimm es trotzdem.« Mit Nachdruck halte ich ihr das Ding hin. Es ist ein *H.W.H.* Das steht für Hologramm-Waffen-Handy. Die Kanten sind, wie der Rest des kleinen Dings, unsichtbar, aber fühlbar, wenn man es in die Hand nimmt.

Willow schüttelt den Kopf. »Was soll ich damit?«

»Es hat einige getarnte Funktionen. Stromschlag, Giftspray und einen Dolch.« Ich nehme ihre Hand, lege das *H.W.H.* hinein und schließe dann ihre Finger darum. »Du wirst es brauchen, vertrau mir«, flüstere ich leise.

Warum klingt meine Stimme auf einmal so merkwürdig belegt?

Langsam zieht sie ihre Hand zurück. »Okay.«

»Ich könnte dir auch noch eine stärkere Waffe geben, die du dir an den Oberschenkel binden und unter dem Ballkleid verstecken kannst«, schlägt Mett vor. Ich war so vertieft in die Unterredung mit Willow, dass ich nicht mal mitbekommen habe, dass er zurück ist.

Noch ein Punkt, der mir total gegen den Strich geht: dass meine Konzentration gleich flöten geht, wenn sie mich ansieht.

»Ich habe noch eine in der Kiste.«

»Kommt nicht in Frage«, protestiere ich.

Willow wirft mir einen genervten Blick zu. Ich bin mir sicher, dass sie es mal wieder fehlinterpretiert. Nämlich, dass ich ihr nichts zutraue, den Obermacker raushängen lasse, und nicht will, dass sie selbst Entscheidungen trifft ... Aber so ist das nicht. *Ganz und gar nicht!*

Wenn wir den Winterball besuchen, der unter dem Motto »Maskenball« steht, werden wir beim Betreten des Palasts automatisch gescannt, und das Ding an ihrem Bein wäre ja so diskret ... Das *H.W.H.* hingegen kann sie problemlos in der Handtasche verstauen und es wird erst bei genauerem Betrachten als Waffe ersichtlich. In erster Linie ist es ein Funkgerät und mehr auch nicht.

Als sie das *H.W.H.* in die Hand nimmt und aufschaut, bemerkt sie, dass ich sie beobachte.

»Eure Ballbekleidung, Kinder«, unterbricht Mett den intensiven Moment und legt einen schwarzen, verdammt edel aussehenden Frack und ein lilafarbiges Kleid, das über und über mit Steinchen besetzt ist, auf einen Stapel Kisten.

Beim Anblick des Kleides fällt mir etwas ein.

»Da wäre noch eine Kleinigkeit«, sage ich. Ich marschiere durch den schweren Vorhang geradewegs in Alexias Zimmer. Unter ihrem Bett ertaste ich die kleine Schmuckschatulle. Ich ziehe sie hervor und streiche andächtig darüber. Alexias Schatz aus der Vergangenheit.

»Ich hoffe aus ganzem Herzen, es geht dir gut, Alexia!«, raune ich in die Stille ihres Zimmers. Ich kann sie immer noch riechen, sie beinahe durch den Raum schreiten sehen.

Ich atme schwer.

Es bleibt keine Zeit für Trauer. Der Winterball ruft.

Ich bin mir sicher, Alexia wäre einverstanden, wenn ich Willow das Schmuckstück für den Ball borge.

Willows kritischer Blick empfängt mich, noch ehe ich an ihrer Seite stehe. »Noch eine Waffe?« Skepsis tanzt in ihren Worten, als sie die Schatulle in meinen Händen bemerkt.

Wortlos öffne ich sie und greife zu dem funkelnden Diadem, das Alexia seit jeher aufbewahrt hat.

Willow starrt mich entgeistert an, aber ich lasse mich nicht beirren. Behutsam platziere ich das Schmuckstück in ihrer Haarpracht, die golden schimmert und doch mit nichts zu bändigen ist.

»Für die Augen des Regenten ist nichts prunkvoll genug. So sollte es funktionieren«, sage ich und höre, dass dieses Mal meine Stimme ins Stocken gerät.

Willow lächelt. Es wirkt zaghaft und verängstigt zugleich. Doch dass ich mit Willows Spiegler-Kräften den Schlüssel zu allen ungelösten Rätseln in der Hand halte, begreife ich erst, als mein Gefühlschaos alles zu zerstören droht.

Danke

Meine REBELL-Trilogie ist eins meiner größten Herzensprojekte und ich bin mehr als glücklich, dass ich »*Gläserner Zorn*« nun in den Händen halten darf. Dass es so weit gekommen ist, verdanke ich einer ganzen Reihe von Leuten, denen ich unbedingt kurz meine Dankbarkeit aussprechen möchte. Um mir keine Gedanken nach der passenden Reihenfolge der Aufzählung machen zu müssen, bediene ich mich einfach Willows Spleen und kategorisiere es nach dem Alphabet.

Meine Agentin

Liebe Michaela, wie machst du das nur immer? Ein Anruf von dir und schon sieht die Welt wieder rosa aus. ;)
Ich danke dir für dein unermüdliches Vertrauen in mich und mein Werkeln – sowohl das Schreiben wie auch das Zeichnen.

Meine Betaleser

Was wäre ich ohne euch!

Susanne: Du bist immer für mich da und unterstützt mich, wo du nur kannst. Nicht nur bei der Fehlersuche, auch sonst. Danke, für deine Hilfe in jeder Lebenslage und dass du mir eine Freundin geworden bist.

Alex: Du weißt, warum Alexia eben Alexia heißt und auch, warum sie eisblaue Haarspitzen hat – ja, irgendwie ist REBELL auch dein Buchbaby! Ich danke dir für das nächtliche Plotten, deine Sarkasmus-Ader, jeden Kommentar, das Hinterfragen und Kommentieren. So mancher Kommentar hat mich zum Lachen gebracht und gleichzeitig hat es mir gezeigt, wie nah du bei meinen Helden bist. Du hast echt das richtige Gespür, das eine Lektorin ausmacht und ich freue mich sehr, dass sich Willow mit ihrer Art zu denken und zu handeln in dein Herz schleichen konnte.

Kerstin K.: In dir habe ich die perfekte Ergänzung zu meinen BetaleserInnen gefunden – es hat einfach von Anfang an gepasst und ich danke dir für deine Offenheit und Ehrlichkeit. Dir verdanke ich auch, dass ich jetzt jedes Mal an METTwurst denken muss, wenn ich mit Willow das erste Mal das Rebellenlager betrete – haha. Ich freue mich schon auf deine Kommentare zu Band 2! Und ich danke dir von Herzen.

Vicky: Ach, du fleißiges Binchen! Wie der Wind bist du durch die Seiten gefegt und hast doch noch so vieles entdeckt und angemerkt. Deine Hilfe war Gold wert und stelle dich schon mal drauf ein, dass Band 2 gegen Ende des Jahres auf dich losgelassen wird. Danke für alles.

Kerstin R.: Als Schlusslicht bist du noch dazu gekommen, deshalb wurde es zeitlich etwas eng. Aber trotzdem danke ich dir von Herzen für deinen kritischen Blick, deine Gedanken zu Willows Geschichte und dass du dir die Zeit für sie genommen hast.

Blogger & Buchverrückte

RebellenElfen: Ihr seid ein so genialer und verrückter Haufen, so kunterbunt und schillernd, wie die REBELL-Trilogie selbst. Danke Alex, Kerstin, Bianca, Susanne, Nicky, Brina, Tina, Sabrina, Canni, Janina, Corinna, Jennie, Vicky, Anna, Nicole, Claudia, Ela, Monika, Susi, Sinah, Melie, Ina, Dana, Stephie, Mareike, Sara, Irina, Jennifer, Ricarda, Vanessa, Kristina, Janina, Melanie, Vici, Michelle und alle, die noch ganz frisch dazu gestoßen sind. Ihr habt den Start zu REBELL echt gerockt!

*R*omatasy: Deine Begeisterung lässt mich immer wieder aufs Neue glücklich seufzen und besitzt die Wirkung, einer Motivationsspritze. Ach, und übrigens, deine Ideen sind unschlagbar – ich sage nur: Handyhülle, Turnschuhe oder T-Shirt. In dir steckt ne kleine Marketinggöttin!

*P*ierre: Ein erster Blick auf Bos Skizze, das Lesen des Titels und du warst Feuer und Flamme für meinen REBELL. Diese Vorfreude ist nie versiegt. Hach, und keine Ahnung weswegen, aber du ahntest von Anfang an, dass diese Trilogie zu den Drachen gehört und behieltst recht. Deine Unterstützung und Begeisterung tun unendlich gut und für all das danke ich dir von Herzen!

*B*ücher Bunny: Du bist mit so viel Herzblut dabei und unterstützt mich bei jedem neuen Buchbaby – dafür möchte ich dir einfach gerne danke sagen! PS: Ich finde es klasse, dass du den Schritt mit deiner eigenen Seite gewagt hast.

*T*winklebooks: Meine beiden Goldschätze, danke für all eure Unterstützung und dass ihr immer da seid!

*M*adame Book: Einfach dafür, dass du bist, wie du bist – Zwillingsmädels!

*A*ch, ich könnte noch stundenlang aufzählen, so viele wundervolle Blogs (Mareikes Bücher Blog, Mohini & Grey's Bookdreams, My Bookloving Soul, Mein Buch, Meine Welt, Manjas Buchregal, Fuchsias Weltenecho, StAnni's Livingbooks, Red Fairy Books, Büchertraum, Die Büchernixe, Laputa's Bücherwelt – und und und), so viele zauberhafte Menschen (Zwergi, Franzi, Linnea, Janina, Irina, Silke, Andrea …) dahinter und ich bin mir sicher, ihr wisst, wenn ich auch EUCH damit meine. Ich danke euch von Herzen für eure Unterstützung!

Covergott von Kopainski Artwork

Du bist nicht nur der Covergott, nein, seit ich das REBELL-Cover das erste Mal gesehen habe, bin ich davon überzeugt, dass du zaubern kannst. Danke für mein Traumcover. Du machst meine Trilogie zu etwas Magischem.

Die Drachenhüterin

Liebe Astrid, ich kann mit Worten kaum beschreiben, wie glücklich ich bin, dass mein REBELL im wunderbaren Drachenmond Verlag ein Zuhause gefunden hat. Die Vorfreude, Band 1 bald in den Händen zu halten, wächst in diesem Augenblick ins Unermessliche. Du machst es erst zu dem, was es ist. Danke für dein zauberhaftes Drachenglück!

Familie & Freunde

Danke, dass ihr nie aufgehört habt, an mich zu glauben. Dass ihr für mich den Haushalt schmeißt, wenn die Helden so laut rufen, dass ich mich unmöglich von ihnen trennen kann, aber auch, dass ihr mich aus meiner Schreibhöhle herauszerrt, wenn es Zeit dazu wird. Danke, dass ihr hier seid!

Lektorat und Korrektorat

Liebe Konstanze, du weißt es zwar schon, weil ich es vermutlich an die tausend Mal erwähnt habe, aber ich bin so glücklich, dich an meiner Seite zu haben. Auch dann wieder, wenn das rebellische Abenteuer in die nächste Runde geht. Ich freue mich schon jetzt auf die wunderbare Zusammenarbeit und danke für alles!
PS: Ach ja, und danke für die Schlenkerpuppe!

$\mathcal{L}$iebe Lillith, deinen Argusaugen ist nichts entgangen und ich finde, du machst das ganz großartig! Wie man allerdings aus Popcorn poppen machen kann – Lach! – das werde ich mein Leben lang nicht mehr vergessen. Fühl dich lieb gedrückt & danke für deine wunderbare Unterstützung.

$\mathcal{Z}$auber-zwischen-Zeilen-Mädels

$\mathcal{C}$orinne, Farina, Nica, Ava, Julia, Marie, Valentina, Nicole, Jasmine, Juliane & Maya:
Ihr dürft an dieser Stelle nicht fehlen, denn Dank euch darf ich meinen REBELL bei unserer zauberhaften Lesung an der Buchmesse vorstellen. Ich freue mich schon jetzt auf euch alle und bin stolz darauf, ein Teil von euch zu sein!

$\mathcal{U}$nd zum Schluss …

… danke ich DIR. Weil du Willow auf *die andere Seite* des Kronenspiegels begleitet und mit ihr zusammen *Vella* und auch die Welt der Rebellen entdeckt hast.
Ich danke dir fürs Lesen! ♥

Mirjam H. Hüberli
HerzSeilAkt - Samtküsse unter den Sternen
ISBN: 978-3-95991-713-1, kartoniert, € 12,90

Der großen Liebe hat Mina längst abgeschworen, auch wenn ihr Horoskop etwas anderes prophezeit, alleine ist sie besser dran, dessen ist sie sich sicher. Ihr Leben ist eh schon chaotisch genug, da braucht sie nicht auch noch einen Mann, der mit ihrem Herzen spielt. Doch gerade, als sie sowieso schon genug mit ihrer kranken Mutter, den Freundinnen und ihrem Buchclub zu tun hat, kommt ihr das Schicksal in Form von Frederic in die Quere, der ihr unverhofft vor die Füße fällt. Nicht nur ihre Gefühle, sondern auch ihr Leben werden ordentlich durcheinander gewirbelt und obwohl er genauso schnell verschwindet, wie er in ihr Leben tritt, hinterlässt er ein merkwürdiges Kribbeln in ihrem Herzen.